Incantaras

by
Lisa Darling

Lektorat: Christina Leontjew
Cover: Lisa Müller

Bibliografische Information der Deutschen
Nationalbibliothek:
Die Deutsche Nationalbibliothek verzeichnet diese
Publikation in der Deutschen Nationalbibliografie;
detaillierte bibliografische Daten sind im Internet über
dnb.d-nb.de abrufbar.

TWENTYSIX – der Self-Publishing-Verlag
Eine Kooperation zwischen der Verlagsgruppe Random
House und BoD – Books on Demand

Herstellung und Verlag:
BoD – Books on Demand, Norderstedt

© 2020 Lisa Darling

ISBN: 978-3-7407-3404-6

Incantaras - Ruben

Wild tanzten Staubpartikel durch die Luft, präsentierten sich durch die Sonnenstrahlen, die durch das offene Fenster ins Haus hinein schienen. Dadurch sah der Staub gleich viel größer aus. Irgendwie sogar hübsch, wenn er so angeleuchtet wurde. Judy Swayer musste schon längst mal wieder putzen. Es heißt immer, im Winter werde alles viel schneller dreckig. Durch den Schlamm und den Schnee, den man mit ins Haus hinein trägt. Aber der Sommer ist auch nicht viel besser. Es kam ihr so vor, als gäbe es im Sommer viel mehr Staub als im Winter und er lag gefühlt überall.

Judys Hände wirbelten durch die Luft und zogen den Staub hinter sich her, der sich seinen Weg über die Sonnenstrahlen nach draußen bahnte. Dort war er besser aufgehoben als drinnen. Wer möchte schon Staub in seiner Wohnung? Davon musste man nur-

«Hatschi!» Judy blinzelte etwas und wackelte mit der Nase, aber es folgte kein weiterer Nieser.

Im Hintergrund lief laut ein Popsong der neuen Lieblingsband ihrer Tochter, die auch Judy sehr gefiel. Irgendetwas von den *Bedsheet Boys* oder wie die hießen. Das vergaß sie immer. Sie hatte auch mal gehört, dass diese Musik längst out sei, aber das glaubte sie nicht. Dafür klang sie viel zu cool. Beinahe hätte sie die Klingel nicht gehört, denn die Musik war nicht nur aufgedreht, Judy sang sang auch lauthals mit.

Doch dann klingelte es noch einmal und jemand hämmerte an die Tür. Das konnte Judy gar nicht überhören. Nachdem sie die Musik etwas leiser gedreht hatte, eilte sie singend zur Tür. Davor stand eine blasse, blonde Frau mit ernstem Gesicht. Sie kannte sie vom Sehen, aber viel miteinander zu tun hatten sie nicht. Sie wusste nur, dass die Frau ebenfalls zu einer der sieben Familien gehörte. Zu den Dukes.

«Wie kann ich helfen?» fragte Judy lächelnd.

«Ich muss mit deinem Mann sprechen.»

«Oh, der ist gerade unterwegs. Kann ich ihm etwas ausrichten?»

«Ich bin nicht sicher, ich-»

«Kein Problem, er teilt sowieso alles mit mir. Ich werde also eh alles erfahren.» Judy lachte extra ein bisschen, damit sie nicht eifersüchtig wirkte. Das ist sie auch nicht, das war sie noch nie.

«Aurelius Proper ist tot.»

Es dauerte einen Moment, bis die Bedeutung dieser Worte in Judys Gehirn vordrang. Doch als es soweit war, klappte ihr die Kinnlade herunter.

«Oh nein», murmelte sie und die blasse, blonde Frau nickte.

«Du weißt, was das bedeutet?», fragte diese und Judy nickte nun ebenfalls. «Dann richte es bitte umgehend deinem Mann aus. Wir müssen wohl einen Suchtrupp zusammenstellen.»

Highcott - Paisling

Es war einer dieser ungewöhnlichen Augusttage. Laue Sommer waren für diese Gegend zwar nicht allzu ungewöhnlich, jedoch glich dieser Tag eher einem im Spätherbst. Kühle 12 Grad Celsius beherrschten die Luft und ein grauer Wolkenschleier verbarg die Sicht auf jegliche Sonnenstrahlen. Zu allem Überfluss fing es auch noch an zu regnen, als Gus gerade aus dem Auto seines Vaters stieg. Dieser reichte ihm einen schwarzen Regenschirm hinaus, bevor er sich verabschiedete. Dankend nahm Gus ihn an und stolperte beinahe über ein Mädchen, als er sich umdrehte. Kurz trafen sich ihre Blicke, ehe sie fort rannte. Er kannte sie nicht, aber gesehen hatte er sie schon oft. Sie sah aus, als würde sie auf der Straße leben und das war hier gar nicht gerne gesehen. Nicht in einer Gegend wie dieser. In einer Gegend wie Paisling war alles erhaben, edel und zugegeben hin und wieder auch ein wenig bonzig. Straßenkinder und Penner passten nicht ins Bild und es wurde stets darauf geachtet, dass dieses Bild gewahrt wird. Eigentlich klappte dies auch. Aber dieses Mädchen schaffte es trotzdem immer mal wieder hierher. Manchmal sah er, wie sie in Mülltonnen wühlte oder auf einem Baum hockte und sie alle beobachtete. Das kam Gus etwas merkwürdig vor, aber es störte ihn nicht.

Nicht so, wie viele andere aus der Gegend. Eigentlich hatte er sogar eher Mitleid mit ihr.

Der Motor des Chryslers, mit dem sein Vater ihn her gebracht hatte, holte Gus aus seinen Gedanken zurück. Das Mädchen war längst fort.

Fast alle Schüler an der Clayton High hatten ihren eigenen Chauffeur. Ein richtiges Privatschulen-Klischee, wie Gus fand. Sein Vater fuhr ihn beinahe jeden Morgen höchstpersönlich zur Schule, bevor es für ihn weiter zur Arbeit ging. Darauf hatte er seit der ersten Klasse bestanden und bis heute, da sein Sohn schon sechzehn ist, hatte sich das nicht geändert. Jakobo, so hieß der Vater, wollte stets die Nähe zu seinem Sohn wahren. Er wollte keiner dieser Rabenväter werden, wie es viele der Schüler der Clayton High waren, die ihre Töchter und Söhne durch das viele Arbeiten kaum zu Gesicht bekamen und einen eigenen Chauffeur, ein eigenes Hausmädchen und eine Nanny hatten, die das Kind aufzogen. Nein, Jakobo wollte ein guter Vater sein. Und für ihn fing das schon bei der Fahrt zur Schule an.

Es gab ein paar Jungs an der Schule, die Gus dafür aufzogen. Vatersöhnchen nannten sie ihn und dann lachten sie. Auch jetzt, als Gus den Schirm aufspannte und durch das gusseiserne Tor den Pfad zu dem alten, jakobinischen Gebäude betrat, welches die Clayton High darstellte, standen ein paar Jungs in Schuluniform bereit und äfften ihn und seinen Vater nach, wie er seinem Sohn den Schirm reicht und dieser sich dafür bedankt.

Insgeheim waren sie alle bloß neidisch auf Gus und die Beziehung zu seinem Vater, einem der größten Immobilienmakler Highcotts. Da war Gus sich ganz sicher. Er kannte diese Sorte Jungs. Das waren die, die im Sommer in die tollsten Urlaube fuhren, ganz unter sich und ohne Eltern und das schon seit der Grundschule. Die Jungs feierten sich dafür und brüsteten sich damit, wie cool und unabhängig sie doch waren. Allerdings wusste auch jeder, dass sie deshalb jede Ferien gemeinsam weg geschickt wurden, weil ihre Eltern schlicht keine Zeit für ihre Kinder hatten oder sie sich einfach nicht nehmen wollten. Manchmal fragte sich Gus, ob diese Leute bloß Kinder hatten, weil sie Nachfolger für ihre Imperien brauchten. Er selbst war ein Kind der Liebe, nicht des Geschäfts. Das wusste er und das spürte er, an der Art, wie seine Eltern mit ihm umgingen. Nicht nur, weil sein Vater ihn höchstpersönlich zur Arbeit brachte und wieder abholte. Gus hatte auch nie eine eigene Nanny, die sich rund um die Uhr um ihn gekümmert und ihn erzogen hat. Das haben seine Eltern so gut es ging immer selbst getan. Und wenn sie doch mal auf Geschäftsreise oder zu einer Wohltätigkeitsveranstaltung mussten, haben sie ihn entweder mitgenommen oder sein Onkel Charles oder Mums Freundin hat sich um ihn gekümmert.

Neben den Jungs, die ihn auslachten, gab es jedoch auch die Schüler, die ihn offen darum beneideten. Manche davon waren seine Freunde. Eric und Bill. Wie jeden Morgen kamen sie nur wenige Minuten nach ihm an und holten ihn schnellen Schrittes ein. Links und rechts flankierten sie sich neben Gus und klopften ihm grinsend auf die Schulter. Der allmorgendliche Gruß. Genau wie Gus trugen sie anthrazitfarbene Mäntel über ihren in schwarz und königsblau gehaltenen Schuluniformen.

«Scheiße kalt heute, was?», bemerkte Eric und zog seinen königsblauen Schal enger, wobei ein ovales Muttermal auf seiner Handfläche hervorblitzte. «Da kriegt man gleich Lust, nach der Schule direkt in den Jacuzzi zu springen. Was sagt ihr? Nach der Schule bei mir?»

«Bin dabei!» Das war Bill. Eigentlich hieß er William. Er war sowieso jeden Tag bei Eric. Beinahe könnte man behaupten, er wohnte schon dort. Manchmal war sich Gus nicht ganz sicher, ob das zwischen den beiden rein freundschaftlicher Natur war oder ob da mehr lief. Etwas, was sie ihm nicht verraten wollten.

«Ich bring Bier mit.» Und das war Gus. Er war der erste von den dreien, der schon Bier kaufen durfte. Vor gerade einmal drei Tagen ist er sechzehn geworden. Nicht, dass sie nicht vorher auch an Alkohol gekommen wären. Immerhin bunkerten ihre Eltern Massen an guten Tropfen zu Hause, sodass es kaum auffiel, wenn die eine oder andere Flasche einmal verschwand, solange sie nicht den guten Whisky der Väter oder den schmackhaftesten Wein der Mütter erwischten. Aber jetzt, wo Gus alt genug war, wirkte es so offiziell. Es fühlte sich ein bisschen cool an, endlich selbst etwas zu kaufen und sich und seine Freunde selbst versorgen zu können. Zu dürfen. Auch wenn es sich erst einmal nur auf Bier beschränkte.

In den Gesichtern seiner Freunde spiegelte sich große Vorfreude wieder und sie hielten ihre Hand für einen Highfive in die Luft. Gus erwiderte erst den einen, dann den anderen und schließlich schüttelte er den Schirm aus, denn sie waren am großen Tor angekommen, dass ins Gebäude hinein führte.

Im Schulgebäude selbst war es kaum wärmer als draußen. Die weiten und hohen Räume speicherten kaum Wärme. Immerhin war es wenigstens trocken. Vom Regen bekam man drinnen nichts mehr mit.

Auf dem Weg zum Klassenzimmer wurde Gus hier und da gegrüßt. Von ein paar Mannschaftskameraden aus dem Rugbyteam, von seiner Projektgruppe aus dem Kunstunterricht, von einzelnen Schülern des Schultheaters, bei dem Gus im vergangenen Jahr mitgewirkt hatte und auch von Mary-Ann. Jeden Morgen lief sie an ihm vorbei, grüßte ihn kaum hörbar und lief knallrot an, noch ehe sie an ihm vorbei gelaufen war. Jedes Mal zogen Eric und Bill ihn damit auf, dass sie seine heimliche Verehrerin wäre und manchmal machten sie sogar Witze über sie. Das fand Gus nicht so nett und nahm sie dann in Schutz. Das sorgte allerdings nur dafür, dass Eric und Bill ihn noch mehr aufzogen. Mit der Zeit ließ Gus das lächelnd über sich ergehen, hatte er sich anfangs doch noch immer verteidigt. Mary-Ann war ein nettes Mädchen. Sie saß in Chemie neben ihm und manchmal arbeiteten sie deshalb zusammen. Auch da wirkte sie immer sehr schüchtern wenn sie mit ihm sprach. Wenn sie allerdings anfingen Chemikalien zu mixen, ging sie völlig auf und redete munter vor sich her. Was sie gerade taten, wie was miteinander reagierte und wie faszinierend sie das fand. Gus fand es gut, dass sie das machte. Er verstand nämlich nichts von Chemie.

    Ansonsten hatte er aber nicht viel mit ihr zu tun, außer dass sie das ein oder andere Fach miteinander hatten. Sie war nett und er mochte sie ganz gerne. Mehr war da jedoch nicht, dazu kannte er sie einfach zu wenig.

    Gerade als Gus und seine Freunde ihr Klassenzimmer betraten, läutete es zum Unterricht und Mr Dorrington betrat den Raum.

Highcott - Aberness

Die Regentropfen schellten unbarmherzig gegen die Fensterscheiben im 20. Stock des Victory Buildings. Die lauten, dumpfen Geräusche die sie dabei machten, brachten Ilenna Raise völlig aus dem Konzept. Seit Tagen brütete sie über ihrem aktuellen großen Fall. Die ganze Stadt blickte dem bevorstehenden Prozess neugierig entgegen. Manche Menschen standen sogar just in diesem Moment am Fuße des Gebäudes, um zu protestieren. Jawohl! Sie war Opfer eines Protestes geworden, nur weil sie diesen Fall übernommen hatte. Dabei trat sie für etwas Gutes ein. Das stelle man sich einmal vor. Da wird der Bürgermeister wegen Schmiergeldern angeklagt und dann darf man sich von dessen treuen Fans anhören, dass man seine Stadt verraten würde, in dem man gegen ihn arbeite. Aber es ist nun einmal verkehrt, was Bürgermeister Cunning da getan hat. Dem muss seine gerechte Strafe zugefügt werden. Solche Fälle hat Ilenna schon immer übernommen. Aus Überzeugung! Und damit würde sie jetzt nicht aufhören, bloß weil ein paar blinde Cunning-Fans meinten, sie dafür bespucken oder beschimpfen zu müssen. Ja, in der Tat. Am Vortag wurde sie wahrhaftig von einem bespuckt. Ein Glück leitet ihr Bruder Charles eine Security-Firma. Die sorgen jetzt dafür, dass niemand Ilenna zu nahe kommt, während der Prozess läuft. Seit heute Morgen stehen zwei Männer in schwarz vor dem Gebäude und passen auf, dass von den Demonstranten niemand zu ihr in den 20. Stock fährt. Nicht, dass sie sonderlich paranoid wäre, aber wenn die Leute anfangen zu spucken, dann sind die Steine nicht mehr weit. Das hat sie im vergangenen Jahr bei einem befreundeten Anwalt sehen können. Dieser hatte sich für einen mutmaßlichen Kindsmörder eingesetzt, der jedoch unschuldig war. Sogar mit klaren Beweisen, er hatte ein wasserdichtes Alibi. Jedoch gab es wie immer Menschen, die diesen armen Mann dennoch beschimpften und auf dem elektrischen Stuhl sehen wollten, auch wenn dieser natürlich schon lange abgeschafft wurde. Und weil ihr Kollege der Anwalt dieses angeblichen aber unschuldigen Kindsmörders war, wurde auch er nicht zufrieden gelassen. Bei ihm hatte es auch mit Bespucken angefangen. Dann hatte man ihn auf offener Straße mit Dosen beworfen und später sein Haus belagert und ihm Morddrohungen zukommen lassen. Diese wurden zwar glücklicherweise nicht wahr gemacht, allerdings musste er mit einer Gehirnerschütterung ins Krankenhaus eingeliefert werden, da eine der Dosen, die ihn am Kopf trafen, noch voll gewesen ist.

    So etwas wollte und musste Ilenna unbedingt vermeiden. Mal ganz abgesehen von dem Schmerz, den so eine Dose am Kopf verursachen kann, steht der Gerichtstermin so kurz bevor, dass sie ihn jetzt nicht mehr verschieben lassen möchte. Nicht wegen einer Gehirnerschütterung oder was auch immer sonst noch passieren könnte.

    Die letzten und wenigen Zeugen waren gesichert und alle Beweisakten fein abgeheftet. Normalerweise hat sie für den Aktenordner einen Assistenten, aber den hatte sie schon vor einer Stunde nach Hause geschickt. Eigentlich hatte Ilenna auch schon längst Feierabend. Den überzog sie jedoch meistens vor so wichtigen Prozessen. Am nächsten Vormittag war es soweit. Zu allem Überfluss hatten Ilenna und ihr Mann am gleichen Abend auch noch geplant, ihren Hochzeitstag zu feien. Endlich wieder schick ausgehen und essen. Selbst dass musste sie nun um zwei Stunden verschieben. Einfach ungünstig, dass das so zusammenfällt, aber was soll man machen? Sie wollte zumindest einfach alles erledigt haben um zur Verabredung mit ihrem Mann abschalten zu können. Jawohl. Sie ist keine von diesen Frauen, die privat die ganze Zeit über Geschäftliches nachdenken und das liegt daran, dass sie immer alles fein säuberlich abarbeitet, bevor sie zu ihrer Familie nach Hause fährt. Sie lässt nichts offen.

    Als es an der Tür klopfte, hatte sie gerade den Aktenordner in ihrer Tasche verstaut.

    Wieder einmal hat Jakobo es geschafft, eines der begehrtesten Häuser in Paisling zu verkaufen. Viele

Interessenten haben es sich bereits angeschaut, aber die wenigsten konnten es sich tatsächlich leisten. Ein altes Haus mit Türmchen und Erkern aus der Barockzeit. Ein wunderschönes Haus. Wenn es nicht viel zu groß und zu teuer wäre, hätte er es glatt selbst für seine Familie gekauft. Aber was sollen sie schon zu dritt in einem derart riesigen Haus anfangen? Mit fünf Bädern, sieben Schlafzimmern, einem Salon, Kaminzimmer, Wohnzimmer, einer wunderschönen großen Empfangshalle und den ganzen anderen Räumen? Nein. Das wäre alles viel zu groß gewesen und Gäste würden sich ständig verlaufen.

An einer roten Ampel setzte Jakobo den Blinker seines schwarzen Chryslers rechts. Die Rushhour war glücklicherweise schon vorbei und so kam er entspannter als gewohnt in das Geschäftsviertel Aberness.

Glücklich lächelnd, weil es ein perfekter Tag war und genauso perfekt zu bleiben versprach, bog er ab, nachdem die Ampel auf grün geschaltet hatte. Haus verkauft, gutes Geld verdient, der Sohn heute bei seinen Freunden und seine Frau würde er gleich sehen. Und er würde einen wunderschönen Abend mit ihr verbringen zu ihrem 18. Hochzeitstag. Ihre Ehe wurde sozusagen volljährig und Volljährigkeit feierte man bekanntlich gebührend. Wenn er da nur an seinen 18. Geburtstag zurück dachte. Oho, das war eine Feier. Großartig! Damals war er noch ein ganz anderer Mensch. Ungezähmt, unbekümmert und ungebunden. Das war ein paar Jahre, bevor er seine jetzige Frau kennen lernte, die sein ganzes Leben auf den Kopf stellte. Nur für sie war er nach Highcott gezogen und hat keine seiner Entscheidungen bis heute bereut. Er hat alles richtig gemacht. Nur um seine Eltern tat es ihm manchmal leid. Dass er sie einfach so verlassen hatte, um hier zu leben. Seitdem hat er sie nicht mehr gesehen, denn sie lebten viel zu weit weg, als dass man sich regelmäßig besuchen könnte. Außerdem hatten sie ihm nicht verziehen, dass er für Ilenna und Higcott alles liegen gelassen hat. Dabei wären sie sicher von ihr entzückt gewesen, wenn sie sie nur kennen gelernt hätten. Und Augustus erst. Ein Abbild seiner selbst. Seine Mutter würde ihn lieben. Hätte sie geliebt, wenn sie noch leben würde. Es tat weh daran zu denken, dass er seiner Mutter nicht noch einmal gesagt hatte, dass er sie liebt.

Vielleicht, so dachte Jakobo, wird es langsam mal Zeit über seinen eigenen Schatten zu springen und zu seinem Vater zu reisen, um ihm seine Familie vorzustellen, bevor es auch ihn trifft. Oder er würde ihn her kommen lassen. Wenn er seine wundervolle Familie kennenlernen und sehen würde, wie Jakobo sich entwickelt hatte, dann wäre er sicher stolz auf ihn und könnte ihm verzeihen. Und Jakobo würde seiner Familie alles über seine Eltern erzählen. Und von dort, wo er herkommt.

In der Vergangenheit hat er nie über sein Leben vor Ilenna gesprochen. Es tat weh, über seine Eltern zu reden. Aber heute war ein guter Tag und Jakobo hatte im Gefühl, dass es die richtige Entscheidung war, die er soeben getroffen hatte. Er würde seine Familie und seinen Vater endlich miteinander bekannt machen. Er würde endlich über seinen Schatten springen und mit ihm reden, ihm sagen, dass er ihn liebte. Die Vergangenheit ist schließlich lange vorbei und Familie, so hat er doch in Highcott erst tatsächlich gelernt, ist das allerwichtigste im Leben.

Beinahe geräuschlos schlug er die Tür seines schwarzen Chryslers zu und holte die Sonnenblume vom Beifahrersitz. Anschließend ging er auf das Victory Gebäude zu. Der Eingang war belagert von ein paar hartnäckigen Demonstranten, die sauer auf seine Frau waren weil sie als Anwältin an einem Fall gegen den Bürgermeister und seine Schmiergelder arbeitete. Die wenigen, die ihn als ihren Mann aus der Presse kannten, warfen ihm Buhrufe zu, aber die Securitybeauftragten der Firma seines Schwagers nahmen ihn sofort in Schutz und bauten sich vor ihm auf. Freundlich nickte er ihnen zu und verschwand in Richtung Fahrtstuhl.

Obwohl sie nun schon so lange verheiratet waren und sich bereits seit so langer Zeit kannten, fühlte Jakobo auch jetzt noch Nervosität in der Magengegend, die sich während der Fahrstuhlfahrt erneut wie ein Tornado entwickelte. Noch immer war sie die schönste, liebevollste und klügste Frau, die er je getroffen hatte. Was für ein Glück, dass er sie die seine nennen konnte.

Die Fahrstuhltüren öffneten sich und Jakobo atmete tief ein und wieder aus, bevor er auf den Flur hinaus und auf die Bürotür von Ilenna Raise zutrat, um anzuklopfen.

«Herein.» Die Tür öffnete sich und sofort zauberte sich ein Lächeln auf Ilennas Lippen. Wie immer pünktlich auf die Minute stand ihr Gatte in der Tür. Geschniegelt und gebügelt in einem schwarzen Anzug mit grüner Krawatte. Das dunkle Haar, dass sein Sohn geerbt hatte, gegelt. In der Hand hielt er eine einzelne, kleine Sonnenblume. Ihre Lieblingsblume.

«Ich hab gehört hier arbeitet eine zauberhafte Frau, die sich dringend eine Auszeit gönnen sollte», lächelte er und streckte ihr die Blume entgegen. «Da dachte ich mir, ich bezirze sie mal, damit sie diese Auszeit mit mir nimmt.»

Lachend nahm Ilenna die Blume entgegen und gab ihrem Mann einen Kuss. «Meine Praktikantin ist leider schon fort, aber ich würde dieses Angebot auch nicht ausschlagen.» Sie zwinkerte dem adretten Mann zu und dieser bot ihr grinsend seinen Arm an, in dem sie sich augenblicklich unterhakte.

«Wohin soll es denn gehen?», erkundigte sich Ilenna, als sie den Fahrstuhl betraten, um die 20 Stockwerke hinunter zu fahren.

«Ins Roses.» Seine Stimme klang warm, was sie erneut zum Lächeln brachte, genauso wie die Tatsache, dass er sie ins Roses entführt. Das Restaurant, in dem sie ihr aller erstes Date hatten. Es war keiner dieser Nobelschuppen der Stadt, in der sie oder er mit ihren Arbeitskollegen- und Kunden essen gingen. Einfach nur ein süßes, kleines Gebäude mit gerade einmal zehn Tischen. Schlicht und einfach. So wie sie es damals waren.

Highcott - Dungow

Die Straßen waren dreckig. Überall stank es nach Abgasen, Fritteusenfett und Exkrementen. Ein paar Ratten nagten an Resten, die aus einer Mülltonne im Hinterhof eines Geldwäscherimbiss' gefallen waren. Ein paar Gassen weiter stritten sich zwei Obdachlose um ein verschimmeltes Brot. Der eine rammte den Kopf des anderen gegen die Hauswand, bis Blut aus einer Platzwunde sickerte und der Mann reglos zu Boden sackte. Den anderen Penner interessierte das gar nicht. Er hatte sein Brot, das war alles was er brauchte.

Auf der Hauptstraße fuhr ein Polizeiauto mit schallender Sirene und Blaulicht vorbei. Vollkommen verschwendete Lebensmühe. In Dungow gab es ganz eigene Gesetze und eigene Ansichten von Gerechtigkeit. Die Polizei konnte da nur wenig ausrichten. Meistens schalteten sie Blaulicht und Sirenen nur an, damit sich die unschuldigen Bürger, die hier leben mussten, etwas sicherer fühlten. Nicht alle suchten sich freiwillig aus, hier zu leben. Viel zu gefährlich und dreckig. Aber die Mieten waren günstig, auch wenn sich trotzdem nicht jeder eine eigene Wohnung leisten konnte. In der Gegend um Dungow gab es außerdem einen Trailerpark. Dort verirrten sich die hin, die zu wenig für die Mieten hatten, aber sich Mühe gaben, um nicht direkt auf der Straße leben zu müssen. Dort gab es eine Nachbarschaftswache. Alle passten gegenseitig auf sich auf, damit niemand im Schlaf in seinem Wohnwagen erstochen wird. Trotzdem kam es schon vor, aber wenigstens sorgte man sich im Trailerpark noch umeinander. Manchmal.

Obwohl sie gelernt hatte, in Dungow zu leben und damit umzugehen, war Maya immer wieder froh, wenn sie das Viertel verlassen konnte. Um Nahrung zu besorgen, Jobs zu erledigen oder einfach nur zum Kopf frei kriegen. Eigentlich nutzte sie jede Chance, um mal wo anders zu sein. Dieses Mal war es die Nahrung, die sie aus dem Viertel trieb. Diese besorgte sie gerne in Perthburgh, dem Zentrum der Stadt. In der Food Street, wie alle Highcotter sie umgangssprachlich nannten, reihten sich Restaurant an Imbiss an Dönerbude. Und mehr als genug von ihnen schmissen tagtäglich vollkommen frische Nahrung weg. Gut für Maya und ihresgleichen. Lieber ernährte sie sich aus der Mülltonne als zu verhungern.

«Gehst du was zu futtern besorgen?» Maya drehte sich herum. Hinter ihr stand der kleine Kevin aus dem Wohnwagen von nebenan. Zur Antwort nickte sie stumm. «Darf ich mitkommen?» Maya schüttelte den Kopf.

«Ich gehe alleine», verkündete sie grob. Kevin war ein süßer kleiner Junge von zehn Jahren und auch er musste lernen, mit der Situation auf der Straße umzugehen. Aber nicht heute und eigentlich auch nicht mit ihr. Rückblickend hatte sie viel zu viele schlechte Erfahrungen gemacht wenn sie jemanden auf Beutezug mitgenommen hatte. Sie wurden erwischt, gingen im Endeffekt leer aus oder sie musste sich darum kümmern, ihrem Lehrling aus der Patsche zu helfen. Deshalb machte sie das nicht mehr. Seit einigen Jahren schon.

Schmollend blickte Kevin sie an. Er erntete jedes Mal eine Absage von Maya, versuchte es dennoch immer wieder.

«Ich bringe dir etwas mit, okay?», seufzte sie. Wenn er sie so ansah, wurde ihr Herz viel zu weich. Sie musste schon genügend Essen für sich und ihre Mutter auftreiben. Ein weiteres Maul zu stopfen bedeutete mehr Mühe und Zeit, aber sie konnte Kevin doch nicht verhungern lassen, bloß weil seine Eltern ihr Geld lieber für Kokain ausgaben. Nein, das konnte sie ihm nicht antun. Ihre Mutter war genauso eine Frau. Steckte ihr ganzes Geld lieber in Heroin, statt in das Überleben ihrer Familie. Hätte Maya damals nicht der große Nachbarsjunge geholfen und etwas mitgebracht, wäre sie vielleicht gar nicht mehr hier. Wer weiß das schon. Und jetzt konnte sie sich dafür revanchieren. Nicht mehr bei dem großen Jungen, der war einer Schießerei zum Opfer gefallen. Aber Kevin war ihre Chance, es wieder gut zu machen. Deshalb brachte sie ihm eigentlich immer etwas mit. So wie sie es auch heute tun würde.

Jubelnd fiel der kleine Kevin ihr um die Hüfte und drückte sie. Für sein Alter war er viel zu klein und viel zu dünn.

Unbeholfen tätschelte Maya seinen Kopf und schob ihn wieder von sich fort.

«Bis später», verabschiedete sie sich, bevor sie sich ihre Tasche schnappte und nach Perthburgh aufbrach.

Highcott - Paisling

«Ausweis bitte.» Irgendwie stolz holte Gus seinen Ausweis aus dem Portemonnaie, als die Kassiererin ihn und das Bier auf dem Band misstrauisch musterte. Immer wieder blickte die Verkäuferin vom Ausweis auf und zu Gus hinüber. Das ließ seinen Stolz etwas sinken.

«Na gut», meinte die Verkäuferin schließlich, reichte ihm seinen Ausweis zurück und zog das Bier über den Scanner. So schnell er konnte, packte Gus das Bier in seinen Rucksack und verschwand nach draußen, nachdem er bezahlt hatte. Draußen wartete bereits sein Fahrrad auf ihn. Seine Eltern waren heute ihren Hochzeitstag feiern, deshalb konnte Jakobo ihn nicht fahren. Aber das fand Gus nur halb so schlimm. Er fuhr sowieso lieber mit dem Fahrrad und bald würde er auch alt genug sein, selbst seinen Führerschein zu machen. Bestimmt würden seine Eltern ihm zum 18. Geburtstag einen super coolen Wagen schenken. Aber nicht nur irgendeinen, denn Gus würde ihn sicher selbst aussuchen dürfen und er wusste auch schon genau, was für einen er wollte. Einen dunkelgrünen Bentley Continental GT. Seit er dieses Auto das erste Mal auf der Straße gesehen hatte, wollte er so einen Wagen haben und seine Eltern haben versprochen, wenn er einen ordentlichen Abschluss macht, bekäme er den Wagen zum 18. Geburtstag.

In der Tat hatte Gus dieser Deal angespornt, denn obwohl er nie ein schlechter, sondern eher ein durchschnittlicher Schüler der Clayton High war, hat er es doch geschafft, seine Noten auszubauen und einer der fünfzehn besten Schüler seines Jahrgangs zu werden. Er war Nummer 15 von 42. Das hatte der letzte Notenaushang vor den Sommerferien an der Schule verkündet.

«Hi Gus.» Das war Bethany, an deren Haus er gerade vorbei fuhr. Seine Ex-Freundin. Im neunten Schuljahr waren sie ein Pärchen und obwohl sie Schluss gemacht hatten, waren sie Freunde geblieben. Das ging viel einfacher als gedacht, denn als Gus Schluss machen wollte, wollte auch Bethany mit ihm reden. Aus dem selben Grund. Als sie das feststellten, hatten sie nur gelacht und beschlossen, Freunde zu bleiben. Und es klappte.

«Hey Beth», grüßte er zurück und winkte ihr vom Fahrrad aus zu.

«Wie gut, dass ich dich sehe. Dann kann ich dir deine Einladung jetzt schon geben.»

Gus hielt an und stellte die Beine auf den Boden, damit er nicht vom Rad viel. Bethany streckte ihm einen Einladungskarte entgegen, auf der in pinken Buchstaben SWEET 16 stand.

«Die kommen gerade frisch gedruckt aus der Post. Ich wollte sie morgen in der Schule verteilen, aber wenn ich dich gerade schon mal sehe.» Sie lächelte ihn an und schob sich eine dunkle Strähne hinter das Ohr. Dadurch kam ein rosafarbener Blumenohrring zum Vorschein, den sie immer trug, jeden Tag. Ihr Vater hatte ihr die Ohrringe zum 14. Geburtstag geschenkt. Das einzige Mal, dass er ihren Geburtstag nicht vor lauter Arbeitsstress vergessen hatte.

«Danke.»

«Bist du gerade auf dem Weg zu Eric und Bill?» Gus nickte. Sein Ziel war ziemlich offensichtlich, denn Bethany wohnte nur drei Häuser von Eric entfernt. «Kannst du ihnen dann die hier mitbringen? Das wäre total lieb von dir.»

«Klar, kein Problem.»

Gus steckte alle drei Einladungen ein und radelte weiter, vorbei an den nächsten Häusern, bis er vor Erics ankam.

Die Stimmen seiner Freunde drangen schon an der Haustür zu ihm vor. Sie schienen bereits im Garten zu sein, deshalb schlug Gus den Weg direkt dorthin ein.

«Gus!», rief Bill der bereits neben Eric im Jacuzzi saß. Gus nahm den Rucksack vom Rücken und packte das Bier aus.

«Trinkpause», grinste er und wedelte mit einer Dose.

«Mach dich nackig und setz dich zu uns», rief Eric und klopfte neben sich, sodass ein paar Tropfen Wasser hinaus spritzten. Kurz darauf stand Gus in Badeshorts da und gesellte sich mit drei Dosen Bier dazu, die er auf jeden verteilte.

«Du hast das Wort nackig noch nicht ganz verstanden, oder?», grinste Eric und stand auf. Splitterfasernackt kam sein Körper zum Vorschein, je weiter er aus dem Wasser stieg. Sofort drehte Gus seinen Kopf weg.

«Ich bin blind!», rief er lachend. «Echt Eric, es gibt Dinge, die will man von seinen Freunden nicht sehen. Setz dich wieder hin.»

Es platschte neben ihm, was bedeutete, dass Eric sich wieder gesetzt hatte. Seine zwei Freunde lachten und öffneten ihre Dosen. Nachdem sie gemeinsam angestoßen hatten, erzählte Gus von Bethanys Party. Bethanys Partys waren ziemlich beliebt in der Clayton High. Jeder wollte eine Einladung und manche definierten sogar cool und uncool danach, wer eingeladen war und wer nicht. Gus selbst hatte nie jemanden danach definiert. Natürlich ging er gerne auf Beth's Partys und freute sich jedes Mal eingeladen zu sein, aber nicht weil er daran seinen Status ausmachte.

Ursprünglich hatte Bethanys große Schwester Elizabeth diese legendären Partys geschmissen. Da diese jedoch vor einem Jahr ihren Abschluss an der Clayton High gemacht hatte, war Beth in ihre Fußstapfen getreten und das sehr erfolgreich. Auf Beth's erster eigener Party war sie auch mit Gus zusammen gekommen. Erst hatten sie nur harmlos geknutscht und am Ende der Nacht waren sie ein Pärchen. So schnell kann es manchmal gehen. Und so schnell geht es auch wieder vorbei.

Highcott - Perthburgh

Im PPD, dem Perthburgh Police Department, dass sich im Stadtzentrum befand, herrschte allgemeine Aufbruchsstimmung. Die meisten der Kollegen hatten Feierabend und würden sich nun nach Hause zu ihren Familien oder Fernsehern begeben. Detective Philipp Tyrel hingegen gehörte zu den Kollegen, deren Schicht jetzt erst begann.

Sein Schreibtisch machte einen recht chaotischen Eindruck. Ein paar Stapel Papiere mit Notizen zu seinen letzten Fällen, sowohl abgeschlossen als auch offen und ein paar Personalienaufnahmen von der vergangenen Nacht von pöbelnden oder betrunkenen Passanten, die er hatte übernehmen müssen. Vor der Tastatur stand ein halb voller Kaffeebecher dessen Inhalt ungenießbar kalt geworden war. Er stand bereits seit dem Vortag da. Oder noch länger? Vielleicht war auch die zweite Tasse, die am Lautsprecher stand, die ältere.

Als Phil das Passwort in seinen Computer eingeben wollte, verweigerte dieser ihm den Zugriff. Benutzername und Passwort stimmten nicht überein. Wie fast jeden Tag, das kannte er schon. Erneut gab er es ein und hämmerte dabei auf den Buchstaben T ein. Der klemmte manchmal, denn irgendwo darunter steckte ein Kekskrümel, der die Funktion des Buchstaben behinderte. Ganz ähnlich sah es mit dem X aus, aber das brauchte er zum Glück nicht so oft.

    Eigentlich wäre es ganz einfach die Buchstaben herauszunehmen, um die Tastatur zu säubern. Das dauerte nur wenige Minuten, aber die hatte er meistens nicht. Denn kaum, dass er auf dem Revier eintraf, stand immer irgendetwas an. Akten abarbeiten, Überraschungsparty für einen Kollegen, Quests und Wetten unter Kollegen, betrunkene und pöbelnde Passanten, die es zu beruhigen galt und manchmal gab es sogar einen Überfall oder Mord. Phil ist eigentlich zuständig für die großen Delikte, wie Mord, Korruption und Überfälle. Da er jedoch hin und wieder etwas zu bequem oder langsam war, wurde er regelmäßig suspendiert und strafversetzt. Das schmeckte ihm nicht, er hatte lieber Action bei der Arbeit, aber er musste zugeben, dass er sich das jedes Mal selbst zuschulden hat kommen lassen. Jedoch hatte er sich geschworen, die nächste Chance, die sich ihm bieten würde, beim Kragen zu packen und nicht zu vermasseln. Das nächste Mal würde er ganz sicher wieder überzeugen und in seinem Dienst bleiben können. Er musste einfach überzeugen, denn seine Chefin Chief Amande McLloyd hatte ihm ausdrücklich klar gemacht, dass es die letzte sein würde. Ansonsten werde er für immer für Papierkram, Parkvergehen und Betrunkene zuständig sein.

Highcott - Aberness

Die Ausbeute in der Food Street an diesem Abend war nicht so befriedigend, wie an anderen Tagen. Die Reste waren teilweise gar nicht zu gebrauchen, nur einen halben Laib Brot und ein paar Äpfel hatte Maya abstauben können. Natürlich war das besser als nichts, drei Mäuler davon zu stopfen würde allerdings schwierig werden. Maya zumindest hatte bisher kaum etwas gegessen und ihr Magen randalierte mittlerweile unerträglich stark. So sehr, dass einer ihrer Äpfel schon wieder verspeist war, als sie die Food Street in Perthburgh wieder verließ und die andere Straßenseite ansteuerte, auf der Aberness begann.

Überall blinkten ihr Großstadtlichter entgegen, bestehend aus leuchtenden Werbetafeln, die alle paar Sekunden ihre Farben wechselten, Laternen, erleuchteten Restaurants, Shisha Bars und Clubs. Jeder Zebrastreifen war links und rechts gesäumt von bläulichen Lichtern, damit die überquerenden Fußgänger schneller von den Auto- und Fahrradfahrern gesehen wurden. Maya kniff die Augen zusammen, als sie in einer dieser Lichter hinein sah. Dadurch wäre sie fast mit einem Radfahrer kollidiert, der ihr auf dem Zebrastreifen entgegen kam, dieser konnte jedoch noch rechtzeitig fluchend ausweichen. Daher kümmerte sich Maya auch nicht weiter um den Mann. Stattdessen erregte etwas anderes ihre Aufmerksamkeit, etwas weiter die Straße hoch. Für die meisten Menschen kaum sichtbar, standen dort zwei dunkle Gestalten in einer dunklen Nische zwischen zwei Häusern. Sie standen tuschelnd einander zugewandt und kurz meinte sie sich einzubilden, eine schwaches, rot flackerndes Leuchten zwischen ihnen zu sehen. Allerdings war dies auch genauso schnell weg, wie es gekommen war. Nur eine Zigarette womöglich. Die beiden Gestalten sahen sich kurz um, zogen ihre Kapuzen auf und liefen zielstrebig los, auf die andere Straßenseite, die zu Perthburgh gehört. Eigentlich wären Maya diese Typen egal gewesen und sie wäre weiter auf Beutezug gegangen. Furchtbar merkwürdig fand sie es jedoch, als einer der beiden Männer sich noch einmal umgedreht hatte und sie kein Gesicht unter der Kapuze erkennen konnte. Kein Schatten, der es bloß verbarg. Nein, das Gesicht war einfach nicht vorhanden. Den Griebs ihres Apfels fortwerfend, machte sie sich auf der Aberness Seite auf leisen Sohlen hinter den Typen her. Hoffend, dass ihr die Schatten des Abends doch nur einen Streich gespielt hatten.

Bis auf die Angestellten des Lokals und zwei hübsch gekleidete, turtelnde Gäste, war das *Roses,* das genau auf der Grenze zwischen Perthburgh und Aberness lag, komplett leer. Jakobo hatte dafür ein paar Extrascheine hingelegt, um mit seiner geliebten Frau den Abend komplett alleine zu verbringen und diese hatte ihre Aufpasser in den Feierabend geschickt, um alleine mit ihrem Mann zu sein.

Neben den Angestellten, die rundum für ihr Wohl sorgten, war außerdem noch ein Pianospieler vor Ort, der in einer Ecke an einem kleinen, alten Klavier saß, das nur selten gespielt wurde. Nur für diesen Abend wurde es mal wieder gestimmt. Ilenna und Jakobo hatten es immer schade gefunden, dass das Instrument zwar ihr Lieblingslokal zierte, jedoch nie gespielt wurde, wenn sie einmal her kamen. Deshalb hatte Jakobo heute Abend dafür gesorgt und Ilenna freute sich ungemein darüber. Gerade lief *I'll be seing you* von Billy Holiday im Hintergrund, das stimmte sie ganz romantisch.

«Auf uns und unsere volljährige Ehe», lächelte Jakobo, als er ein Glas mit Rotwein erhob. Ganz verliebt blickte er seine Frau an, der das erste Glas Wein ein wenig Röte ins Gesicht gezaubert hatte. «Und auf mich Glückspilz, dass er jemanden wie dich gefunden hat, du wunderschöne Holde, du!»

Ilenna kicherte etwas mädchenhaft und ließ ihr Glas mit einem etwas starken *Pling* gegen seines klirren.

«Auf den zauberhaftesten Mann der Welt und dass ich bald endlich seinen Vater kennenlernen werde. Hihi, da fühlt man sich gleich nochmal wie ein Teenager. Die große Aufregung, endlich die Eltern des Geliebten kennen zu lernen.»

Jakobo lachte etwas, bevor sie beide von ihren Gläsern nippten und dem Kellner gleich darauf Platz machten, damit er ihnen den Nachtisch hinstellen konnte. Mousse au Chocolat. Wie sie es jedes Mal zum Dessert aßen, wenn sie hier waren. Schon seit dem ersten Date.

«Erzähl mir was von deinen Eltern», forderte Ilenna ihren Mann lächelnd auf. Bisher hatte er mit Informationen über diese und seine Kindheit hinter dem Berg gehalten. Vielleicht aber würde er ihrer Bitte jetzt nachkommen. Über ihre Eltern wusste er bereits alles, bevor sie bei einem Flugunfall starben. Ihre Eltern hatten Jakobo geliebt wie einen eigenen Sohn. Auch wenn sie zunächst etwas skeptisch gewesen waren, da Jakobo damals noch keine Ahnung hatte, welche berufliche Richtung er einmal einschlagen möchte, doch diese Skepsis war recht schnell verflogen.

«Sie sind zauberhaft, alle beide. Meine Mum war eine Mutter wie aus dem Bilderbuch. Immer fröhlich gelaunt, immer für ihren einzigen Sohn da und sie hat gekocht wie eine Göttin. Mein Dad ist-»

Jakobo brach ab, als sich die Tür zum Lokal öffnete. Normalerweise nichts Ungewöhnliches, wodurch man sich beirren lassen sollte. Da er allerdings dieses Restaurant speziell für sie beide heute gemietet hatte, war es für ihn durchaus ein Grund sich umzudrehen und neugierig zur Tür zu sehen. Wie konnte sie sich öffnen? Sie wurde doch extra verschlossen damit niemand ihren bedeutsamen Abend störte. Ein Blick zum Personal verriet Jakobo, dass diese ebenso irritiert waren und einer der Kellner schaute entschuldigend.

«Entschuldigen Sie, meine Herren, dies hier ist eine geschlossene Veran-» Der Kellner war auf die beiden Männer in Kapuzen zugelaufen und hatte abrupt abgebrochen, als er in ihre Gesichter blickte. Oder besser gesagt, in finstere, leere Kapuzen. Diese Männer hatten keine Gesichter!

Der Hunger plagte Maya so sehr, dass sie bereits begonnen hatte, etwas vom Brot zu essen. Vielleicht fand sie auf ihrer Verfolgungsjagd noch etwas Essbares. Die Food Street war zwar zu Ende, aber auch Aberness hatte einige Restaurants zu bieten, nur etwas nobler. Das hier ist die Gegend, in der die Geschäftsleute sich zum Mittag treffen, Deals abschließen und abends gemeinsam oder mit ihrem Partner ausgehen. Manchmal versuchte sie auch hier etwas zu klauen, allerdings war dort die Gefahr, erwischt zu werden und vor allem Ärger zu bekommen, größer als in der Food Street in Perthburgh. Dafür war das Essen einfach besser. Und wenn sie schon einmal da war, dann könnte sie ja gleich einmal Ausschau halten.

Allerdings würde das schwierig werden, wenn sie diese merkwürdigen, gesichtslosen Männer verfolgen wollte. Diese waren nämlich reichlich schnell unterwegs, Maya konnte kaum

Schritt halten mit ihren kurzen Beinen. Für ihre 19 Jahre war sie recht klein geraten. Auf gerade einmal 1,60 kam sie, wenn sie sich auf die Zehenspitzen stellte, weshalb sie auch oft für ein Kind gehalten wurde. Das hatte jedoch oft mehr Vor- als Nachteile.

Beinahe wäre Maya vor eine Tür gelaufen, die ein Kellner gerade öffnete. «Wow!», rief sie erschrocken aus und konnte noch rechtzeitig ausweichen.

«Sorry!», entschuldigte sich der Kellner sofort. Er sah noch sehr jung aus, so wie sie, und hatte eine Kiste in der Hand, die er gerade auf dem Fußweg vor dem Lokal abstellte. Als er diese öffnete, blieb Maya stehen und drehte sich herum, denn der Geruch von warmem Essen stieg in ihre Nase. Sie beobachtete den Jungen, der wieder hinein ging und schlich schnellen Schrittes zurück zu dieser Kiste. Haha! Heute musste ihr Glückstag sein! In dieser Kiste befand sich tatsächlich frisches Essen, verpackt in kleine weiße Styroporboxen. Ihr Blick glitt zur Fensterscheibe und beinahe wäre sie rückwärts gestolpert, als sie in das Gesicht des Jungen blickte, der direkt hinter der Scheibe stand und sie beobachtete.

Maya biss die Zähne zusammen, schnappte sich schnell drei der Boxen und stopfte sie in ihre Tasche. Hoffentlich würde sie nichts verschütten. Als sie wieder zur Scheibe sah, zwinkerte der junge Kellner ihr zu und sie rannte schnell weg, ehe er raus kommen und es sich anders überlegen konnte. Selbst Schuld! Wenn er das Essen einfach auf die Straße stellt und das auch noch, als sie gerade vorbeikommt. Sie verstand nicht, warum jemand gratis Essen vor die Tür stellt, aber sie war sehr glücklich über diesen Umstand. Dass jemand so etwas absichtlich machen könnte, um ihr zu helfen, das kam ihr nicht in den Sinn. Blöd nur, dass sie jetzt erst bemerkte, dass sie die seltsamen Männer wegen dieser Aktion aus den Augen verloren hatte. Aber wie dem auch sei, die Typen waren eh gruselig und Nahrung war Maya weitaus wichtiger als irgendwelche merkwürdigen Gestalten. Vielleicht würde sie ihnen ja zufällig nochmal über den Weg laufen, dann könnte sie ihnen immer noch folgen!

Schulterzuckend setzte sie ihren Weg fort und grinste breit vor Freude über ihre grandiose Beute. Zwar hatte sie noch nicht nachgeschaut, was überhaupt in der Box war, verheißungsvoll gerochen hatte es aber allemal. Ihre Mum und der kleine Kevin würden sich riesig über dieses Mahl freuen und wieder einmal wäre ein Tag überstanden.

Ein paar Regentropfen klatschten auf Mayas Kopf und sie zog ihre Kapuze drüber. Zeit, den Heimweg anzutreten, bevor es richtig los ging. Ein komischer Tag Anfang August, aber das Wetter hier oben war oft nicht das schönste, auch nicht im Sommer. Die Nordseite der Stadt lag an der Küste, deshalb wehte besonders dort oft ein rauer Wind und manchmal drang dieser bis ins Zentrum durch. Und Regen gab es hier auch ständig. Wenn sie es sich irgendwann einmal leisten und sie ihre Mutter mobilisieren könnte, würde sie abhauen aus Highcott. In irgendeine Gegend, die freundlicheres Wetter hat. Denn gerade im Winter war es hier in manchen Nächten unerträglich kalt. Mehr als einmal hatte Maya geglaubt, erfrieren zu müssen.

An der nächsten Ecke blieb sie stehen, um sich zu orientieren. Der Weg nach Hause führte links herum und eigentlich wollte sie diesen antreten. Ein flackerndes Licht zu ihrer Rechten jedoch lenkte sie ab. Wie es schien, war sie gerade die Einzige auf der Straße. Die Menschen befanden sich alle in den paar Restaurants um sie herum oder waren aufgrund des beginnenden, kühlen Regens ins Trockene geflüchtet. Maya musste die Augen zusammen kneifen, als sie genau in das helle, flackernde Licht hinein sah, doch als es nachließ, erkannte sie die zwei gesichtslosen Männer wieder. Zumindest trugen sie dieselben Hoodies und bewegten sich genau wie die Männer zuvor.

Mayas Kinnlade fiel herunter und sie presste ihre Nase und Handflächen an die Fensterscheiben, als sie sah, dass neben den zwei gruseligen Männern, jede Menge Menschen am Boden lagen. Zwei Kellner, die Köpfe merkwürdig verdreht und leblos. Neben diesen stand ein Mann in einem schwarzen Anzug und gegelten Haaren. Seine Hände waren erhoben, sein Gesicht erhitzt und er redete auf die Männer ein. Nur leise drang seine Stimme an ihre Ohren, durch die geöffnete Tür hindurch. Die genauen Worte jedoch verstand Maya nicht. Ein lauter Aufschrei und ein darauf folgendes Lachen ließen Maya von der Tür zurück zum Geschehen lenken und sie sah gerade noch, wie eine hübsche Frau am Tisch leblos vom Stuhl sackte. Eine Blutlache breitete sich um sie herum aus. Mehr sah sie nicht, denn da stürzte schon der Mann zu ihr auf den Boden, legte die Arme um sie und schluchzte. Er hob den Kopf und öffnete den Mund, um etwas zu den Männern zu sagen, doch da gab es einen lauten Knall und er sackte auf den toten Körper seiner Frau. Blut lief ihm aus der Schläfe und Maya erkannte dort ein kleines Loch. Der Lauf der Pistole, mit der er erschossen wurde, verschwand unter dem Hoodie des einen Mannes und Mayas Kehle schnürte sich zu, als sie begriff, dass sie so eben Zeugin eines Mordes geworden war. Eines brutalen Mordes an zwei Menschen, die vollkommen unschuldig aussahen. Aber was sagte das Aussehen schon über die wahre Identität der Menschen aus? Bürgermeister Cunning sah auch nicht aus wie jemand der Schmiergelder annahm und nun zierte sein Gesicht mit dieser Story bereits seit Wochen beinahe jedes Titelblatt.

 Bevor die zwei Gesichtslosen Maya noch entdecken konnten, rannte sie um die nächste Ecke und presste sich dort an die Wand. Zwei tiefe Stimmen kamen immer näher und schnell tat Maya so, als würde sie die Mülltonne neben sich durchsuchen, denn wie anhand der Stimmen vermutet, kamen kurz darauf die zwei Männer in Hoodies um die Ecke gebogen. An ihrer Kapuze vorbei schielte sie zu den beiden Männern und hielt die Luft an, als sich Gesichter unter ihren Kapuzen materialisierten. Hatte sie gerade richtig gesehen? Hatten sich soeben tatsächlich ihre Gesichter wieder hergestellt? Oder hatte sie zuvor einfach nur nicht richtig hingeschaut?

«Was glotzt du so?», raunte der eine ihr unfreundlich zu. Schnell wandte Maya sich wieder der Mülltonne zu und ließ den Müll darin herum rascheln, ohne aufzublicken. Die Männer gingen weiter. Ein Glück, sie hatten sie vor dem Lokal nicht gesehen.

Highcott - Perthburgh

«Trink, trink, trink, trink, trink!», feuerten seine Kollegen Phil Tyrel an. Er nahm die letzten paar Schlucke und setzte schließlich die Flasche ab. Wie gebannt schauten ihn alle an und er hob den Finger für Aufmerksamkeit, als er bemerkte, dass es gleich los gehen würde.

Natürlich trank er niemals Alkohol an der Arbeit. Was es hier auf Ex zu vernichten gab, war Wasser mit Sprudel und zwar eine ganze Literflasche auf einmal. Sein Polizeihemd war links und rechts etwas feucht, weil ihm hin und wieder etwas aus den Mundwinkeln geschäumt ist und in seinem Magen machte sich ein Völlegefühl breit. Aber er hatte es geschafft und Coaster hatte dagegen gewettet. Pech für Coaster, Glück für Phil. Dieser konnte nämlich jetzt seinen ganzen noch zu erledigenden Papierstapel an seinen Kollegen abwälzen.

Es blubberte in Phils Bauch, wanderte hinauf und schon begann das große Rülpskonzert. Mehrmals nacheinander stieß er auf, mal lauter mal leiser, doch jeder Rülpser entlockte seinen Kollegen ein Lachen oder einen Jubelschrei. Außer Coaster, der saß deprimiert auf seinem Schreibtisch und beäugte resigniert den Stapel Papiere auf Tyrels Tisch.

«Gibt's doch nicht», seufzte er und griff nach dem Stapel, um ihn auf seinen Schreibtisch zu räumen.

«Nicht jammern», grinste ein anderer Kollege. «Nimm es einfach hin wie ein Mann und bei der nächsten Wette gewinnst du einfach.» Schief lächelnd ging Coaster zurück zu seinem Schreibtisch und begann das erste Blatt des Stapels zu bearbeiten. Je früher er anfing, desto eher würde er fertig sein. Warum also nicht gleich damit beginnen?

Ziemlich schnell meldete sich Phils Blase zu Wort, weshalb er aufsprang und zur Toilette eilte. Im Hintergrund klingelte ein Telefon, aber er war ja nicht der Einzige, der gerade im Dienst war.

Befriedigung breitete sich in Phil aus, während er sich erleichterte und auch sein Bauch fühlte sich nicht mehr ganz so aufgebläht an, wenn er auch doch nicht ganz flach wurde – das war er nämlich nie. Nach dem Händewaschen, trocknete er außerdem sein Kinn ab, an dem das Sprudelwasser herunter gelaufen war. Auch das Hemd kam kurz unter den Händetrockner, wenn der auch nicht viel bewirkte. Sich streckend und gähnend, begab er sich zurück ins Großraumbüro. Wunderbar. Jetzt gähnte er schon, dabei hatte seine Schicht erst vor weniger als zwei Stunden angefangen. Vermutlich würde er gleich, wenn er zurück kommen würde, einen Besoffenen abholen oder eine ausgeartete Facebook-Party auflösen müssen. Zumindest waren dies gefühlt die zwei häufigsten Gründe, weshalb um diese Uhrzeit das Telefon im Büro klingelte. Wobei sich allerdings in letzter Zeit auch

Pokémon-Go Unfälle häuften. Manchmal rief auch Coasters Frau an, um ihrem Mann gute Nacht zu sagen. Als er jedoch dieses Mal zurück kam, herrschte helle Aufruhr.

«Was hab ich verpasst?», fragte er neugierig. Statt einer sofortigen Antwort, bekam er den Autoschlüssel von einer Kollegin in die Hand gedrückt.

«Ein Mordfall in Aberness, Ecke Perthburgh, Loftstreet/Highbridge im Roses», antwortete seine Chefin, die soeben aus ihrem Büro gekommen war. «Detective Tyrel, sie übernehmen den Fall gemeinsam mit Detective Peralta.»

Die Frau, die ihm den Schlüssel gegeben hatte, Rosa Peralta, nickte ihm kurz zu. Tyrel nickte erst ihr zu, dann seiner Chefin. Mit einem schnellen Griff angelte er sich Jacke, Hut und Dienstmarke und brach mit Peralta auf.

«Tyrel.» Das war Chief McLloyd. Sie fing ihn an der Tür ab und sah ihn sehr ernst an. «Das ist ihre letzte Chance. Vermasseln Sie die nicht. Das wäre sehr schade.»

Phil schluckte und nickte anschließend. «Ich verspreche es, Ma'm!» Mit einem kurzen Salut verließ er schließlich das Gebäude, um mit Blaulicht nach Aberness hinüberzufahren.

Highcott - Greenbridge

Wie auch im Rest der Stadt Highcott, war das Arbeiterviertel Greenbridge bereits in sanfte Rottöne der untergehenden Sonne getaucht. Wie verzaubert hatte der Regen mit einem Mal aufgehört und die Wolken hatten zum ersten und letzten Mal an diesem Tag der Sonne Durchlass gewährt. Als hätte es nie geregnet, ging der Tag zu Ende. Nur die nassen Straßen und ein wunderschöner Regenbogen in weiter Ferne ließen noch darauf schließen, dass hier eben noch Herbstwetter geherrscht hatte. Im August.

In vereinzelten Gärten brannten bereits kleine weiße oder bunte Lichter. Rote Gluten leuchteten in manchen Grills. Der Geruch von gebratenem Fleisch und Bierdunst lag in der Luft, vereinzelt wehte eine leichte Brise ein paar Laute der Freude auf die Straßen. Greenbridge war eine freundliche Gegend und jeder kannte hier seine Nachbarn. Nur eine Familie schnitt sich vom Rest der Einwohner etwas ab. Zwar grüßten sie freundlich auf der Straße, halfen Frauen mit Kinderwägen, diese in Busse zu tragen oder der ein oder anderen alten Dame über die Straße, denn Untiere waren sie ja nicht. Aber die Bishops ließen niemanden zu nahe an sich heran. Sie kannten ihre Nachbarn, aber würde man die Nachbarn fragen, würden diese nichts über die Bishops sagen können. Außer, dass sie freundliche und hilfsbereite Menschen sind, besonders der Jüngste von ihnen..

Damit niemand in ihre Privatsphäre eindringen konnte, hatten sie eine große Hecke um ihr Grundstück gezogen. So groß, dass höchstens jemand von Dirk Nowitzkis Größe eine Chance hätte, in den Garten zu spähen. In dem Haus hinter der Hecke lebten die Bishops zu dritt. Erst kürzlich war Ignatius, das Familienoberhaupt, gestorben. Ganze 107 Jahre hat der Mann geschafft und alleine deshalb war er hier in der Gegend eine kleine Legende. Nach seinem Tod hatte sein Sohn Bartholomäus diese Position übernommen. Die Nachbarschaft kannte Bartholomäus allseits nur als Barty. Den lieben, alten Barty der mit seinem weißen 3-Tage-Bart und seinen stets adrett gegelten Haaren ein kleiner Hingucker für die älteren Damen der Gegend war. Die jüngeren Menschen bezeichneten sein Äußeres eher als sympathisch oder teddybärhaft.

An diesem Abend saß Barty auf seiner Veranda und genehmigte sich ein köstlich kühles Bier. Müsste er auf eine einsame Insel oder in eine andere Welt auswandern und dürfte eine Sache aus dieser Welt mitnehmen, dann wäre es ein ganzer Vorrat an Bier. Seiner Meinung nach war es das Köstlichste, was die Menschheit je erfunden hatte.

«Wir bekommen gleich Besuch.» Bartys Sohn Shane betrat die Veranda und hängte eine kleine, grün leuchtende Kugel an einen Haken, der von der Decke hing. Diese Kugel spendete ein warmes Licht. Sie bot viel davon und war dabei weitaus angenehmer als die Außenlampe.

    Shane war ein begehrter Junggeselle in den Vierzigern. Er hatte das Adrette von seinem Vater geerbt und wären seine Haare weiß, statt aschblond und hätte er mehr Falten, so wären die beiden kaum von einander zu unterscheiden gewesen. Viel attraktiver war da nur noch sein Sohn Ian. Denn auch er hatte das gute Aussehen geerbt und war noch frische 23 Jahre jung. In der Schule hatte er ständig eine andere Freundin gehabt, auch während des Studiums, und jetzt an der Arbeit blickte ihm ausnahmslos jede Frau hinterher. Ian war jedoch der Einzige in der Familie, der diesen Geburtsbonus ein wenig mehr ausnutzte, als er vielleicht sollte. Freundlich und hilfsbereit seinen Nachbarn gegenüber war er trotzdem, freundlicher sogar als sein Vater und Großvater es waren. Niemand, aber auch wirklich niemand, wäre auf die Idee gekommen, dass diese hübsche, freundliche Junggesellen-Familie Bishop auch nur im Ansatz etwas zu verbergen oder Dreck am Stecken hätte.

Highcott - Paisling

«Ich werde nie wieder richtig sehen können», jammerte Gus gespielt dramatisch, als er mit noch feuchten Haaren an Erics Haustür stand. Sein Freund lachte und Bill tat es ihm gleich.

«Jetzt tu mal nicht so, als hättest du noch nie einen Penis gesehen.» Eric klopfte ihm auf die Schulter und Gus zwang sich zu einem schiefen Grinsen.

«Das nicht, aber es gibt einfach Dinge, die möchte man einfach nicht über seinen besten Freund wissen. Oder von ihm sehen.»

«Das trifft mich sehr.» Ernst schaute Eric seinen älteren Kumpel an, dann lachte er wieder.

«Das ist gut so. Dein Ego braucht mal einen Tritt auf die Bremse.» Frech grinste Gus seinen Kumpel an und wich dessen Faust aus, welche auf seine seine Schulter zuraste. «Ich sag bloß die Wahrheit! Jetzt muss ich aber los. Wir sehen uns dann morgen in der Schule.»

Bill und Eric winkten ihrem Freund hinterher, als dieser die Stufen hinunter hopsend den Pfad zum Gartentor betrat. Die Sonne ging schon unter und laut Gesetz müsste er schon zu Hause sein, aber wer achtete schon so pingelig genau darauf? Solange seine Eltern nichts sagten, wenn er nach zehn nach

Hause kam, machte ihm das nichts aus. Gus war nie ein Elternsöhnchen gewesen, aber er war gut erzogen und hörte auf das, was sie sagten. Auch noch mit seinen 16 Jahren. Es gab für ihn keine Gründe zu rebellieren und selbst wenn er doch mal etwas später als geplant nach Hause gekommen war, was wirklich selten vorkam, hatte er sich als Entschuldigung bei seinen Eltern eingekratzt. Nicht auf diese schleimige Weise, wie viele Teenager es verbal taten. Nein, Gus hatte stattdessen lieber ein heißes Sprudelbad für seine Mum zur Entspannung vorbereitet oder seinem Vater eine Sportzeitschrift mitgebracht. Meistens wussten seine Eltern, aus welcher Intention heraus Gus dies tat, aber es gefiel ihnen trotzdem und sie ließen sich nichts anmerken. So gefiel es ihnen viel besser, als wenn er Streit anfangen würde. Sie mochten keinen Streit, nicht mit ihrem Sohn. Und sie waren froh, dass es ihnen so gut gelungen war, ihn rechtens zu erziehen.

    Auf dem Heimweg radelte Gus erneut an Bethanys Haus vorbei, doch dieses Mal begegnete er ihr nicht. Vermutlich lag sie auf ihrem Bett und las ein Buch. Das hatte sie oft getan, wenn er sie im vergangenen Schuljahr besucht hatte.

    Er radelte weiter. Vorbei an großen, edlen Grundstücken. Manche lagen ruhig da, ohne Autos auf den Auffahrten. Das waren die Häuser der Männer und Frauen, die um diese Zeit immer noch arbeiteten, auf Luxus-Veranstaltungen gingen, um sich dort voll laufen zu lassen oder die auf Geschäftsreise waren, wo sie ihre Partner betrogen. Nicht, dass er das alles sicher wusste, aber an der Clayton High wurde ständig geredet und hier und da schnappte man doch das ein oder andere Mal etwas auf. Und in beinahe jedem Haus an dem er vorbei fuhr, wohnte einer seiner Schulkameraden oder Kameradinnen.

Als Gus seinem Haus immer näher kam, war die Sonne schon beinahe am Horizont verschwunden. Vor ein paar Einfahrten glühten sanft Solarlampen in verschiedenen Farben und manche Fensterscheiben zu seiner Linken reflektierten das tiefrote Licht der beinahe versunkenen Sonne. Ein perfekter Abend ging zu Ende und er bog auf seinem Fahrrad um die nächste Ecke. In die Straße, in der sich das Haus seiner Familie befand. Doch hier verlor sich die Idylle ein wenig. Nicht etwa, weil die Straße weniger hübsch war als die, durch die er gefahren ist. Es waren ein Polizeiauto und Blaulicht, die die Idylle störten. Was machte die Polizei vor seinem Haus?

Auf dem Bürgersteig vor der Einfahrt stieg Gus von seinem Fahrrad und schob es die kurze Auffahrt zum Haus hinauf. Ein Mann und eine Frau in Uniform standen vor der Haustür und schienen zu warten, dass jemand öffnete. Doch es war keiner zu Hause. Seine Eltern waren aus, sein Onkel Charles als Security-Koordinator auf einer wichtigen Veranstaltung unterwegs und die Putzfrau Merit kam nur auf Anfrage.

Neugierig und verwirrt zugleich machte Gus sein Fahrrad am Geländer fest und blickte zu den Polizisten hoch, von denen sich der Mann gerade herumdrehte.

«Oh, es ist ja doch jemand zu Hause. Hallo. Gehören Sie zur Familie Raise?» Er kam die Treppe hinunter gelaufen und die Frau folgte ihm. Gus nickte als Antwort auf die Frage und gab dem Mann die Hand, als dieser seine ausstreckte. «Ich bin Detective Tyrel und das hier ist meine Kollegin-»

«Peralta», stellte sie sich selbst knapp vor und reichte Gus ebenfalls die Hand, nachdem sie ihre Marken gezeigt hatten.

«Gus- Augustus Raise.» Gus blickte von einem zum anderen. «Was ist los? Wieso sind Sie zu uns gekommen?»

Die beiden Polizisten wechselten einen kurzen Blick und mit einem Mal wurde Gus ganz unwohl zumute.

«Nun, Augustus - darf ich du sagen?» Gus nickte. «Wir sind hier, um dir zu sagen, dass-» Tyrel zögerte einen Moment. Er liebte seinen Job, aber nach all den Jahren war es trotzdem immer wieder schwer, schlimme Nachrichten zu verkünden.

«Dass deine Eltern tot sind», beendete Peralta unvermittelt den Satz für ihn.

Mit einem Mal schien die Welt stehenzubleiben. Niemand bewegte sich, sagte etwas. Ein letzter Sonnenstrahl tauchte Gus in ein rötliches Licht und alle Geräusche waren wie ausgeblendet. Tot? Seine Eltern? Das konnte nicht sein! Nein, das wollte er nicht wahr haben. Den Lippenbewegungen seiner

Gegenüber entnahm er am Rande, dass sie zu reden schienen. Doch er hörte nichts. Kaum, dass er wieder fähig war, seinem Körper Befehle zu erteilen, steuerte er auf die Haustür zu und betrat das Haus, ohne ein weiteres Wort zu sagen oder zu hören. Er bekam auch nicht mit, dass die Detectives ihm hinein folgten.

Highcott - Aberness

Neugierig war Maya den Männern kurzentschlossen wieder gefolgt. Die Tatsache, dass sie keine Gesichter hatten und dann plötzlich doch, ließ ihre Neugierde gegenüber dem Hunger überwiegen. Natürlich, ihre Mum und Kevin warteten auf etwas Essbares. Aber es gab Abende, da war sie weitaus länger unterwegs als an diesem, also würden sie jetzt auch noch warten können. Warten müssen! Und Maya konnte ja unterwegs schnell etwas futtern.

In unauffälligem Abstand war sie den beiden zur nächsten Bahnstation gefolgt und hätte sie beinahe aus den Augen verloren, da es dort nur so vor Menschen wimmelte. Aber immer wieder, wenn sie glaubte sie verloren zu haben, entdeckte sie die breiten Kreuze in den dunklen Hoodies wieder.

Als diese in eine einfahrende Bahn stiegen, huschte sie durch die Türen am anderen Ende des selben Wagons und spähte durch die Menschenmenge hindurch zu den Männern. Hier in der Bahn wirkten sie wie ganze normale Männer, die einfach nur irgendwohin mit der Bahn fahren wollten. Nach Hause, zur Nachtschicht, zu Freunden. Niemand würde denken, dass sie vor wenigen Minuten keine Gesichter besessen hatten. Warum auch? So ein Gedanke wäre vollkommen absurd. Maya würde ihn auch absurd finden, wenn sie es nicht selbst gesehen hätte. Und genau dieser Fakt hatte ihr Interesse geweckt. Vielleicht hatten sie ja Gemeinsamkeiten und könnten ihr weiterhelfen. Wenn da nicht diese Tatsache wäre, dass sie gerade zwei Menschen getötet hatten, wodurch sie eher als gefährlich und weniger als hilfreich einzustufen sind. Aber vielleicht führten sie Maya zu einer Art Nest, in der es noch mehr dieser Menschen gab. Menschen, die etwas Besonderes konnten. Und wer weiß, vielleicht stellte sich im Endeffekt auch bloß heraus, dass es einfach zu dunkel unter der Kapuze gewesen war, um Gesichter zu erkennen. Ein Gruselpunkt weniger. Kurz lachte Maya auf. Nein, das war genauso absurd wie die Gesichtslosigkeit. Es war noch hell gewesen, als sie die Männer das erste Mal an diesem Tage erblickt hatte!

 Die Bahn hielt und Maya suchte schnell wieder nach den Hoodies. Noch immer standen sie am anderen Ende des Wagons und regten sich nicht. Sie hielten sich an der Eisenstange in der Mitte fest und einer von beiden hielt die Hand fest um etwas umschlossen, was aussah wie eine Aktentasche. Das erkannte Maya aber nur, weil der dicke Mann neben ihr gerade die Bahn verlassen hatte. Was auch bedeutete, dass Maya besseren Schutz suchen musste, um nicht von ihnen entdeckt zu werden. Immerhin hatten sie sie an der Mülltonne sehr deutlich gesehen.

Es dauerte eine gefühlte Ewigkeit, die sie in dieser Bahn saß und von Station zu Station wurde es komplizierter, sich zu verstecken. Jedes Mal wenn sie hielten, stiegen mehr Leute aus, als wieder ein. Doch endlich war es soweit. Die Männer verließen die Bahn und Maya folgte wieder mit einigem Abstand.

Als sie den Untergrund verließen, hatte sie keine Ahnung, wo genau sie sich befanden. Sie kannte Dungow wie ihre Westentasche und Aberness und Perthburgh waren ihr auch sehr vertraut. Sogar in Paisling würde sie von sich behaupten, sich mittlerweile auszukennen. Aber wo sie hier gelandet war, ist sie nie zuvor gewesen. Nichts hatte sie bisher hierher getrieben, doch vielleicht, nur ganz vielleicht, würde sie hier Verbündete finden können. Wenn die Männer sie tatsächlich hinführen sollten.

Highcott - Greenbridge

«Sie kommen.» Ian war auf die Veranda zu seinem Vater und Großvater getreten und schaute ernst drein. Bartys Gesicht wirkte ein wenig angespannt und dennoch wirkte er noch immer freundlich. Niemand wusste, wie er das schaffte. Shane nickte seinem Sohn zu und ging mit diesem zurück ins Haus, um den Besuch an der Tür in Empfang zu nehmen.

Im Schein der kleinen grünen Kugel betrachtete Barty ein paar vorbeiziehende Vögel. Die Sonne war soeben am Horizont verschwunden und von irgendwo ertönte seit ein paar Minuten Musik. Etwas von dieser neumodischen Musik, die die Teenager jetzt überall hörten, wie auch sein Enkel Ian. Er konnte dieser Musik nicht viel abgewinnen, aber so leise im Hintergrund, musste er zugeben, war es gar nicht so unangenehm.

Von drinnen drangen dumpfe Stimmen zu ihm hervor und man hörte Schritte, die lauter wurden. Kurz darauf betraten vier Männer die Veranda und gleich darauf auch den Garten. Shane, Ian und zwei große, breitschultrige Männer in Hoodies.

«'n Abend, Sir», grüßen die beiden untergeben. Wenn man die beiden so sah, würde man niemals vermuten, dass sie so klingen könnten.

«Habt ihr euren Auftrag erledigt?», fragte Barty in einem rauen Ton, den nicht viele von ihm zu hören bekamen. Sofort und schnell nickten die beiden Männer und einer von ihnen reichte ihm eine Aktentasche. Shane nahm sie ihm ab, während Barty das kühle Bier in seiner Hand hütete und beinahe begierig auf diese Tasche blickte.

«Alle beide tot, Sir», sagte der, der die Tasche überreicht hatte.

«Mausetot, Sir», fügte der zweite hinzu und nickte, wie zur Bestätigung. «Werden Sie morgen sicher in allen Medien berichten.»

«Das hoffe ich für euch. Sonst werde ich euch morgen aufsuchen lassen müssen.» Von Bartys sonst so sympathischer und freundlicher Art war nichts mehr zu sehen oder zu hören. Seine Stimme klang fest und kalt und sein Gesichtsausdruck hatte etwas an sich, dass manche als angsteinflößend bezeichnen würden. Als hätte dieser Mann zwei Gesichter. Eines für die Öffentlichkeit und eines für das Geschäft.

«Wir haben sie», lachte Shane ungläubig und freudig erregt zugleich, als er die Tasche durchsuchte. «Wir haben die gesamten Unterlagen! Haha!»

Ian versuchte, Shane die Unterlagen abzunehmen, um einen Blick hineinzuwerfen, doch sein Vater zog sie rechtzeitig weg und reichte sie an Barty weiter. Alle schwiegen, während dieser raschelnd die Papiere durchging, wobei sein Gesichtsausdruck immer wahnsinnigere Züge annahm, bis er schließlich zufrieden lächelte und sie seinem Sohn zurück reichte.

«Was ist mit dem Jungen?», fragte Barty etwas harsch und die Männer wurden sichtlich unruhiger. Ihre Füße schabten auf dem Rasen und sie starrten schluckend zu Boden.

«Er war nicht bei ihnen», verkündete einer von ihnen etwas kleinlaut. Von Barty war ein Schnauben zu hören und nur seine geballte Faust auf der Lehne seines Gartenstuhls deutete darauf hin, dass er sich zusammen riss, nicht zu brüllen und damit gegebenenfalls die Nachbarn auf den Plan zu rufen. Was sollten diese nur von den Bishops denken, wenn solche Laute über ihre Hecke wehten?

Ein kräftiger Ruck fuhr durch die zwei bulligen Körper der Männer in Hoodies, bis sie komplett aufrecht wenige Millimeter über der Wiese schwebten. Ihre Augen waren weit aufgerissen.

«Sobald die Medien eure Aussage bestätigen und ihr den Jungen zu uns gebracht habt, sollt ihr eure Belohnung erhalten. Und nun fort hier. Ich will euch bis dahin nicht mehr sehen und ihr ward niemals hier oder in Kontakt mit uns. Hinfort.»

«Jawohl, Sir!» Beide Männer nickten kräftig und sackten wieder zu Boden.

Ohne an die beiden noch einen Blick zu verschwenden, winkte Barty sie fort. Ian und Shane begleiteten sie wieder hinein und brachten sie zur Tür.

Zwar hatten sie den Jungen noch nicht erwischt, aber wenigstens waren die Eltern beseitigt und die Bishops ihrem Ziel somit näher. Und obendrein besaß er jetzt alle Unterlagen dieser Anwältin, die bewiesen, dass Bürgermeister Cunning sich hatte schmieren lassen. So viel Macht hielt er jetzt in den Händen, jetzt musste er sie nur noch anwenden. Bartys zufriedenes Lächeln, als er einen Schluck seines geliebten Bieres nahm, war wieder zu dem freundlichen, sympathischen Lächeln geworden, dass die ganze Nachbarschaft von ihm kannte.

«Jakobo und Ilenna Raise tot und Cunning in der Hand. Drei auf einen Streich», murmelte er zufrieden. Ein grüner Lichtschein zuckte wild über das Profil seines Gesichts und lenkte so die Aufmerksamkeit des alten Mannes auf sich. Das Lächeln auf seinen Lippen wurde etwas breiter und er blickte die grün leuchtende Kugel an, die wie wild an ihrem Haken tobte.

«Gib Ruhe. Die Dinge nehmen ihren Lauf. Du wirst nichts dagegen unternehmen können.» Doch die Kugel hörte nicht und tobte weiter. Schritte näherten sich wieder der Veranda und Barty leerte sein Bier. «Ian. Ich denke, du solltest das Licht auswechseln», rief Barty munter zur offenen Tür hinein. Kurz darauf traten Shane und Ian wieder zu ihm hinaus. Zwischen ihnen hielten sie ein junges Mädchen mit entschlossenem Gesichtsausdruck und wilden, dunklen Haaren fest.

«Na, wen haben wir denn da?», fragte Barty überraschter, als es klingen sollte. Niemand betrat jemals das Haus der Bishops, wenn er nicht eine ausdrückliche Genehmigung dazu erhalten hatte. Und er konnte sich nicht erklären, weshalb seine Nachfahren sie hinein gebeten haben sollten, direkt nachdem sie die Männer zur Tür begleitet hatten. «Eine neue Nachbarin?» Er erhob sich extra aus seinem Stuhl, um ihr freundlich lächelnd die Hand zu reichen, aber Maya würdigte das nicht. Mit durchringendem Blick sah sie ihm in die stechend grauen Augen.

«Ich weiß, was ihr seid.» Das war geflunkert, denn sie wusste es kein bisschen. Ganz sicher war sie aber, dass diese Männer etwas mit den Gesichtslosen zu tun hatten, das war unumstritten. Schließlich hatte sie diese mit eigenen Augen ins Haus hinein und wieder hinaus gehen sehen. Und von ihrer Position vom Apfelbaum auf der anderen Straßenseite aus hatte sie sogar über die hohe Hecke hinweg einen Blick in den Garten erhaschen können. Und Maya war sich ziemlich sicher, dass die Männer für einen kurzen Augenblick über der Erde geschwebt sind.

Wenn dieser Mann wusste, was sie meinte oder nur vielleicht meinte, so ließ er es sich keinesfalls anmerken. Stattdessen lachte er großväterlich und hob die Hände. «Ich erkläre mich gerne für schuldig, wenn du mich denn nur aufklären möchtest?»

«Sie sind ein Zauberer.»

Der alte Mann lachte zwar noch immer leise, seine Augenbrauen jedoch zuckten kurz in einem wild flackernden, grünen Licht und das verriet ihn.

«In der Tat habe ich mich in meiner Jugend ein wenig mit Zaubertricks vertraut gemacht. Allerdings würde ich mich deshalb nicht als Zauberer bezeichnen, Kleines. Diesen Titel überlasse ich lieber den wahren Zauberkünstlern, wie Houdini.»

«Ich rede nicht von billigen Tricks», entgegnete Maya. Der Alte wollte spielen? Bitte, aber nicht mir ihr. Sie wusste was sie gesehen hatte und blieb hartnäckig. Und um Himmels Willen würde sie sich bloß nicht anmerken lassen, wie sehr ihre Knie zitterten und ihr Herz raste. Denn dass diese Männer gefährlich werden konnten, dessen war sie sich bewusst. Irgendwie waren sie in diesen Mordfall verwickelt, auch wenn sie nicht gehört hat, was die Männer ihm erzählt hatten. So hatte sie doch durchaus wahrgenommen, dass einer der Hoodie-Träger ohne die fest umklammerte Aktentasche wieder aus dem Hause getreten war. «Ich rede von echter Magie.

Diese Männer, die eben aus ihrem Haus kamen, hatten keine Gesichter.»

Hinter sich hörte sie den Jüngsten nach Luft schnappen. Der alte Mann, der noch immer vor ihm stand, blickte hinter sie und nickte seinem Enkel freundlich zu.

«Ian, würdest du bitte noch an die Lampe denken? Das Licht muss ausgetauscht werden.»

Maya hörte, wie der Junge sich hinter ihr in Bewegung setzte. Das flackernde Licht verschwand und nahm alle Helligkeit mit sich. Jetzt leuchtete nur noch der Halbmond am Himmel, der kaum Licht spendete. Maya bildete sich ein, dass die Augen des Alten glühten, aber sicher war das nur eine Reflexion. Oder auch nicht? Nach dem, was sie heute alles gesehen hatte, wurde sie nun doch wieder etwas unsicher.

«Das war sicherlich nur eine Täuschung, meine Liebe. Schatten und Licht spielen uns oft Streiche.» Noch immer lächelte er großväterlich und im Gegensatz zu allen anderen hier in der Gegend, fand Maya es nicht sympathisch, sondern eher gruselig.

«Ich weiß, was ich gesehen habe», sagte sie betont langsam und wandte noch immer ihren Blick von dem Alten ab. «Das war kein Streich. Das war Realität.»

Bevor der alte Mann zu einer erneuten Ausrede ansetzen konnte, hob Maya ihre Hand und machte den Fremden sprachlos. Als sähe er nicht richtig, blickte er auf ihre

Handfläche, in der es glühte, als wäre sie eine Plasmalampe. Jede Ader in ihrer Hand wurde von dem Leuchten angestrahlt und war daher nur zu sichtbar. Das war beinahe das Einzige, was sie konnte. Ein bisschen Zeug durch die Gegend schweben und ihre Hand glühen lassen. In all den vergangenen Jahren hatte sie sich immer wieder auf ihre leuchtende Hand konzentriert, denn sie spendete nicht nur Licht an langen, dunklen Tagen und Nächten, an kalten Tagen spendete sie sogar ein wenig Wärme.

«Krass.» Dieser Ian musste zurück gekommen sein. Es wurde auch wieder heller hinter ihr. Nicht grün, dieses Mal leuchtete es in lila.

«Woher kannst du das?», fragte der alte Barty nun leicht skeptisch, aber auch in einer gewissen Weise beeindruckt.

«Ich kann es halt», antwortete sie knapp. Warum sie das konnte und wie genau sie es machte, das wusste sie selbst nicht. Diesen womöglichen Trumpf würde sie den fremden, gefährlichen Männern allerdings nicht in die Hände spielen. «Und ich weiß, dass ihr es auch könnt und was ihr und diese Männer getan habt. Ihr werdet mir beibringen, mit diesen Kräften umgehen zu können oder ich werde zur Polizei gehen.» Tapfer blickte sie den Männern entgegen, in der großen Hoffnung, dass sie sie nicht einfach an Ort und Stelle töteten. Jetzt erst ging ihr auf, wie blöd und naiv sie gewesen war, das war sonst nicht ihre Art. Sonst war sie vorsichtiger. Doch nun war es zu spät.

Highcott - Perthburgh

Eine kichernde Dame in einem silber glitzernden Kleid flitze an Charles vorbei und zwinkerte ihm zu, als dieser skeptisch den jungen Cunning Spross betrachtete, den sie mit sich hinauszog. Es ging ihn nichts an, was und mit wem es die Sprösslinge der Highcotter Politiker und High Society trieben, dennoch konnte er nicht anders, als die Nase zu rümpfen. Immer wieder wurde er zu diesen Gesellschaftsereignissen geladen. Er als Chef der größten Security-Firma in und um Highcott, die immer für derartige Feierlichkeiten engagiert wurde. Natürlich waren ihm aufregendere Fälle lieber. Geflüchtete beschützen, hohe Prominenz abschirmen oder Politiker vor Anschlägen sichern. Dennoch gab es auch derartige Jobs für seine Firma und jedes Mal wurde er als Gast geladen. Natürlich taucht man dann auch auf, man muss ja Eindruck machen und bloß keinen falschen hinterlassen. Doch jedes Mal geschah das Gleiche auf solchen Veranstaltungen. Alle unterhielten sich oberflächlich, lobten ihre Frisuren, Arbeiten und Glitzerkleider und wenn sich alle mit Champagner den Rest gegeben hatten, gab es Partnertauschs und Seitensprünge vom Feinsten, über die am nächsten Tag niemand mehr sprach. Als wäre nie etwas geschehen. Und das alles trieben nicht nur die Sprösslinge. Oh nein, die Eltern waren teilweise viel schlimmer. Charles verstand nur zu gut, weshalb seine Schwester und sein Schwager derartige Feierlichkeiten zwar besuchen mussten, sich aber immer schnell wieder verzogen und sich distanzierten. Und vor allem warum sie seinen Neffen so selten mitnahmen. Das hier war einfach keine Welt, in die man seine wohlerzogenen Kinder mit hineinziehen sollte. Sowieso wäre Gus hier ganz Fehl am Platz gewesen. Er war zwar manchmal ein typischer Teenager, aber freundlich und bodenständig. Die Kinder, die die anderen Gäste mitbrachten hingegen, waren verzogene und überhebliche kleine Bastarde. Niemals jedoch würde Charles das einem der Gäste auf die Nase binden. Er konnte es sich nicht leisten, einem seiner Kunden auf den Schlips zu treten. In diesen Kreisen war stille Post ein beliebtes Spielchen, dass schnell große Ausmaße annehmen und einen in den Ruin treiben konnte.

Es war bereits elf Uhr abends. Ein guter Grund für ihn, nach Hause gehen zu können. Nur weil seine Angestellten bis zum bitteren Ende bleiben mussten, musste er das als Gast nicht auch. Viele Stockwerke unter ihm flackerte Blaulicht, dass sich rasend schnell entfernte. Die Sirene jedoch drang längst nicht bis hier hoch, nicht einmal, wenn das Fenster offen wäre.

Am nächsten Tag brannten die Medien. Auf jedem Sender, in jeder Tageszeitung und auf jedem Online-Nachrichtenportal gab es nur noch ein Thema: Den Mord an den Raises. Die Munkeleien klangen alle ein wenig anders, aber in einer Sache überschnitten sie sich immer wieder und darin waren sich die Medien einig: Ilenna Raise musste sterben, damit sie nicht gegen den Bürgermeister vorgehen konnte. Jakobo musste sterben, weil er an diesem Abend bei ihr war und als Zeuge im Weg gestanden hätte. Sowie alle Anwesenden im *Roses*. Natürlich warfen diese Vermutungen einen schlechten Blickwinkel auf Bürgermeister Cunning, obwohl dieser vollkommen unschuldig war, wie sein Anwalt der Presse mitteilte. Cunning selbst hatte sich noch nicht selbst dazu äußern dürfen. Dazu hatte sein Anwalt ihm geraten. Zunächst müsse er einen kühlen Kopf bewahren und abwarten, was im Mordfall Raise noch an die Öffentlichkeit gelangen würde. Schließlich seien dies alles nur erste Mutmaßungen und Anschuldigungen, die sich sicher ganz bald wieder legen würden.

Seufzend legte Phil die Highcotter Tageszeitung beiseite und schlürfte an seinem laktosefreien Café Latte. Die Kellnerin hatte ihn etwas geringschätzig gemustert, als er nach laktosefreier Milch oder Sojamilch gefragt hatte. Das hätte sie sicher nicht getan, wenn vegan sein nicht so ein Trend geworden wäre, wie er es momentan war. So etwas erlebt er öfter. Schiefe Blicke oder Fragen, wie Bio er denn bitte sei und seit wann er sich vegan ernähre, wenn er doch mal zur Sojamilch griff. Einzig seine Kollegen hatten damit aufgehört, seit er extra einen ganzen Arbeitstag lang auf sämtliche laktosefreie Nahrungsmittel verzichtet hatte. Der Geruch, der an diesem Abend das PPD beherrschte, hatte sich tief in den Nasen der Anwesenden verwurzelt. So schnell würden sie nicht wieder vergessen, dass er laktoseintolerant war.

Ein Foto des abgesperrten Tatorts zierte die Titelseite der Zeitung, die er soeben auf den Tisch gelegt hatte. Obwohl es sich dabei um ein halbwegs seriöses Nachrichtenportal handelte und die HC überwiegend Fakten lieferte, stellten auch diese Redakteure dieses Mal Vermutungen an, was hinter dem grausamen Überfall auf die Raises an ihrem Hochzeitstag stecken könnte. Ganz klar und deutlich hatte er am Vorabend mehreren Reportern vor Ort berichtet, dass derzeitig noch keine genauen Aussagen über die Hintergründe und Motive getroffen werden können, aber wie jedes Mal, war das völlig umsonst gewesen. Die Presse machte ja im Endeffekt doch, was sie wollte und er durfte das dann meistens wieder ausbaden und seiner Vorgesetzten erklären. Ein Glück wusste diese aber selbst, wie die Presse sein konnte, sie vergaß es nur manchmal einfach weil sie viel zu sehr in Bürotätigkeiten verschrieben war. Ihr letzter persönlicher Einsatz lag schon eine ganze Weile zurück.

Das Gesicht des Jungen Augustus Raise schob sich wieder vor Phils inneres Auge. Wie er, wie betäubt auf der Couch gesessen und ihm und Peralta zugehört hatte. Als könne er gar nicht verdauen, was er da erfuhr. Das war ihm keinesfalls zu verdenken. Es ist nie leicht, wenn jemand stirbt, schon gar nicht unerwartet. Aber dann auch noch auf diese Weise. Keine Träne hatte der Junge vergossen während er und seine Kollegin im Haus waren und niemand war bei ihm, der ihn hätte trösten können. Unglücklicherweise hatten sie seinen Onkel bisher nicht erreichen können.

«Wir werden den Mörder finden, versprochen», hatte Tyrel gesagt und es auch so gemeint. Nicht nur weil er den Fall erfolgreich abschließen wollte, damit er seinen Job behalten konnte, sondern auch weil dieser Junge ihm ernsthaft leid tat und er es verdient hatte, dass man den Richter des Lebens seiner Eltern fand und seiner gerechten Strafe zuführte.

Peralta hingegen hatte ihm, sobald sie vor der Tür waren, mit der flachen Hand gegen den Hinterkopf geschlagen. «Idiot. Schon vergessen? Gib niemals Versprechen, die du nicht sicher halten kannst.»

Highcott - Paisling

Genauso glänzend, wie die Sonne am Abend untergegangen war, strahlte sie an diesem Nachmittag in die Fenster des Raise Hauses. Es war bereits Mittag und Gus hatte sich erst jetzt aus dem Bett gewagt. Stundenlang hatte er darin gelegen und die Decke angestarrt. Sein Onkel Charles hatte zwar sofort nach ihm gesehen, nachdem er noch am vergangenen Abend seine Mailbox abgehört hatte, ihn aber nicht gezwungen, aufzustehen. Es gab einfach Dinge, da konnte selbst die Schule warten. Der Rektor der Clayton High hatte dafür vollstes Verständnis gezeigt, als Charles angerufen und seinen Neffen entschuldigt hatte. Denn auch der Rektor hatte durch die Morgennachrichten bereits Kunde vom Tod der Eltern einer seiner Schüler erhalten. Schließlich hatten alle Eltern der Clayton High Rang und Namen, so auch die Raises.

Seit Minuten stocherte Gus in seinen Cornflakes herum, die schon ganz weich waren und die Milch bunt färbten. Wie hypnotisiert schaute er der Milch beim Färben zu, die nach und nach ein tiefes Rot annahm. Seine Eltern... tot. Einfach so. Erst am Vortag noch hatte sein Vater ihn zur Schule gefahren und ihm den Regenschirm in die Hand gedrückt. Und heute schien die Sonne wieder ganz typisch für den August bei Kurze-Hosen-Wetter. Doch Gus war gar nicht nach

Sonnenschein. Es kam ihm vor, als würde die Sonne ihn verspotten wollen. Vielleicht wollte sie ihn auch aufmuntern, Gus jedoch war nicht danach, sich aufmuntern zu lassen.

«Herrje, Gus, ich mach dir etwas anderes zu essen!» Charles nahm die Schüssel mit den aufgeweichten Cornflakes vom Tisch und kippte den Inhalt weg. Rote Milch ergoss sich ins Abwaschbecken, doch Gus starrte immer noch auf den Fleck, an dem seine Schüssel soeben gestanden hatte. Er bekam erst wieder etwas mit, als sein Onkel ihm zwei Käsebrote auf einem Teller servierte.

Am Abend hatten die Polizisten Gus noch hinein begleitet und mit ihm über seine Eltern geredet. Ob sie Feinde hatten oder ob Augustus irgendjemand anderes einfiel, der seinen Eltern schaden wollte. Ob er sagen könne, ob er auch in Gefahr sein könnte und ob ihm in letzter Zeit etwas aufgefallen war. Merkwürdiges Verhalten seiner Eltern oder Bekannter, Geschäftspartner und so weiter. Gus hatte immer nur genickt oder den Kopf geschüttelt. Nie aber geredet. Außer das eine Mal, als er nach dem Notizbuch seines Vaters fragte. Jakobo hatte nie etwas in dieses Buch hinein geschrieben. Immer wenn Gus es gesehen hatte, war es leer. Aber für seinen Vater war es eine Art Glücksbringer gewesen, den er stets bei sich trug. Es war winzig, kaum größer als eine Hand und hatte einen hübschen Einband mit einem leuchtenden Baum darauf.

Glücksbringer. Hatte man ja gesehen, wie es ihm genutzt hat, als er umgebracht wurde. Gus wollte es dennoch haben. Als Erinnerung an seinen Dad. Jeder verdiente doch ein Erinnerungsstück, oder?

Die Polizisten hatten sich angesehen, bevor Tyrel geantwortet hatte, dass sie zwar nichts raus geben dürften, was die Opfer bei sich trugen aufgrund von Beweismittelsammlung, dass er aber mal nachsehen würde. Danach hatten sie sich verabschiedet. Kaum, dass das Auto die Einfahrt verlassen hatte, war sein Onkel vor der Tür aus einem Taxi gestiegen.

Es war nicht einfach für Charles gewesen, aus Gus herauszukriegen, was die Polizei ihm erzählt hatte, aber schließlich hatte er es gut sein lassen. Sein Neffe war nervlich am Ende und auch Charles musste diese Information erst einmal verarbeiten. Dann waren beide schlafen gegangen. Wortlos.

«Die Polizei wollte wissen, ob es Gründe dafür gibt, dass man es auch auf mich abgesehen haben könnte.» Das waren Gus' erste Worte an diesem Tag und Charles' Kopf blickte von der Tageszeitung auf, die voller Vermutungen über den Mordfall war. Er faltete sie zusammen und legte sie beiseite.

«Und was hast du gesagt?»

«Nichts. Ich wusste es nicht. Ich hätte nicht einmal gedacht, dass meine Eltern überhaupt auf irgendeiner Abschussliste stehen. Meinst du, es war ein gezielter Mord? Wollte jemand meine Eltern umbringen? Oder waren sie einfach nur zur falschen Zeit am falschen Ort?»

Gus wusste nicht, dass sein Vater das *Roses* extra gemietet hatte für den Abend, allerdings hatte die Polizei ihm berichtet, dass sie an dem Abend die einzigen Gäste gewesen zu sein schienen. Man würde die Bänder der Überwachungskameras jedoch noch unter anderem darauf überprüfen, ob die anderen Gäste nicht einfach nur rechtzeitig hatten flüchten können.

«Ich weiß es nicht, Gus. Leider.» Betrübt und hilflos saß Charles auf seinem Stuhl und blickte seinem Neffen in die traurigen Augen. Es zerriss ihm beinahe das Herz, ihn so zu sehen. So kannte er ihn nicht, nur lachend oder auch mal schlecht gelaunt, nicht jedoch so traurig. Charles konnte sich nur zu gut vorstellen, wie Augustus sich fühlte. Schließlich waren nicht nur dessen Eltern gestorben, sondern mit ihnen auch Charles' jüngere Schwester.

«Die Polizei wird ihr Bestes geben, um den Fall schnellstmöglich aufzuklären.» Aufmunternd sah Charles seinen Neffen an. «Sie werden den Schuldigen zur Verantwortung ziehen und ihn bestrafen.»

«Das bringt sie mir aber nicht zurück», antwortete Gus härter, als er gewollt hatte. Dagegen konnte Charles nichts mehr sagen und so blickte er nur schweigend zurück. Gus reichte es. Ohne seine Käsebrote angerührt zu haben, stand er auf und verschwand wieder in seinem Bett. Kaum war er verschwunden, liefen Charles Tränen die Wangen hinunter und er konnte ihre salzige Note auf seinen Lippen schmecken. Sein Herz zog sich zusammen, aber er sammelte all seine Kraft, wischte die Tränen von seiner Wange und räumte den Tisch ab.

Highcott - Aberness

Schreckliche Sache, die den Raises da vor einigen Tagen zugestoßen ist, das musste Robert Cunning zugeben. Auch wenn es ihm zunächst erst einmal den Hintern gerettet hatte. Schließlich war der Prozess so lange aufgehoben, bis sich eine Vertretung für Ilenna Raise gefunden und in den Fall eingearbeitet hatte. Schlimm nur, dass man ihn nun unter anderem verdächtigte. Die letzten Menschen, die regelmäßig vor dem Gebäude für ihn demonstriert hatten, in dem Mrs Raise arbeitete, hatte er auch als Anhänger verloren. Ein schlechtes Licht, das auf ihn fiel, ein schlechtes Licht für seine Position. Bis heute hielt sein Anwalt ihn zurück, sich in der Öffentlichkeit dazu zu äußern.

Sein Telefon klingelte. Seine Sekretärin war dran. Niemand außer ihr landete direkt auf seinem Telefon. Nicht einmal seine Frau oder Tochter.

«Mr Cunning, ich wollte Sie nur an Ihren Termin erinnern. Sie sind gleich mit dem Junior Manager der *Veins*-Restaurants zum Essen verabredet.» Ein Blick auf die Uhr verriet Robert, dass diese Erinnerung durchaus angebracht war, wenn er nicht zu spät kommen wollte. Obwohl sie es nicht sehen konnte, nickte er am Telefon.

«Natürlich, vielen Dank.»

Auf die Minute genau betrat Robert Cunning wenig später ein Nobelrestaurant der besagten *Veins*-Restaurantkette in Aberness, wo seine Verabredung bereits auf ihn wartete. Ein Glück hatte er es rechtzeitig geschafft. Nicht auszudenken, welches Licht auf ihn fallen würde, würde er zu spät kommen. Er, als Oberhaupt der Stadt, der sowieso schon in aller Munde war.

«Mr Bishop.» Cunning nickte dem Mann am reservierten Tisch zu und dieser erhob sich, um ihm die Hand zu reichen.

«Mr Cunning, guten Abend. Schön, dass Sie es einrichten konnten.»

Kaum, dass sie beide Platz genommen hatten, nahm der Kellner schon ihre Getränkebestellungen auf und verteilte die Speisekarten, nachdem er seinen Chef Mr Bishop ausgiebig begrüßt hatte.

«Nein, danke», lehnte Bishop freundlich lächelnd ab. «Das hier wird eher eine kurze Angelegenheit.»

Leicht mit der Stirn runzelnd, lehnte nun auch Cunning die Speisekarte ab und der Kellner verschwand leise wieder.

«Womit kann ich Ihnen denn behilflich sein? Benötigen Sie die Genehmigung für den Bau eines neuen Restaurants?», erkundigte Robert sich neugierig und sah dabei zu, wie Mr Bishop Junior etwas aus seiner Aktentasche hervorholte.

«Ganz und gar nicht. *Veins* läuft ziemlich gut und kauft gerade fleißig auf, danke.» Shane Bishop lächelte dem

Bürgermeister freundlich zu. «Aber ich habe da etwas, das Sie interessieren könnte.»

Bishop schob die Papiere, die die Männer in Hoodies vor ein paar Tagen von Ilenna Raise gestohlen hatten, auf den Tisch. Als Robert erkannte, um was es sich da handelte, wurden seine Augen riesig und er wollte danach greifen, doch Shane zog sie wieder an sich.

«Na, na, nicht so schnell, Mr Cunning. Sie werden doch sicher ahnen, dass ich Ihnen diese Unterlagen nicht einfach so aushändige?» Bishop verzerrte seine Lippen zu einem schmalen Lächeln, dass zwar freundlich, doch zugleich bedrohlich wirkte. Cunning lockerte unbemerkt den Kragen seines Hemdes und musterte sein Gegenüber interessiert.

«Und was schwebt Ihnen da vor?» Cunning kannte Bishop lediglich von ein paar Veranstaltungen, auf denen sie hin und wieder beide geladen waren. Man tauschte Höflichkeiten aus - *schönes Jackett, tolle Frisur haben Sie da und oh, Sie managen jetzt auch das Four Seasons? Wie groaßartig!* Man sprach wenig über die Bishops und wenn doch, dann hörte man die Menschen sagen, dass es eine sehr freundliche, ambitionierte und so bodenständige Familie sei. Immer nett, auf Zack und niemand will etwas Schlechtes über sie gehört haben. Hörte man aber einmal tiefer hinein, in die Untergründe der Stadt, dann konnte man das eine oder andere Mal, wenn man ganz genau hinhörte, ein gewispertes *Bishop* wahrnehmen. Aus diesen Gründen spitzte Cunning nun ganz besonders die Ohren. Was konnten die Bishops von ihm wollen? Und wo verdammt nochmal hatten Sie diese Unterlagen her? Konnte es im Endeffekt sogar möglich sein, dass sie mit dem Mord an Ilenna Raise in Verbindung standen? Nein, das war einfach undenkbar.

«Ach, ich bin da ganz bescheiden.» Shane Bishop lächelte erneut freundlich und verstaute die Unterlagen wieder in seiner Tasche. «Alles, was ich mir wünsche, ist ein wenig Einfluss in der Entscheidungsgewalt über die Stadt.» Noch immer legte er sein wahnsinnig freundliches Lächeln nicht ab. «Die Entscheidung liegt natürlich ganz bei Ihnen und wenn wir hier fertig sind, bekommen Sie die Kopien der Unterlagen mit. Alles, was Sie tun müssen, ist Ja oder Nein zu sagen. Und je nachdem, wie Sie sich entscheiden, gelangen die Originale entweder in meine verschlossene Schublade und ich lasse meine Beziehungen für Sie spielen oder aber sie landen direkt auf den Tisch des nachfolgenden Staatsanwaltes. Sie haben also folgende Möglichkeiten: Sie sind fein raus aus der ganzen Geschichte und sind im Besitz der Akten zu ihrem mutmaßlichen Fall von Schmiergeldern, mit denen Sie dann anstellen können, was Sie wollen. Sie bleiben Bürgermeister, Ihre Anhänger lieben Sie wieder und Sie erteilen mir unter der Hand vollen Einfluss auf alle wichtigen Entscheidungen und werden somit jeder meiner Anweisungen widerspruchslos

Folge leisten. Oder Sie belassen alles so, wie es bisher ist und landen im Gefängnis.»

Cunnings Gesicht war puterrot angelaufen. Dieser ungehobelte Manager glaubte tatsächlich, ihn an der Nase herumführen zu können. Doch ehe er in wütendes Geschimpfe ausbrechen konnte, kehrte der Kellner mit zwei Cognacs zurück, natürlich auf Kosten des Hauses. Keiner rührte die Gläser an, als er wieder verschwand.

«Das ist Erpessung!», presste der Bürgermeister hervor, empört darüber, dass das Wispern im Untergrund anscheinend nicht gelogen hatte.

«Ich bitte Sie, seien Sie doch nicht gleich so hart mit Ihren Worten. Ich handle lediglich in unser beider Interesse. Sie werden freigesprochen aufgrund mangelnder Beweise und meiner Beziehungen und ich bekomme ein bisschen mehr Einfluss auf die Stadt. Ich sehe da keine Nachteile für einen von uns.»

Wenn dieser Bishop doch nur endlich aufhören würde zu lächeln, das machte Cunning furchtbar wahnsinnig.

«Ich werde zur Polizei gehen und denen erzählen, dass Sie die Unterlagen der ermordeten Ilenna Raise besitzen», zischte Robert Cunning. «Dann stecken Sie in viel größeren Schwierigkeiten als ich, mal sehen, wie Sie da wieder herauskommen.»

Mit hochrotem Kopf wollte der Bürgermeister sich erheben und verschwinden, doch eine unsichtbare Kraft hinderte ihn daran und drückte ihn zurück auf den Stuhl. Als lägen Zentnergewichte auf ihm.

«Wer wird denn gleich ungehalten werden und so schwere Vorwürfe treffen?», fragte Bishop und ließ seine Zunge schnalzen. «Ich wasche meine Hände in Unschuld. Diese Unterlagen wurden mir lediglich zugespielt.» Einen Moment lang war sich Cunning unsicher, ob er diesem sonst so freundlichen und unschuldigen Mann Glauben schenken sollte oder nicht, dieser beugte sich gerade leicht zu ihm vor und senkte die Stimme: «Wenn Sie zur Polizei gehen, dann verspreche ich Ihnen, dass nicht nur Ihre Schmierereien Ihnen Sorgen bereiten werden. Darauf gebe ich Ihnen mein Wort.»

Mit nervöser Hand griff Robert nach seinem Cognac und führte ihn zu seinem Mund, als der Alkohol plötzlich in Flammen aufging. Erschrocken stellte er das Glas wieder ab und verschüttete dabei ein wenig Flüssigkeit. Von den Flammen war keine Spur mehr zu sehen.

«Was- was war das?», fragte er völlig eingeschüchtert.

«Nur ein kleiner Vorgeschmack. Ein winzig kleiner», lächelte Shane Bishop. «Wie sieht es aus, haben Sie sich schon entschieden?» Noch immer konnte der Bürgermeister sich nicht von seinem Stuhl erheben und ihn beschlich der dringende Verdacht, dass hier irgendetwas nicht mit rechten

Dingen zuging. Das bereitete ihm solche Angst, dass er trotz Widerwillen schließlich nickte.

«Ich... ich werde Ihnen voll- volle Entscheidungsmacht in wichtigen Entscheidungen einräumen», murmelte er zerknirscht. «Außerdem werde- werde ich nicht zur Polizei gehen oder Mutmaßungen über Sie äußern. Und Sie- Sie verraten mich dafür nicht und händigen mir die Kopien der Prozessunterlagen aus.»

«Oh, welch' Freude sich gleich in mir breit macht. Das klingt nach einer sehr weisen Entscheidung. Ich verspreche Ihnen, Mr Cunning, solange Sie sich an unsere Abmachung halten werden, werde ich das auch tun.» Freundlich und ehrlich lächelnd streckte Shane die Hand aus, um den Deal mit einem Handschlag zu besiegeln. Einen Moment lang zögerte der Bürgermeister, doch dann streckte auch er seine Hand aus und schlug mit ihm ein. Das hatte er nun davon. Da hatte er Schmiergelder genommen, um seiner Frau und seiner Tochter jeden Wunsch erfüllen zu können und hier war er nun gelandet. Ach, wenn er doch nur die Zeit zurückdrehen könnte.

Bishop holte die Unterlagen wieder aus seiner Tasche und schob Sie ihm in einer Mappe zu. Dann griff er nach seinem Cognac und erhob das Glas.

«Es war mir eine Freude, mit Ihnen Geschäfte zu machen, Mr Cunning.»

Cunning steckte die Papiere in seine Aktentasche. Sobald er bemerkte, dass er wieder aufstehen konnte, erhob er sich so unauffällig, wie möglich und verschwand aus dem Nobelrestaurant, ohne seinen Cognac nochmals angerührt zu haben.

Highcott - Perthburgh

«Phil, du wirst da jetzt nicht reingehen und Beweismittel klauen!»

Rosa Peralta eilte mit versteinertem Gesichtsausdruck hinter Tyrel hinterher, damit nicht gleich das ganze Office von seinen dämlichen Plänen erfuhr.

«Ich klaue es doch nicht, ich gebe es bloß zurück.»

«So lange es als Beweismittel gelagert ist, zählt es als rechtmäßiges Eigentum des PPD und ganz nebenbei ist der Besitzer tot, Phil! Hast du schon vergessen, dass das hier deine letzte Chance ist? Willst du die wirklich vermasseln, indem du dem PPD etwas entwendest? Mir tut der Junge ja auch leid, aber-»

«Verdammt, Rosa!» Phil fuhr herum und zischte sie an. Eigentlich zog das hitzige, zischende Gespräch schon die ein oder andere Aufmerksamkeit auf sich, ganz anders als geplant. Glücklicherweise mischte sich jedoch niemand ein, vielleicht verstand aufgrund der ganzen Zischgeräusche auch niemand wirklich, worüber sie sprachen. «Es ist ein dämliches, leeres Notizbuch.»

«Ja eben! Und dafür willst du deine Karriere aufs Spiel setzen?»

«Herrje, Rosa, niemand kann mir erzählen, dass das der entscheidende Hinweis für die Aufklärung des Falls sein wird. Das wäre einfach vollkommen schwachsinnig. Ich setze mich einfach nachher gleich an den Rechner und lösche es aus der Bestandsaufnahme der Beweismittel. Das hat doch eh noch niemand gesehen außer uns. Wenn ich einen Jungen, der gerade beide Eltern verloren hat, wenigstens ein bisschen glücklich machen kann, indem ich ihm dieses leere Büchlein gebe, dann-»

«Schon gut!» Rosa hob beschwichtigend die Hand und seufzte. «Ich passe auf, dass die Luft rein ist. Aber wenn du erwischt wirst, habe ich nichts damit zu tun, verstanden?»

Auf Phils Gesicht stahl sich ein kindliches Grinsen, was ihn viel jünger wirken ließ, als er eigentlich war. Kurzum beugte er sich vor und verpasste Rosa einen Wangenkuss, welchen diese sofort abwischte.

«Ist ja gut, ist ja gut. Und jetzt los. Coaster ist gerade aus dem Büro raus und Tigit ist beschäftigt. Wenn überhaupt, dann sollten wir das jetzt erledigen.»

«Dann lass uns nochmal die Beweislagen sichten. Die Überwachungsaufnahmen sind heute Mittag bereits eingetroffen.» Phil hatte wieder einen geschäftigen Ton angeschlagen, damit Tigit keinen Verdacht schöpfte – was eigentlich völlig unsinnig war – und zog seine Hose zurecht.

Rosa nickte und folgte ihm dorthin, wo die Beweismittel gelagert wurden.

Highcott - Paisling

Fast eine Woche nach dem schrecklichen Vorfall, hatte Gus beschlossen, wieder zur Schule zu gehen. Er hatte bei Weitem nicht genug getrauert, aber er musste raus aus dem Haus, sonst würde er durchdrehen. Außerdem konnte er seinem Onkel nicht länger zumuten, seinetwegen länger von zu Hause aus zu arbeiten. Die vielen Telefonate, die Charles geführt hatte, hatten Gus gezeigt, dass sein Onkel zur Arbeit vor Ort benötigt wurde. Und Gus' Eltern würden sicherlich auch nicht wollen, dass er die zehnte Klasse und damit ein Jahr mit einer wichtigen Zwischenprüfung verpasste, weil sie nicht mehr da waren. Das stünde ganz sicher nicht in ihrem Sinne.

Hart war es dennoch, als er an diesem Tag aus dem Auto seines Onkels stieg, der ihm aufmunternd zuwinkte, bevor er verschwand, um zur Arbeit zu fahren. Genau wie sein Vater noch vor einer Woche.

Eric und Bill hatten ihren Freund besuchen wollen, jedoch hatte Gus jeglichen Kontakt zur Außenwelt verwehrt. Dafür würde er sich heute entschuldigen, vermutlich würden sie aber Verständnis dafür haben.

Als Gus vor das eiserne Tor der Clayton High trat, rollte ein giftgrüner Apfel vor seine Füße. Er blieb stehen und schaute zu dem Apfelbaum, der die linke Seite des Tores zierte, dabei nahm er eine Bewegung hoch oben zwischen den Blättern wahr. Ohne weiterzugehen legte er die Hand vor die Augen, da die Sonne ihn blendete.

«Ich kann dich sehen», rief er hinauf. Erst tat sich nichts, doch dann kam das Gesicht des Mädchens zum Vorschein, das er hier des Öfteren schon gesehen hatte. Die, die mit ihren dreckigen und immer gleichen Klamotten so aus der Masse der Paisling Bewohner herausstach.

«Und? Willst du mich jetzt verklagen?», rief sie spöttisch hinunter. Stirnrunzelnd schüttelte Gus den Kopf.

«Warum sollte ich?»

«Macht ihr Reichen das nicht so?»

«Wir sind nicht alle scheiße, weißt du?», gab er zurück und betrat kopfschüttelnd den Pfad zum Eingangstor hinauf. Ein paar tuschelnde Schüler liefen an ihm vorbei, aus gefühlt jeder Richtung drehte sich jemand zu ihm herum. Hinter ihm gab es ein dumpfes Geräusch und als er sich umdrehte, stand das Mädchen vor ihm und schaute ihn an.

«Beweis es!», forderte sie.

«Beweisen? Wie denn?»

«Na ganz einfach: Sei nett. Beweis, dass du nicht scheiße bist.»

Irgendwie irritierte Gus diese Art und Weise.

«Warum sollte ich-»

«Vergiss es», sagte sie seufzend. «Ich hab nur einen Aufhänger gesucht, um mich mit dir zu unterhalten.» Gus' Augenbrauen wanderten ein Stück nach oben. «Guck nicht so dämlich», lachte das Mädchen und wurde gleich darauf wieder ernst. «Ich denke, ich kann dir helfen, den Mörder deiner Eltern zu finden.»

Highcott - Shedford

Ganz unerwartet und wie aus dem Nichts tauchten aus einem blitzenden Riss in der Luft plötzlich zwei bunt gekleidete Personen auf. Mitten im Gewerbegebiet an der Rennbahn von Highcott. Eine Frau Mitte dreißig mit löchrigen Jeans, neonorangenem Longtop und blonden, brustlangen Dreads. An der Hüfte trug sie einen Gürtel, der voll war mit allem möglichen Zeug. Kleine Beutel, eine leuchtende Kugel und eine Mütze. Neben ihr ein etwas jüngerer Mann mit neongrünem Muskelshirt und ebenfalls durchlöcherten Hosen. Die aktuelle Jugend würde den Kleidungsstil der beiden vermutlich als Used Look mit einem Touch 90ies bezeichnen, die gerade wieder im Trend waren. An den Füßen trugen beide blau-weiß karierte Schuhe und der Mann trug ebenfalls einen Gürtel voller Klimbim. Seine Haare standen wild zu allen Seiten ab und sein verklärter Blick wurde von einer blauen Sonnenbrille verborgen. Für diese Gegend hier waren die beiden eindeutig zu bunt. In Perthburgh hingegen wären sie vielleicht gar nicht mal so aufgefallen.

Neugierig sahen Mag und Gordon sich um. Alles hier wirkte sehr industriell auf Mag. Überall Fabriken, große leer stehende Häuser und riesige Bürokomplexe. Ein Glück ist sie schon ein paar Mal in der Menschenwelt gewesen, bevor sie diese Reise angetreten hatte, sonst wäre sie entsetzt, wie es hier drüben aussieht. Doch dank ihrer Reisen hatte sie auch schon schöne Gegenden kennengelernt. Wüsten, Strände, Großstadtflair und Parks. Doch genau deshalb ist sie auch für diese Mission ausgesandt worden, weil sie die Menschenwelt bereits kannte. Gordon hingegen war das erste Mal dort. Zwar ist dies nicht sein erster Stopp auf ihrer aktuellen Mission, sodass er wenigstens schon Loncastle und Abbey Mountain gesehen hatte, dennoch hinterließ das alles noch einen großen Eindruck auf ihn. Highcott war bereits die dritte Stadt, in die sie gereist sind, doch dieses Mal schlug Mags Infoport deutlich aus.

«Ich glaube wir kommen unserem Ziel näher», grinste sie zufrieden und schob Gordon in die Richtung, in die das Infoport ausschlug. Ein Mensch würde es vermutlich für eine Art kugelförmigen, neumodischen Kompass halten, der etwas zu grell geraten war, aber das war er nicht. Der Infoport war so viel mehr. Wegweiser, Magiespender und Wünschelrute zugleich. «Zumindest ist das hier definitiv schon mal die richtige Stadt. Die Gegend wirkt mir nur etwas... untypisch.»

Mit der bunten Kugel auf der ausgestreckten Handfläche drehte Mag sich langsam im Kreis bis der Infoport wieder ausschlug und leuchtete. «Meinetwegen könnte das Ding auch etwas genauer sein. Ipsy, hörst du mich? Ist es denn noch weit?» Die Kugel leuchtete schwach und Mag seufzte. «Na super, also doch noch nicht nah genug. Gordon?»

Mag drehte sich Ausschau haltend umher und entdeckte ihren Wegbegleiter schließlich an einem Parkautomaten, dessen Knöpfe gerade fleißig ausprobiert wurden.

«Was macht das Ding?», fragte Gordon interessiert und schob einen Grashalm in den schmalen Schlitz. Mag zog es ihm aus der Hand.

«Da muss Geld rein. Die Menschen müssen bezahlen, wenn sie parken wollen und das machen sie an diesem Automaten.»

«Wie bitte?» Mit erschrockenem Gesichtsausdruck drehte sich Gordon zu Mag um. «Das ist ja ganz schön dreist!»

«Glaub mir, das ist nicht das einzige Ding der Menschen, das wir nicht verstehen. Und jetzt komm, wir müssen noch ein bisschen weiter. Ipsy sagt, wir haben noch etwas Weg vor uns.»

«Aber wir sind in der richtigen Stadt?»

Mag schaute zur Sicherheit noch einmal auf den Infoport, dieser leuchtete und sie nickte. «Sind wir.»

«Die Menschen müssen fürs Parken bezahlen», lachte Gordon ungläubig und folgte Mag kopfschüttelnd. «Ich glaub's ja nicht. Die Armen.»

Highcott - Aberness

Es war ein merkwürdiges Gefühl, noch im Hause seiner Schwester und ihres Gatten zu leben, obwohl beide nicht mehr waren. Als würde er es sich auf ihre Kosten bequem machen. Dabei hatte er durchaus seine eigene Wohnung, aber er konnte doch seinen Neffen nicht ganz allein in diesem großen, leeren Haus lassen. Charles war sich außerdem nicht sicher, ob er zu Gus in das Haus ziehen oder ob er seinen Neffen zu sich in die Wohnung holen sollte. Das war eine Frage, über die er sich unter anderem in den vergangenen Tagen den Kopf zerbrochen hatte. Vielleicht sollte er ganz einfach Augustus selbst entscheiden lassen.

Obwohl er gerne für seinen Neffen da gewesen war und selbst um seine Schwester getrauert hat, war er dennoch froh, wieder zur Arbeit gehen zu können, bevor ihm das Dach auf den Kopf fallen konnte. Natürlich trauerte er und natürlich brauchte er Zeit, bis er das verarbeitet haben würde, allerdings gehörte er zu der Sorte Menschen, die ihre Trauer gerne in Arbeit ertränken. An diesem Tag war dies endlich wieder möglich und es fiel jede Menge Arbeit an, die trotz seiner Heimarbeit liegen geblieben war. So zum Beispiel die Security Planung für das nächste High Society Event in

Paisling, die Geburtstagsparty von Gus' Ex-Freundin Bethany sowie das nächste Rugbyspiel der HC Bulls.

Wenn er nur gewusst hätte, was noch passieren würde an jenem verhängnisvollen Abend, dann hätte er seine Männer nicht einfach von Ilenna in den Feierabend schicken lassen, sondern selbstverständlich darauf bestanden, dass sie mitkamen. Eine Schande, dass seine Schwester und Jakobo seine Angebote, ihnen Selbstverteidigung beizubringen, nie wahrgenommen hatten. Geplant war es gewesen, durchaus, doch dazu gekommen sind sie nie. Vermutlich wäre es am besten, wenn er die Chance jetzt wenigstens bei Gus ergreifen würde. Ihn trainieren würde, damit er sich wenigstens verteidigen kann bis Hilfe kommt oder damit er den Gegner kurzzeitig ausschalten und dann weg rennen kann. Ja, das klang in seinem Kopf nach einem ganz guten Plan. Gleich heute nach der Arbeit würde er Gus von seiner Entscheidung berichten und auf keinen Fall eine Widerrede zulassen.

Highcott - Paisling

Gus war nur zu neugierig gewesen, wobei dieses fremde Mädchen ihm wohl helfen könnte, doch er war nicht dazu gekommen, es herauszufinden. Kaum hatte die Brünette diese Worte ausgesprochen, waren seine Freunde Eric und Bill aufgetaucht und hatten ihn mit in die Schule geschleift. Dabei hatten sie besonders viele Witze gemacht, um ihn aufzumuntern und haben ihn kein einziges Mal auf seine Eltern angesprochen. Auch wenn Gus diese Witze nur zur Hälfte lustig gefunden hatte und mit den Gedanken wo anders war, war er seinen Freunden dennoch dankbar für ihren Versuch gewesen.

Den ganzen Tag in der Schule, hatte Gus das Gefühl gehabt, von allen angestarrt zu werden. Von den Schülern, den Lehrern und auch dem Hausmeister. Hin und wieder sprach ihm jemand sein größtes Beileid aus und Bethany und Mary-Ann lächelten ihm aufmunternd zu, als sie ihm im Gang über den Weg liefen.

Als endlich die Schule aus war und Gus mit seinen Freunden den gepflasterten Weg zur Straße hinunter lief, hielt er fleißig Ausschau nach diesem Mädchen. Das hatte er schon in der Mittagspause getan, als sie draußen gegessen hatten, doch auf dem Gelände der Clayton High zu suchen war vollkommen zwecklos gewesen. Wenn schon, dann würde er sie vor dem Gelände finden.

«Kommst du eigentlich noch zu Bethanys Party am Wochenende?», wollte Bill wissen und biss von einer reifen Banane ab, die er sich gerade geschält hatte.

«Ich weiß nicht. Mal gucken.» Gus zuckte mit den Schultern und aus dem Augenwinkel sah er, wie sich seine Kumpels links und rechts von ihm einen Blick zuwarfen.

«Man munkelt, Mary-Ann sei auch eingeladen», sagte Eric verheißungsvoll.

«Aha», gab Gus nur kurz angebunden zurück und schielte zu beiden Seiten, als sie durch das Tor das Schulgelände verließen.

«Ein bisschen mehr Interesse würde Mary-Ann sicherlich freuen», gab Eric grinsend zurück.

«Kann sein.»

«Man Gus, das Mädchen fährt voll auf dich ab. Ein bisschen knutschen wäre sicher drin.»

«Vielleicht sogar mehr!», fügte Bill hinzu.

«Das ist ja schön und sie ist auch sehr nett, aber ich will nicht mehr von ihr. Okay? Und ich werde sicher nicht so tun, als ob, wenn dem nicht so ist. Das wäre ihr gegenüber nicht fair.»

Wieder und wieder ließ Gus den Blick von links nach rechts gleiten, sogar über die Apfelbäume, die das Tor zu beiden

Seiten zierten. Doch dieses Mal konnte er die Brünette nicht entdecken. Na ja, was sollte es. Vermutlich hatte die Kleine nur große Töne gespuckt und wollte eine Gegenleistung für irgendeine Hilfe, die er womöglich gar nicht brauchte. Der Mörder seiner Eltern, also bitte. Woher sollte sie das bitte wissen?

«Amen. Der Moralapostel hat gesprochen», sagte Eric schief grinsend und klopfte Gus auf die Schulter.

«Wenigstens einer mit Anstand», schmunzelte Bill. «Sag mal, wen suchst du eigentlich?»

«Niemanden», antwortete Gus zu schnell und fügte nach kurzem Überlegen hinzu: «Dieses braunhaarige Mädchen, die hier manchmal herumstreunt.»

«Die Pennerin?», fragte Bill und Gus verzog das Gesicht. Das Wort klang irgendwie hart und gefiel ihm nicht, aber er nickte trotzdem. «Was willst'n von der?»

«Sie hat vorhin etwas verloren, ich wollte es ihr nur zurückgeben.»

«Du bist echt zu gut für diese Welt.» Dieses Mal klopfte Bill ihm auf die Schulter und nahm den Rucksack ab, als ein Auto mit Chauffeur hielt. Er und Eric wurden heute wieder gemeinsam abgeholt.

«Sag mal, hast du eigentlich auch noch ein eigenes Zuhause?», fragte Gus, musste aber ein wenig lachen.

Grinsend nickte Bill und biss erneut in die Banane. Etwas zu lasziv, wie Gus fand.

«Jep, ich wohne bei Eric.» Noch bevor Gus herausfinden konnte, ob das ein Scherz oder Ernst war, waren die beiden Jungs im Auto verschwunden und winkten ihm durch die Scheiben zu. Gus winkte hinterher und seufzte leicht. Sollte er jetzt den Bus nehmen? Charles hatte schon angekündigt, dass er ihn heute nicht abholen können würde und laufen dauerte ihm zu lange. Mist, er hätte Bill und Eric fragen sollen, ob sie ihn mitnehmen können. Doch jetzt war es zu spät.

«Hast du mich gesucht?», ertönte plötzlich eine Stimme zu seiner Rechten und als er sich umdrehte, lehnte das brünette Mädchen an der Mauer, die die Clayton High von der offenen Straße abschirmte. In ihrer Hand hielt sie einen giftgrünen Apfel, wie den von heute Morgen und warf ihn immer wieder hoch und fing ihn auf, wie einen Tennisball.

«Wo kommst du plötzlich her?», fragte Gus überrascht.

«Hab mich gebeamt», antwortete das Mädchen theatralisch und verdrehte grinsend die Augen, als Gus sie skeptisch musterte. «Ich hab da drüben auf dem Baum auf dich gewartet.» Sie deutete auf eine große Eiche auf einer Wiese, die im Park gegenüber der Schule stand. «Ihr habt ganz schön lange Schule. Muss echt ätzend sein.»

«Hast du jetzt die ganze Schulzeit auf mich gewartet?» Das überraschte Gus etwas. Aber das Mädchen antwortete nicht und biss stattdessen in ihren Apfel. «Soll ich dir jetzt helfen oder nicht?»

«Wie willst du mir denn helfen? Warum gehst du nicht zur Polizei, wenn du den Mörder meiner Eltern angeblich kennst?» Es fiel Gus nicht leicht, seine Stimme fest klingen zu lassen, wenn er über seine Eltern sprach, aber er gab sich alle Mühe.

«Kann ich schon machen, aber erst wollte ich wissen, ob du Interesse hast.»

«Was ist denn das für eine Frage?» Stirnrunzelnd blickte er das Mädchen an. Gus war sich nicht ganz sicher, ob sie nur ein Spielchen spielte oder es ernst meinte. Vielleicht war sie nicht ganz richtig im Kopf?

«Noch habe ich keine Frage gestellt, aber deine ist wohl berechtigt.» Wieder biss sie in den Apfel und musterte ihn kauend. «Ich stand zufällig gerade vor dem *Roses*, als deine Eltern umgebracht wurden. Ich bin also eine heiß begehrte Zeugin. Ich sage für dich bei der Polizei aus, wenn du willst. Dafür will ich aber eine Gegenleistung.»

«Und zwar?» Gus war ganz Ohr.

«Drei Mahlzeiten am Tag, davon mindestens eine warme und zwar für mich, meine Mum und Kevin.»

Etwas überrumpelt blinzelte Augustus das Mädchen an.

«O-okay. Meinetwegen. Aber woher weiß ich, dass du nicht lügst?»

«Das kannst du nicht wissen», antwortete das Mädchen. «Du musst mir wohl einfach vertrauen.»

Von weitem näherte sich der Schulbus. Unentschlossen stand Gus zwischen dem Mädchen und der Bushaltestelle.

«Also, was sagst du?», hakte sie nach. Gus musterte sie ausgiebig und da der Bus hielt, fühlte er sich mächtig unter Druck gesetzt. Sollte er einem wildfremden Mädchen vertrauen? Was, wenn sie lügt? Nicht, dass er sich Sorgen um das Essen machte, was er abdrücken musste, das würde schon klappen irgendwie. Bestimmt konnten er und Charles sich locker leisten, dass die Haushälterin Merit jeden Tag kommt und kocht, das hatte sie die letzten zwei Tage auch schon getan. Aber was hatte er davon, wenn sie lügt und ihm nicht weiterhelfen kann?

Zu seiner Linken stiegen die letzten Schüler ein und der Busfahrer sah ihn fragend durch die Frontscheibe hindurch an.

«Okay», sagte er und nickte dem Mädchen zu. «Cornrow Street. Die Nummer 17. Komm heute Abend um sechs Uhr vorbei, dann kriegst du Essen und sagst aus.»

Das Mädchen biss grinsend in den grünen Apfel und nickte. Gus hörte das Zischen der Bustüren, die sich wieder schlossen und rannte schnell los, um gerade noch so zwischen den sich schließenden Türen in den Bus zu springen.

Highcott - Dungow

Das war ja einfacher als ich dachte, freute sich Maya im Stillen, als sie in der Bahn nach Dungow saß. Man braucht nur sagen, dass man Zeuge sei und schon hatte man den armen, verbliebenen Sohn am Haken. Natürlich war es schrecklich, was ihm zugestoßen war und auch wenn ihre Mutter ein Junkie war, wäre sie furchtbar traurig, wenn sie sterben sollte - was jeden Tag der Fall sein konnte. Aber sie kannte den Jungen nicht weiter, daher wäre Mitleid nur verschwendete Energie gewesen. Energie, die sie für andere und wichtigere Dinge brauchte. Mit ihr hatte auch niemand Mitleid, obwohl sie selbst gar nichts für die Misere, auf der Straße zu leben und sein Essen stehlen zu müssen, konnte. Im Gegenteil, die meisten Menschen betrachteten sie mit Abscheu. Zumindest seit sie etwas älter war, als Kind hatte sie jeder süß gefunden und bemitleidet. Doch die Zeiten waren längst vorbei, auch wenn ihre winzige Größe auf manche den Anschein erweckte, sie sei noch ein Kind, hatte sie das Niedliche an sich längst verloren.

Am Ende des Wagons gab sich ein Undercover Kontrolleur zu erkennen, als die Bahn wieder los fuhr. Nichts Neues für Maya, das kannte sie schon. Zu ihrem Glück waren die Bahnen eh jedes Mal so vollgestopft, dass sie sich locker verstecken konnte, ehe der Kontrolleur bei ihr ankam. Wie auch dieses Mal hielt die Bahn noch vorher an und Maya spazierte unauffällig aus der Masse heraus. Ein kalter Windzug fuhr durch den U-Bahnschacht, als eine weitere Bahn aus der anderen Richtung einfuhr. Von hier aus konnte sie auch laufen. Eine Station weiter wäre besser gewesen, aber selbst von hier aus war es ein bequemer Weg bis zum Trailerpark.

Dort angekommen, grüßte sie den ein oder anderen Nachbarn, der sich auf der Wiese sonnte oder sich um seinen Kleingarten im Pflanzenkübel kümmerte.

Die Tür zum Wohnwagen ihrer Mutter stand sperrangelweit offen und leise Musik drang heraus. Als Maya den Wohnwagen betrat, saß ihre Mutter Bella am Boden und lehnte sich gegen die Küchenzeile. Neben ihr lag frisch benutztes Spritzgeschirr und Wut stieg in Maya hoch.

«Mein Kind», säuselte ihre Mum lächelnd. «Mein süßes, kleines Mädchen, du bist zurück.»

«Mum, was soll der Scheiß?» Wütend hob sie die Spritze mit den Fingerspitzen hoch, wobei sie sehen konnte, dass noch ein Rest drin war. «Du hast mir versprochen, damit aufzuhören! Willst du mich eigentlich verarschen?»

«Aber Süße.»

«Ich bin nicht deine Süße. Zumindest nicht, wenn du zum wiederholten Male deine Versprechen mir gegenüber brichst.»

Maya lief aus dem Wohnwagen, um die Spritze draußen in eine der Mülltonnen zu werfen, damit ihre Mutter sie nicht gleich wieder herausfischen konnte.

«Nein, Maya, was machst du?», rief Bella, als wäre sie verängstigt und blickte ihrer Tochter hinterher. Maya konnte hören, wie ihre Mum versuchte, sich aufzurappeln, doch es gelang ihr nicht.

«Maya, komm sofort zurück! Da is' noch was drin! Bring es mir her, auf der Stelle. MAYA!»

Mit einem Mal war Bella wie verwandelt. Sie säuselte nicht mehr nach ihrer Süßen, sondern fluchte und schimpfte und schrie ihrer *missratenen* Tochter hinterher. Dass sie sie hasse und wie sie nur so eine unverfrorene Göre groß ziehen konnte. Maya blendete das aus, das war sie schon gewohnt. Früher hatte es ihr wehgetan, aber sie hatte eine Schutzmauer um sich herum aufgebaut, weil sie wusste, dass bloß die Drogen aus ihrer Mutter sprachen. Es würde nicht lange dauern und Bella würde sie wieder herzlich drücken und sich entschuldigen. Es war ein ständiges Auf und Ab mit ihr. Besonders, wenn sie auf Drogen oder auf Entzug war. Am schlimmsten, wenn sie auf Entzug war.

Die Nachbarn juckte nicht, dass Bella in ihrem Wohnwagen zeterte und schimpfte. Auch die waren das schon gewohnt. Nicht nur von Mayas Mum. Auch von Kevins Eltern und von der jungen Blondine und ihrem Freund zwei Wohnwagen weiter.

«Steh auf», befahl Maya ihrer Mutter, als sie den Wohnwagen wieder betrat. Doch sie wurde ignoriert und weiter beschimpft bis Bella die Energie ausging. Danach schwieg sie einfach nur. Genervt räumte Maya den Rest des Spritzbestecks weg und wusch sich ausgiebig die Hände.

«Ich habe Essen für uns besorgt», erklärte Maya wenig später kühl und sachlich. «Ab heute Abend bekommen wir feste Mahlzeiten jeden Tag und auch jeweils eine warme.»

«Mein gutes Mädchen», lächelte Bella säuselnd, völlig benebelt von der Wirkung des Heroins. «So ein gutes, braves Mädchen. Womit habe ich dich nur verdient? Es tut mir so leid.»

Maya warf ihrer Mutter einen langen, stummen Blick zu. Dann lächelte sie ein wenig und half ihr hinauf, um sie wenigstens auf die Bank zu setzen.

«Das frage ich mich auch manchmal», murmelte sie danach und holte die Dreckwäsche aus dem Korb, um sie mit ein bisschen Kleingeld aus der Dose in den Waschsalon zu bringen. Auch wenn Bella immer wieder aufs Neue anstrengend war und im Grunde eine tickende Bombe, liebte Maya sie und konnte ihr einfach nicht lange böse sein.

Highcott - Greenbridge

Die lilafarbene Kugel erleuchtete die Veranda der Bishops im untergehenden Licht der Sonne. Barty wippte auf seinem alten Schaukelstuhl vor und zurück und genoss ein kühles Bier. Mit einer dicken kubanischen Zigarre, von der jeweils eine zwischen den Lippen der einzelnen Bishop-Männer steckte, feierte die Familie ihre Errungenschaft. Den Tod der Raises, Shanes neue Position als inoffizieller Machthaber des Bürgermeisters und damit die volle Entscheidungsgewalt über Highcott.

«Der Erfolg ist so nah, ich kann ihn schon fast spüren», lachte Shane sein sympathisches Lachen.

«Das hast du großartig gemacht», lobte Barty seinen Sohn, was diesem sehr schmeichelte. Barty war dafür bekannt, dass er Leuten gerne schmeichelte und sie lobte, selten jedoch innerhalb seiner Familie. Und nur dort bedeutete es auch etwas.

«Jetzt fehlt nur noch der Junge, er ist unser Schlüssel zur Macht.»

«Und du bist dir ganz sicher, dass sie uns seinetwegen hinein lassen?» Ian war dieser Plan etwas suspekt, immerhin war es keine Garantie für den gewünschten Erfolg seines Vaters und Großvaters. Diese Beiden schienen das jedoch ganz anders zu sehen oder zumindest nicht zu zeigen, wenn sie ähnlich dachten wie er. Denn für seine Frage erntete Ian einen finsteren Blicken der beiden Männer.

«Sie werden keine andere Wahl haben. Er ist unser Druckmittel und sie brauchen ihn, solange er noch lebt. Das wird ganz einfach. Ein Kinderspiel, sein Vater wäre ein harter Brocken geworden.» Bartys Stimme klang weicher, als sein Blick vermuten ließ. «Also: Sie wollen den Jungen? Bitte, sie können ihn haben. Zu unseren Bedingungen. Ansonsten...» Er fuhr sich mit dem Finger über die Kehle und schmunzelte. Shane lachte leise und Ian zwang sich ebenfalls dazu, wenigstens zu lächeln. Nicht, dass Ian seinen Vorfahren nicht nacheiferte. Er bewunderte sie für ihre Geradlinigkeit und für das, was sie sich hier in Highcott aufgebaut hatten. Was natürlich unter anderem an ihren Fähigkeiten lag, die nur leider langsam aber merklich schwanden. Deshalb verstand er sogar die Intention hinter ihrem Plan mit dem Raise-Jungen. Allerdings war ihm das alles ein wenig zu viel. Das Morden jedes Mal zum Beispiel, musste das sein? Oder das Erpressen und Foltern. Sie hätten viel mehr Respekt verdient, hätten sie alles aus eigener Kraft geschafft. Aber er würde seine Zunge hüten, er hatte gehört, was mit Leuten passierte, die die Strategien seines Großvaters in Frage stellten. Seine Tante wurde damals aus der Familie verbannt und von Ians Vater und Großvater ins persönliche Verderben gestürzt und Ian hatte nie wieder etwas von ihr gehört oder gesehen. Um keinen Preis wollte Ian, dass ihm dasselbe wiederfuhr.

Highcott - Paisling

Es war viel einfacher gewesen als gedacht. Kaum, dass Charles Gus von seinem Entschluss berichtet hatte, ihn mit Selbstverteidigung vertraut zu machen, hatte dieser genickt und «Okay» gesagt.

«Ich will nicht hilflos sein, wenn ich einmal angegriffen werden sollte», hatte er gesagt.

In Paisling ist es normalerweise nicht notwendig, sich verteidigen zu können. Hier lag die Kriminalitätsrate jährlich unter 3%. Beinahe jede Familie in diesem Viertel hatte entweder Bodyguards - viele dieser kamen eigens aus Charles Firma -, überteuerte, dafür aber mehr als ausreichende Sicherheitssysteme für ihre Häuser und es gab sogar eine Patrouille. Sicherheitswärter, die jede Nacht von zehn bis sechs patrouillierten. Doch wenigstens Gus hatte jetzt eingesehen, dass das alles nichts bedeutete. Denn die Gefahren lauerten überall anders.

Gleich morgen würden sie anfangen, hatten sie beschlossen.

«Onkel Charles?» Neugierig sah Charles zu, wie sein Neffe eine Packung Nudeln und Tomatensoße aus dem Vorratsschrank holte. «Können wir Merit täglich kommen lassen? Zum Kochen?»

«Wenn sie Zeit hat, dann bestimmt. Das klingt nach einem guten Plan.» Charles konnte nicht sonderlich gut kochen und außerdem hatte er dazu keine Zeit. Wenn es nach Gus ginge, würde es jeden Tag Nudeln, Pizza und Burger geben, also klang sein Vorschlag durchaus vernünftig. «Ich werde sie gleich einmal anrufen gehen.»

«Okay, danke. Oh und Onkel Charles?» Gus hielt zwei Töpfe in der Hand und sah ihn ernst an. «Wir haben eine Zeugin.»

«Was?» Völlig perplex ließ Charles beinahe sein Handy fallen, dass er soeben aus der Hosentasche gezogen hatte.

«Ich habe heute ein Mädchen getroffen, die mich aufgesucht hat. Sie hat gesehen, wie meine Eltern umgebracht wurden.»

«Und warum geht sie damit nicht zur Polizei?» Gus berichtete ihm von dem Deal, den er mit dem Mädchen gemacht hatte und Charles seufzte leicht. So wirklich wohl zumute war ihm bei dem Gedanken nicht, dass dieses Mädchen Bedingungen stellte, statt einfach auszusagen. Da Gus im gleichen Atemzug jedoch auch erwähnte, dass das Mädchen vermutlich auf der Straße lebte, sagte er erst einmal zu. Nicht jeder in Highcott ist so reich, wie die Bewohner aus Paisling. In dieser Großstadt war von *arm wie eine Kirchenmaus* bis hin zu *zu reich, um alles auszugeben* alles vertreten. Und die Armen mussten schließlich auch zusehen, wie sie überlebten. Also nickte er schließlich.

«In Ordnung. Ich gehe und rufe Merit an, du verständigst die Polizei, bevor das Mädchen auftaucht.» Es war ihm lieber, wenn die Polizei da war, bevor das Straßenmädchen hier aufkreuzte. Wer wusste schon, ob sie nicht gleich eine ganze Straßen-Diebesbande mitbrachte? Dagegen würde er alleine trotz seiner Ausbildung nichts ausrichten können. Und das Mädchen zurückzupfeifen war zu spät, sie hatte die Adresse und eine verabredete Uhrzeit. Gus war manchmal einfach viel zu weich und naiv.

Phil saß gerade im Auto nach Paisling, um dem Raise-Spross sein gewünschtes Notizbuch zu bringen, da klingelte das Telefon. Rosa Peralta ging ran, als Phil gerade danach greifen wollte. Als Peralta auflegte, sah sie zu ihm hinüber.

«Das war Augustus Raise.»

«Was für ein Zufall», schmunzelte Phil. «Als hätte er es geahnt.»

«Er hat eine Zeugin, die gleich bei ihm vorbeikommen wird.»

Phil blickte erstaunt zu Rosa hinüber, weshalb er beinahe über eine rote Ampel fuhr. Gerade noch rechtzeitig konnte Rosa ihn darauf hinweisen und so legte Phil eine Vollbremsung hin.

«Das Schicksal meint es wohl gut mit uns», grinste Phil schließlich und hielt die Hand zum High five hoch. Die Hand blieb so lange unerwidert erhoben, bis die Ampel wieder auf Grün schaltete. Doch Rosa schlug etwas grimmig dreinblickend ein, bevor Phil sie wieder herunternahm, um weiterzufahren.

Nur wenige Minuten später hielten sie in der Cornrow Street Nummer 17 und stiegen aus dem Wagen. Charles Raise öffnete ihnen die Tür und der Duft von Tomatensoße schlug ihnen entgegen. Genussvoll sog Phil den Duft so tief ein, bis sein Magen ihn daran erinnerte, dass er verdammt großen Hunger hatte.

Lächelnd betraten die Detectives das Haus und ließen sich in die Küche führen, wo der Junge höchstpersönlich das Abendessen kochte.

«Das riecht wirklich lecker», begrüßte Phil ihn.

«Dankeschön. Hab ich selbst aus dem Glas in den Topf gekippt und warm gemacht.»

Gus drehte sich herum und grinste Phil an. Bei diesem Anblick musste auch Phil lachen. Der Junge gefiel ihm schon viel besser, jetzt wo er etwas munterer wirkte. Nicht mehr so furchtbar traurig, auch wenn die Trauer sicher noch tief in ihm saß und er sie bloß überspielte.

«Sie waren sehr schnell da», staunte Charles und bot den beiden einen Stuhl und etwas zu trinken an. Dankend nahmen sie Platz und Charles holte Gläser aus dem Schrank.

«Wir waren sowieso gerade auf dem Weg hierher», erklärte Peralta. Neugierig drehte Gus sich zu ihr herum und sah sie fragend an. «Mein Kollege hat das Notizbuch gefunden», beantwortete sie die ungestellte Frage knapp und nickte in Phils Richtung. Gus' Augen begannen zu leuchten und er ließ prompt den Holzlöffel in den Soßentopf fallen. Schmunzelnd zog Phil das handgroße Notizbuch aus seiner Hemdtasche und reichte es ihm. «Hier. Bitteschön, wie versprochen.» Gus riss es ihm sofort aus der Hand und starrte es wie paralysiert an.

«Danke!», fand er dann seine Manieren wieder und durchblätterte es wie wild.

«Es ist leider leer», erklärte Phil bedauernd und blickte zu Charles, der ihm dankend zunickte und sein Wasser reichte.

Gus seufzte etwas und schlug das Büchlein enttäuscht wieder zu, dann wanderte es in seine Gesäßtasche. «Mist!», rief er aus, als es hinter ihm laut zischte. Als Phil hinter den Jungen sah, schäumte gerade das Nudelwasser über und verpuffte auf der heißen Herdplatte. Während sein Onkel ihm zur Hilfe eilte, wechselten Tyrel und Peralta Blicke aus.

«Du sagtest, du hast eine Zeugin?», begann Rosa den wichtigeren Grund anzusprechen, wegen dem sie hier waren.

Gus nickte, während er den Herd niedriger drehte und Teller aus dem Regal holte.

«Sie wollte gegen sechs kommen.» Noch zwei Minuten, wie die Uhr Phil berichtete. «Sie müsste also gleich da sein. Ähm… ich habe vermutlich nicht genug für alle gemacht und es werden nur kleine Portionen, aber… wollen sie mitessen?» Er sah die beiden Polizisten an und Phil wollte schon fröhlich nicken, da er sehr hungrig war, doch als Peralta knapp den Kopf schüttelte, tat er es seufzend auch.

«Nein, danke.»

Der Junge zuckte mit den Schultern und gab Charles das Geschirr, damit er den Tisch decken konnte. Gleich darauf klingelte es und Gus sprintete zur Tür.

Ein bisschen nervös war Maya zugegebenermaßen schon, als sie an diesem frühen Abend von der Haltestelle aus zum Haus der Raises lief. Nicht nur, weil sie hoffte, dass alles glatt lief und niemand ihr Ärger machen würde, sondern auch, weil der Kontrolleur aus der Bahn sie dieses Mal erwischt hatte. Sein fester Griff hatte sich um ihre dünnen Oberarme geschlungen und zog sie unliebsam in die Cornrow Street.

«Na, dann wollen wir doch mal sehen, ob deine Freunde dich erkennen», spottete er und betonte das Wort Freunde ganz besonders. Als er Maya am Fuße der Rolltreppe erwischt hatte, hatte sie behauptet, auf dem Weg zu Freunden zu sein, bei denen sie am Nachmittag ihr Portemonnaie vergessen hatte. Abschätzend hatte er sie und ihr heruntergekommenes Outfit gemustert und die Mundwinkel gekräuselt.

«Dann sollten wir dein Portemonnaie schnellstens holen gehen. Bei deinen *Freunden* in *Paisling*.» Wie seine Stimme vor Sarkasmus getrieft hatte. «Und ich hoffe für dich, dass du mich nicht anlügst.» Manche Leute nahmen ihren Job einfach viel zu ernst. Maya vermutete, dass der Kerl zu Hause von seiner Frau unterdrückt wurde und daher seine Macht im Job ausspielen musste. Vielleicht war er früher aber auch einfach ein Mobbing-Opfer gewesen und kompensierte das nun auf diese Weise. Ihr egal, woran es lag, sie mochte es nicht.

An der Nummer 17 in der Cornrow Street angekommen, betätigte der Typ die Klingel und keine zehn Sekunden später stand ein verdutzter Junge an der Haustür. Überrascht schaute er von Maya zu dem Mann und immer wieder zurück.

«Kennen Sie das Mädchen?», durchbrach der Kontrolleur leicht genervt die Stille und nach kurzem Zögern nickte Gus.

«Wer sind Sie?», wollte dieser wissen und musterte den kräftigen, um nicht zu sagen sogar dicken Mann, der das Mädchen festhielt.

«Ihre Freundin hier», wieder betonte er das Wort über «möchte ihr Portemonnaie bei Ihnen abholen, um ihr Bahnticket bezahlen zu können.»

Wieder schaute Gus fragend von einem zum anderen.

«Das Portemonnaie, das ich heute nach der Schule bei dir vergesse habe?», meinte Maya, als müsse sie ihn daran erinnern.

«Ach! Ja, Moment.»

Kurz darauf kehrte Gus zurück, wedelte mit einem Portemonnaie und reichte es Maya. Diese zog stumm einen Geldschein hervor und drückte dem Mann diesen unfreundlich in die Hand. «Stimmt so, wenn sie mich jetzt in Ruhe lassen.»

Etwas perplex, dass das Mädchen anscheinend die Wahrheit gesagt hatte, schaute der Mann zwischen den Jugendlichen hin und her und verschwand schließlich grummelnd. Gus schaute dem Mann hinterher und blickte Maya schließlich fragend an.

«Frag nicht», meinte diese und trat einfach in das Haus.

«Mein Portemonnaie», erinnerte der Junge sie und sie nickte.

«Achso, ja. Hier.» Sie drückte es ihm in die Hand und folgte den Stimmen, bis sie sich schließlich in der Küche wiederfand. Alles war modern eingerichtet und es gab Gerätschaften, die sie höchstens mal in Prospekten oder als Kleinkind gesehen hatte. In der Mitte des Raumes stand ein riesiger Klotz, der optisch an den Rest der Küche angepasst war. Um diesen Klotz herum standen Barhocker, auf denen zwei Polizisten saßen. Ganz schön bonzig hier, wie sie fand. Aber was hätte sie bei der Gegend auch anderes erwarten sollen?

Eine dritte Person stellte gerade einen Topf voller Nudeln auf diesem großen Klotz ab und Maya setzte sich freudig auf einen der Barhocker, bei dem eingedeckt wurde.

«Perfekt. Ich hab schon einen mords Kohldampf.» Sie nahm eine Gabel zur Hand und tat sich ungefragt Essen auf. Um sie herum beobachteten sie alle schweigend.

«Du bist also unsere Zeugin?», durchbrach der männliche Polizist die Stille und Maya sah kurz auf, während sie sich eine große Kelle voller Tomatensoße auf den Teller kippte.

«Bin ich», antwortete sie kurz und knapp und begann zu essen. Der Junge war mittlerweile auch in der Küche und hatte neben ihr Platz genommen, genauso wie der Mann, der gerade die Nudeln auf den Klotz gestellt hatte.

«Guten Appetit», wünschte dieser etwas spitz und Maya hatte keine Ahnung, ob er das ernst meinte, aber es war ihr auch egal. Sie hatte einen riesen Hunger und dieses Essen schmeckte genauso köstlich, wie es roch.

«Hast du was zum Einpacken? Für meine Mum und Kevin.» Fragend sah Maya zu dem Jungen hinüber, der sofort im Regal zu wühlen begann. Der Mann, der kein Polizist war, hielt ihn am Arm und stoppte ihn.

«Vielleicht sollten wir erst einmal abwarten, ob deine Aussage brauchbar ist, bevor wir deine ganze Familie mit Essen versorgen», meinte er etwas steif. Maya zuckte mit den

Schultern. Nach außen hin wirkte sie lockerer, als sie tatsächlich war.

«Okay.»

Die Polizistin, die ihr gegenüber saß, holte einen Notizblock heraus und schaute sie an. «Dann erzähl uns doch mal, was und wen du wo und wann gesehen hast.»

Nachdem sie runter geschluckt hatte, begann Maya alles zu erzählen, was sie an jenem Abend beobachtete und beschrieb, ohne das jemand nachfragen musste, ganz genau, was sie von den Tätern erkannt hatte. Sie beschrieb wirklich alles, nur das mit den kleinen Zaubertricks und dass sie den Männern zu den Bishops gefolgt war, ließ sie aus. Die Polizistin schrieb fleißig mit, während der Polizist hin und wieder ein paar Nachfragen stellte.

«Dankeschön, das hilft uns sehr weiter. Gut, dass du dich gemeldet hast», sagte der Polizist und Maya kam sich vor, als wäre sie ein kleines Kind, das man loben müsse.

«Ich bin übrigens Detective Tyrel und das hier ist meine Kollegin Detective Peralta», stellte er sich und seine Gehilfin vor. «Wir bräuchten noch deinen Namen und deine Adresse, damit wir bei eventuellen Fragen nochmal auf dich zukommen können.»

Einen Augenblick lang zögerte Maya, doch dann nannte sie die Adresse des Trailerparks, in dem sie wohnte. «Fragen Sie einfach nach Maya Mey, man wird Sie dann schon zu mir bringen.»

«Wo wir gerade dabei sind: Ich bin übrigens Gus und das ist mein Onkel Charles.» Lächelnd hielt Gus ihr seine Hand hin. Kauend schaute Maya eine Weile lang drauf, ehe sie den Handschlag zögernd erwiderte.

«Krieg ich jetzt etwas zu essen für meine Mum und Kevin?», fragte sie an Charles gewandt. «Das war der Deal.»

«Natürlich!» Wieder lief Gus los, um etwas zu holen und dieses Mal hielt sein Onkel ihn nicht auf. Da die Detectives fragend schauten, erklärte Charles den Deal mit der Aussage und dem Essen und dann kam auch schon Gus an den Klotz getreten und stellte ihr zwei Plastikdosen mit Essen hin.

«Die kannst du beim nächsten Mal einfach wieder mitbringen.»

Maya schlang den letzten großen Bissen hinunter, ehe sie nach den Dosen griff und vom Hocker sprang. «Wir sehen uns morgen früh bei deiner Schule. Bring Frühstück mit», lauteten ihre letzten Worte, ehe sie wieder aus dem Haus verschwand.

«Wir haben es!», rief Mag fröhlich aus, als der Infoport wie verrückt ausschlug. «Danke Ipsy!», freute sie sich und küsste die blinkende Kugel.

«Es sieht so anders aus hier», bemerkte Gordon. «Ich habe mich ja daran gewöhnt, dass die Häuser hier verkehrt herum stehen, aber dass sie auch noch so groß sind?» Ungläubig schüttelte er den Kopf und tapste Mag hinterher. «Verrückt, diese Menschen. Wer braucht denn so viel Platz?»

«Ist doch egal jetzt, du musst ja nicht darin leben.» Mag packte ihn am Oberarm und zog ihn mit sich. «Ipsy sagt, dass es dort drüben ist.» Sie deutete auf eines der verhältnismäßig etwas kleineren Häuser, aus dem gerade zwei uniformierte Menschen traten. «Und das dort sind übrigens die Menschen, die Strafzettel schreiben, wenn man nicht fürs Parken bezahlt», erklärte Mag. «Habe ich mal beobachtet.»

Gordon neben ihr schnaubte und schüttelte den Kopf. «Unerhört.» Dann zögerte er aber und folgte ihr mit fragendem Blick. «Was sind Strafzettel eigentlich?»

Mag lachte etwas und betrat beinahe hüpfend die Auffahrt zu den Raises. «Wenn man die erst mal bekommt, muss man eine noch höhere Geldstrafe zahlen, weil man keinen Parkschein am Automaten gelöst hat.»

«Himmel, Arsch und Zwirn, verstehe einer die Menschen!»

«Ja, die ärgern sich gerne gegenseitig mit sowas.»

Lächelnd hängte Mag den Infoport an ihren Gürtel und drückte auf die Klingel. Dabei bemerkte sie gar nicht, dass ein vollkommen anderer Name dran stand als der, den sie suchte. Aber das hatte sie trotzdem nicht vom Klingeln abgehalten. Ipsy hatte nämlich eigentlich immer recht.

«Hallo», grüßte sie lächelnd, als ein Mann die Tür öffnete und sie fragend anschaute. «Ich bin Mag und das ist mein Freund Gordon.» Dieser hob leicht lächelnd die Hand, als er vorgestellt wurde. «Sind Sie Mr Proper?»

«Ähm, nein. Mr... Mr Proper ist-» Der Mann an der Tür schien etwas überrumpelt zu sein mit der Frage, aber wie es schien, waren sie an der richtigen Tür.

«Wir sind Incantari», erklärte Mag lächelnd, damit der Mann verstand, wer sie beide überhaupt waren. Allerdings schien ihm dies gar nichts zu sagen, denn er blickte genauso verdutzt drein wie zuvor. «Aus... Incantaras?», versuchte sie es vorsichtig.

«Entschuldigung, ich habe keine Ahnung wovon Sie reden. Und Mr Proper werden Sie hier nicht finden.» Der Mann war im Begriff, ihnen die Tür wieder vor der Nase zuzuschlagen, da kam ein Junge an die Tür und schaute neugierig.

«Was ist denn hier los?», erkundigte er sich und schaute Mag und Gordon an. «Wer ist das?»

«Hallo, ich bin Mag und das ist Gordon», stellte Mag sie beide erneut vor und reichte dem Jungen die Hand, während Gordon hinter ihr wieder nur die Hand hob. «Bist- sind Sie Mr Proper?», versuchte sie einfach mal, auch wenn er ihr etwas jung erschien, aber vielleicht war er ja sein Sohn. Er sah Jakobo ähnlich mit seinen dunklen Haaren und dem verschmitzten Ausdruck im Gesicht.

Bildete sie sich das ein oder sah der Junge gerade furchtbar traurig aus?

«Mein Dad ist tot», erklärte und Gordon kippte die Kinnlade herunter.

«Oh, das- oh», stammelte er hinter Mag, welche wiederum «Mein herzlichstes Beileid» sagte. Jakobo war tot? Obwohl sie ihn furchtbar lange nicht mehr gesehen hatte, traf Mag diese Information. Der Junge nickte knapp und der Mann neben ihm blickte unschlüssig umher.

«Wir... sind alte Freunde von Jakobos Vater. Und irgendwie bin ich auch eine Sandkastenfreundin von ihm gewesen, bevor er hierher kam», gab Mag zu erklären und schaute beide Männer an. Sie würde es verstehen, wenn man sie und Gordon jetzt fortschicken würde, aber sie hoffte, dass diese Information ihre Neugierde weckte.

Wenig später betraten alle vier ein gemütlich aussehendes Wohnzimmer. Im Grunde war Incantaras der Menschenwelt sehr ähnlich. Es gab trotz der Magie einige elektrische Geräte, normale Häuser, Autos und so weiter. Dennoch sah Gordon sich wieder einmal neugierig um und betrachtete alles im Raum ganz genau, während der Rest auf dem Sofa saß und sich neugierig anblickte.

«Ich bin Magnolia Pont und gemeinsam mit Jakobo aufgewachsen, bevor er unsere Welt verließ, um hier sein

Glück zu finden», machte Mag den Anfang, da ihr die entstehende Stille langsam unangenehm wurde.

«Ich bin Augustus, aber alle nennen mich Gus. Und das ist mein Onkel Charles, der Bruder meiner Mum», erklärte Gus die Familienverhältnisse und schielte zu Gordon hinüber, der Familienbilder betrachtete.

«Du bist ihm wie aus dem Gesicht geschnitten», gab dieser von sich. «Hier auf dem Kinderbild von Jakobo, echt krass. Als wärt ihr Zwillinge oder so.»

«Das bin *ich*», erklärte Gus trocken und musste dann doch ein wenig schmunzeln, als Gordon ein kurzes, überraschtes «Oh» von sich gab.

«Charles' Verwirrung habe ich entnommen, dass ihr Incantaras nicht kennt?», hakte Mag vorsichtshalber einmal nach und wie vermutet, schüttelten beide mit dem Kopf.

«Wo liegt das?», erkundigte sich Jakobos Sohn neugierig.

«Oh, das lässt sich anhand eurer Weltkarte schwer erklären. Du musst es dir eher als... eine Art Parallelwelt vorstellen, zu der man nur durch Portale kommt. Und Incantaras ist viel kleiner als eure Welt. Wenn wir zum Beispiel von hier aus durch ein Portal springen, dann landen wir in einer unserer sieben Metropolen. Wenn wir allerdings umgekehrt in eure Welt springen, kann das überall sein. Du glaubst gar nicht, wie lange wir nach deinem Vater gesucht haben, weil wir ständig willkürlich wo anders gelandet sind.

Furchtbar diese Reisetechnik, die ist tatsächlich noch ganz schön ausbaufähig, aber auf mich hört ja keiner. Eigentlich reist ja auch kaum jemand zwischen den Welten, obwohl das immer moderner wird. Ich meine schließlich schwappen auch die ganzen Trends von euch allmählich zu uns rüber, da kann mir also keiner sagen, dass die Leute zu wenig reisen, um eine ordentliche Infrastruktur zu schaffen aber... na ja, andere Geschichte.» Mag winkte ab und sah wieder zu den beiden Männern ihr gegenüber. Gus schmunzelte und Charles schien eher damit beschäftigt zu sein, Gordon im Auge zu behalten. «Keine Angst, der klaut nicht», lachte sie, um den Mann zu beruhigen. Skeptisch sah Charles zu ihr hinüber, ehe er wieder Gordon ins Visier nahm.

«Und mein Vater kam von dort?» Gus' Augenbraue war leicht skeptisch erhoben, als wolle er ihr nicht ganz glauben. Das war nichts Neues für Mag. Jedes Mal, wenn sie jemanden aufsuchte und dabei Menschen begegnete, wollte ihr keiner glauben. Seltsam schien ihr jedoch, dass auch Gus keine Ahnung zu haben schien, obwohl er als Sohn selbst ein Magier sein müsste.

«Aber natürlich. Deshalb konnte er ja auch zaubern, das können nur Incantari.»

Jetzt lachte Gus und auch Charles' Aufmerksamkeit war ihr wieder gewiss. Der erhob sich von der Couch und sah Mag ernst an.

«Miss, Sie verstehen hoffentlich, dass mein Neffe und ich derzeit keinen Kopf für derartige Spinnereien von Fremden haben. Wir gedenken hier unseren verstorbenen Familienmitgliedern und möchten nicht, dass diese von Ihnen ins Lächerliche gezogen werden. Daher muss ich Sie jetzt bitten, zu gehen.»

Etwas perplex schaute Mag zu dem Mann hinauf. Sie hatten beide tatsächlich keine Ahnung, wer Jakobo eigentlich gewesen war. Konnte das denn sein, dass er seine Vergangenheit komplett verschwiegen hatte? Und warum? Es war doch nichts verkehrt daran, aus Incantaras zu stammen und nur weil Jakobos Eltern alles andere als begeistert gewesen waren, als ihr Sohn in die Menschenwelt entschwand, war das doch kein Grund, seine Herkunft zu verbergen. Und das, wo Incantaras doch so viel schöner und freundlicher war als diese Welt hier.

«Natürlich verstehe ich Ihr Unwohlsein, aber wir sind aus einem wichtigen Grund hier. Jakobo-»

«Miss, bitte!» Charles klang streng und Mag erhob sich langsam.

«Onkel Charles.» Als sie zu Gus hinüberblickte, sah dieser mit großen Augen hinter Mag und tippte seinem Onkel auf die Schulter. Dieser folgte seinem Blick und sah ebenfalls ganz überrascht aus. Da musste Mag sich doch auch gleich einmal umdrehen und lachen. Gordon war hinter ihr und tanzte einen

Walzer mit der Stehlampe, die sich genauso geschmeidig bewegte wie er, und begann dabei zu summen. Der Lampenschirm schwang wie wehendes Haar umher und wenn man genauer hinsah, konnte man die Lampe sogar lächeln sehen.

«Ach du meine Güte, beim heiligen Geiste», murmelte der Onkel fassungslos. Gus' Augen hingegen begannen zu leuchten.

«Wie machst du das?», fragte er völlig fasziniert.

«Mit Magie», erklärte Gordon völlig selbstverständlich und kam grinsend zum Schluss, wonach er und die Stehlampe sich ausgiebig verbeugten. Anschließend nahm die Lampe wieder ihre gewohnte Haltung ein und wurde genauso leblos wie eine Stehlampe sein sollte.

Gus war vollkommen begeistert von den beiden Personen ihm gegenüber. Vorhin hatte er die in Neonfarben und Used-Look Gekleideten noch etwas argwöhnisch gemustert, jetzt hingegen betrachtete er sie voller Neugierde und sogar Bewunderung.

«Und ihr sagt, Dad konnte das auch?» Seine Stimme war voller Begeisterung. Charles hingegen betrachtete das alles immer noch etwas misstrauisch und überprüfte die Stehlampe mit Argusaugen. Mag und Gordon nickten synchron.

«Und du müsstest das auch können.» Auch können? Völlig perplex hob Gus seine Hände und starrte sie an, auch wenn er nicht wusste, ob man zwangsläufig mit diesen zauberte. Konnte er es denn? Sein Vater hatte nie ein Sterbenswörtchen erwähnt und Gus hatte ihn nie bei etwas Merkwürdigem erwischt, aber wenn er jetzt genauer darüber nachdachte... wenn er traurig war, haben sich manchmal seine Getränke verfärbt, doch er hat das niemandem erzählt, damit ihn keiner für verrückt hielt. Konnte es sein, dass er da unwissentlich gezaubert hatte? So wie das eine Mal als kleines Kind, als er furchtbar wütend war, weil er nicht bei Billy schlafen durfte und deshalb alle seine Glühbirnen im Kinderzimmer durchgeknallt waren? Gus hob wieder seinen Kopf.

«Er hat dir-» Mag blickte kurz zu Charles. «Euch tatsächlich nie etwas davon erzählt?» Dieses Mal schüttelten Gus und Charles synchron die Köpfe.

«Das verstehe ich nicht», murmelte Mag und seufzte schließlich. «Dann wollte er wohl tatsächlich einfach neu anfangen. Jedenfalls haben wir ein Problem in Incantaras, wofür wir Jakobo gebraucht hätten, aber da er jetzt nicht mehr da ist... brauchen wir wohl dich, Gus.»

Gus machte große Augen und Charles legte aus Schutzinstinkt den Arm wie eine Schranke vor seinen Neffen.

«Nur über meine Leiche. Ich schicke meinen Neffen, dessen Eltern gerade von irgendwelchen Unbekannten ermordet wurden, sicherlich nicht mit irgendwelchen Fremden mit. Nur weil ihr die Lampe zum Bewegen gebracht habt, sagt das nicht aus, dass ihr uns hier keine Lügen auftischt. Wer sagt mir, dass es nicht ihr ward, die meine Schwester und meinen Schwager ermordet haben? Und jetzt habt ihr vielleicht das Gleiche mit Gus vor, weil euch meine Familie, aus welchen Gründen auch immer, im Wege steht?»

Mags Augen wurden immer größer während Charles' Tirade und Gordon kratzte sich unsicher am nicht vorhandenen Bart.

«Ich verstehe dieses Misstrauen», gab Mag schließlich zu. «Aber wir führen wirklich nichts Böses im Schilde. Ich würde es euch gerne beweisen, aber... wie?»

«Das liegt ganz an euch. Komm Gus, Schlafenszeit.»

«Es ist noch nicht mal um neun!», rief Gus völlig perplex aus. Dagegen konnte Charles gerade jedoch auch nichts sagen. «Wofür braucht ihr mich denn?», fragte Gus nun wieder interessiert und schaute die beiden Gestalten an. Mag saß noch immer auf dem Sofa, Gordon hatte sich mittlerweile von hinten über die Lehne gehangen.

«Am besten ist, wenn ich dir das alles zeige. Oder euch.» Wieder blickte sie zu Charles, der mit verschränkten Armen und verengten Brauen vor ihnen stand. «Dein Vater müsste so ein Buch gehabt haben. Vielleicht handgroß, getarnt als Notizbuch oder dergleichen. Sagt dir das etwas?»

Gus' Augen wurden wieder einmal riesig, wie schon so oft an diesem Abend, dann sprang er von der Couch. Sein Onkel hingegen ließ die zwei Incantari keinen Moment aus den Augen.

Highcott - Greenbridge

Ein äußerst eigenwilliges Mädchen, das diese Zeugenaussage getätigt hatte, aber irgendwie gefiel sie Rosa Peralta. Sie erinnerte sie ein wenig an sich selbst, als sie noch jung war. Mit der Zeit hatte sie diese Art natürlich zu manchen Teilen abgelegt, denn als Polizistin musste man Abstriche machen.

Da sie und Phil mit Verlassen des Hauses der Raises so gut wie Schichtende hatten, verabschiedeten sich die beiden kurz darauf am Revier und Rosa hatte den Heimweg nach Greenbridge angetreten. Für gewöhnlich nahm sie die Bahn, da sie ihr Auto am Morgen jedoch aus der Werkstatt holen musste, saß sie ausnahmsweise einmal selbst hinter dem Steuer, als sie ihre Straße ansteuerte. Doch statt links abzubiegen, um zu ihrem Haus zu kommen, bog sie heute mal rechts ab, denn sie hatte soeben jemanden entdeckt . Maya Mey lief unverkennbar die Straße vor ihr entlang und geradewegs auf ein Haus zu, dass Rosa nur zu bekannt war. Das Haus der Bishops.

Im Allgemeinen waren die Bishops als nette, unauffällige Familie in der Gegend bekannt, wenn man die Nachbarn fragte. Rosa Peralta hingegen wusste so einiges über diese Familie, mehr als manch andere Bewohner in dieser Gegend und womöglich sogar mehr als manch andere in ganz Highcott. Konnte es sein, dass diese Maya mit ihnen zusammen arbeitete und eine Falschaussage getätigt hatte? Das würde ein ganz neues Licht auf die ganze Geschichte werfen und obwohl so manch einer den Bishops solche Taten niemals zutrauen würde, Rosa würde keine Sekunde daran zweifeln. Diese Menschen waren zu einigem fähig, woran andere nicht einmal zu träumen wagten.

Nachdem das Mädchen im Haus der Bishops verschwunden war, stieg Rosa aus dem Wagen, wobei sie so leise wie nur möglich die Autotür schloss. Die zwei Meter hohe Hecke versperrte jegliche Sicht auf den Garten und schirmte jedes nur mögliche Geräusch ab, wenn man direkt davor stand. Jedoch schimmerte heute kein Licht durch die Hecke, so wie an manch anderen Tagen. Sah ganz so aus, als seien sie an diesem Abend im Haus, statt draußen. Eine Schande, denn das Haus lag von dem grün wuchernden Ungetüm umringt verborgen und Rosa würde kein einziges Wort mithören können, sollte ein Fenster angekippt sein. So begab sie sich zurück zum Auto, kurbelte die Fensterscheibe ihres dunkelblauen Skodas ein Stück hinunter und observierte das Grundstück, das im Dunkeln lag.

Es dauerte in der Tat nicht lange, bis das Straßenmädchen wieder herauskam - ganz allein. Sie lief den Weg, den Rosa ihr gefolgt war, wieder zurück und nahm die nächsten Treppenstufen zur U-Bahn hinab.

Rosa startete den Motor, parkte ihr Auto aus und fuhr es heim. Sie wohnte glücklicherweise direkt an der U-Bahnstation, sodass sie ihr schnell folgen konnte.

Die U-Bahn fuhr ein, als Rosa das Mädchen wiederentdeckte und gemeinsam stiegen sie in den selben Wagon, jeder von ihnen am jeweils anderen Ende. Vielleicht würde Maya nur nach Hause fahren und Rosa verschwendete ihre Zeit, vielleicht aber hatten die Bishops sie gleich auf eine neue Mission geschickt oder sie verhext. Bei denen wusste man schließlich nie.

Highcott - Paisling

Voller Erwartungen drückte Gus der Magierin das Notizbuch seines Vaters in die Hand. Womöglich war das der Moment, in dem sich aufklären würde, weshalb seinem Vater dieses Büchlein so wichtig gewesen war, dass er es immer bei sich trug, obwohl sich kein einziges Wort darin befand.

Seinem Onkel, der noch immer etwas griesgrämig bereit stand, die beiden Fremden fertig zu machen, sollten sie Gus irgendetwas tun, warf er einen aufmunternden Blick zu. Seine Eltern hatten Gus schon immer gutgläubig und offenherzig genannt, doch meistens hatte Gus diesen Personen gegenüber ein gutes Gefühl und bisher hatte es ihn nie getäuscht. Kein einziges Mal. Warum also dieses Mal? Und es würde doch sicherlich nichts passieren, wenn sie lediglich gemeinsam die Schrift in einem Buch sichtbar machten.

Die Frau im orangenen Neontop zog ihre leuchtende Kugel vom Gürtel. Die Kugel leuchtete so hell, dass es drin kaum ein weiteres Licht gebraucht hätte. Durch den Lichtschein, der Mags Gesicht erhellte, fiel Gus das erste Mal auf, dass Sie ein Tattoo vom Ohr abwärts hatte. Scheinbar bildete es Silhouetten zahlreicher Feen ab. Oder waren es Schmetterlinge?

«Und jetzt seht ganz genau hin», flüsterte Mag und klang beinahe selbst so aufgeregt, wie Gus sich fühlte. Der Mann, den sie mitgebracht hatte, beugte sich noch weiter über die Sofalehne, um ebenfalls in das Buch sehen zu können und bloß nichts zu verpassen.

Mag öffnete das Buch in der Mitte, legte die hell leuchtende Kugel hinein und schloss das Büchlein wieder. Obwohl die Kugel viel zu groß war, um in diesem Buch verschwinden zu können, ging es problemlos zu und fing von innen heraus an zu leuchten, genauso rosafarben wie die Kugel zuvor geleuchtet hatte. In alle Richtungen sendete es Strahlen ab und schließlich erhob sich das Notizbuch wie von Zauberhand aus Mags Handflächen, begann in der Luft zu schweben und schnürte Gus die Kehle zu vor lauter Faszination. Sogar Charles hatte seine störrische Haltung aufgegeben und schaute völlig gebannt auf das schwebende Buch vor sich. Mit einem Mal wurde Gus ganz warm zumute, sein Körper begann zu schwitzen und um ihn herum nahmen die Wände orangene und gelbe Töne an, die sich mit dem Rosa völlig bissen. Plötzlich wurde Gus aus seiner Begeisterung gerissen, als Mag das Buch aus der Luft heraus wieder auffing und der ganze Zauber verglühte. Das Buch fest in den Händen haltend, fiel die leuchtende Kugel zu Boden und als er in Mags Gesicht sah, wirkte sie völlig verstört.

«Das sollte nicht passieren!», rief sie aus und erst jetzt, als sein Onkel seinen Arm um Gus schlang, bemerkte dieser, dass die orangenen und gelben Lichter noch immer vorhanden waren. Es war kein Licht gewesen, es war Feuer.

«Alle raus hier!», brüllte jemand am Fenster und Charles sprintete ohne große Widerrede mit Gus im Arm hinaus.

Kurz zuvor war Rosa dem Mädchen bis zurück nach Paisling gefolgt. Zur Cunrow Street Nummer 17, dem Haus der Raises. Was hatte das Mädchen nur vor? Wollte sie ihre Aussage revidieren?

Zur Sicherheit hatte Rosa aus ihrem Auto ihre Funke mitgenommen und die Dienstmarke am Mann gelassen, man konnte schließlich nie wissen. Im Schatten eines Kirschbaumes versteckt, beobachtete sie, wie nicht nur Maya zum Haus der Raises lief, sondern auch zwei schmale, dunkle Gestalten mit einer leuchtend lilafarbenen Kugel am Gürtel... ohne Gesichter! Es waren nicht dieselben, die Maya gesehen hatte, da war Peralta sich sicher. Maya hatte sie viel kräftiger und größer beschrieben und vor allem mit Gesichtern. Jetzt jedoch war sie sich sicher, dass die Bishops definitiv ihre Finger im Spiel hatten. Wie anders sollte sie sich sonst diese gesichtslosen Gestalten erklären?

Den Abstand, den sie zu Maya hatten, holten sie schnell auf und eine der Gestalten lief auf das Mädchen zu, als wolle es ihr etwas sagen. Sie sah das Mädchen nicken und beiseite treten, dann positionierten sich die schmalen Männer – das verrieten ihre Staturen – links und rechts neben dem Gelände des Hauses. Mittlerweile war es draußen dunkel geworden und auf der Straße niemand zu sehen, außer diese drei Menschen. Oder was auch immer sie waren.

Rosa konnte kaum erkennen, was die zwei dunklen Gestalten am Hause taten, doch sie konnte deutlich sehen, dass ihre Arme sich bewegten und kurz darauf züngelten sich kleine Flammen vom Grund des Hauses an den Außenwänden empor. Sie wurden immer größer, schlugen aus und das in einem beachtlichen Tempo. Entsetzt schlug Rosa Peralta sich die Hände vor den Mund und griff kurz darauf nach ihrem Funkgerät, um Hilfe zu rufen. Doch als sie sah, wie Maya in das flammende Haus hineinlief, ließ sie es fassungslos wieder sinken. Die Flammen hatten innerhalb kürzester Zeit das ganze Haus umzingelt und die Hitze, die sie verbreiteten, drang bis zum Kirschbaum hinüber, unter dem Rosa sich versteckt hielt.

Nur wenige Sekunden nachdem das Mädchen ins Haus gelaufen war, kam sie gefolgt von Charles, Augustus und zwei fremden Menschen wieder hinausgerannt.

Rosa rieb sich fassungslos die Augen, als im selben Moment die Flammen erloschen und das Haus unversehrt zurückblieb, als wäre nichts passiert. Charles Raise wurde urplötzlich rücklings durch die Tür zurück ins Haus geschleudert und die beiden fremden Menschen hoben wie von Zauberhand vom Boden ab und folgten gleich darauf unfreiwillig. Hinter ihnen schloss sich die Haustür wie von selbst. Schneller als Rosa gucken konnte, schnappte sich einer der gesichtslosen Männer den jungen Raise, während der andere die Haustür in Schach hielt, an der gehämmert und geklopft wurde. Dabei hatte er jedoch Maya außer Acht gelassen, die mit einem dicken Ast auf die dunkle, gesichtslose Gestalt einschlug, die den Jungen im Griff hatte.

Hastig griff Rosa wieder nach ihrem Funkgerät und gab endlich den Überfall durch.

«Rosa Peralta hier, PPD Highcott. Beobachte gerade Überfall in Paisling, Cunrow Street Nummer 17. Zwei Verdächtige ergreifen Augustus Raise, den Sohn der kürzlich Ermordeten und versuchen ihn wegzuzerren. Ein Mädchen, die Zeugin Maya Mey, eilt zur Hilfe, ich werde jetzt dazustoßen. Bitte kommen. Pailsing, Cunrow Street Nummer 17. Over.»

Als Rosa das Funkgerät wieder wegsteckte, um loszusprinten, war es Maya bereits gelungen, den jungen Raise-Spross aus den Händen des Entführers zu zerren. Dieser und sein Mittäter rannten bereits ins Dunkle hinein, in einer ungeheuren Geschwindigkeit. Diese beiden aufzuhalten, würde Rosa nicht mehr gelingen und vielleicht war es besser für sie, wenn sie sie laufen ließ. Ein Besuch bei den Bishops stand jetzt sowieso auf ihrem Plan und den würde sie gleich morgen tätigen. Als Rosa zum Haus hinüber wollte, stelle sie fest, dass das Funkgerät nicht eingeschaltet war und so beschloss sie kurzum, für heute endgültig Feierabend zu machen. Vielleicht war es besser so.

Mag riss die Tür mit voller Wucht auf, da der Widerstand auf einmal verflogen war und starrte auf Gus und ein verwahrlostes Mädchen, die alleine vor der Tür standen. Wie peinlich. Da waren sie angegriffen worden, vermutlich von Zauberern, und sie und Gordon waren so nutzlos gewesen, weil sie so lange für die Tür gebraucht hatten! Stattdessen hatte dieses Menschenmädchen alles alleine geschafft, wie Ipsy ihr verriet. Unglaublich.

«Wir sind wohl nicht die Einzigen, die auf der Suche nach ihm sind», murmelte sie ihrem Weggefährten zu. Dieser nickte tief ein und aus und ließ seinen Blick über die Runde schweifen.

«Sind alle okay?», fragte er und alle nickten schwermütig. Dem Jungen stand der Schock ins Gesicht geschrieben.

Hinter ihnen kam nun auch Charles heraus gestürmt. Völlig verdattert von dem nicht mehr vorhandenen Szenario blieb er wie angewurzelt stehen.

«Wo-? Was-»

«Sie sind fort», klärte Gus ihn auf und deutete auf das dunkelhaarige Mädchen. «Maya hat uns gerettet.»

«Was machst *du* überhaupt hier?», fragte der Onkel sie irritiert.

«Ich wollte mir ein paar Schmerztabletten leihen. Meiner Mum geht es nicht gut.»

«Leihen oder stehlen?», wollte Charles wissen.

«Ist das nicht irgendwie dasselbe?»

«Oh nein, junges Fräulein, das ist es ganz sicher nicht!»

Maya ließ ihre Schultern zucken. «Und? Bekomme ich jetzt welche? Ich hab euch immerhin gerettet. Irgendwie.»

Charles seufzte, denn dagegen konnte er wohl nichts sagen. «Wie auch immer du Hänfling das angestellt hast. Na dann komm mal mit, aber lass deine Finger bloß bei dir!» Und mit diesen Worten verschwanden die beiden im Haus.

Mag sah zwischen Gus und Gordon hin und her.

«Tut uns leid, dass wir nicht helfen konnten», entschuldigte sich Mag. «Ich schwöre, dass das nie wieder vorkommen wird, wenn noch einmal etwas passieren sollte.» Sie leckte ihren Mittel- und Zeigefinger an und legte sie zum Fingerschwur auf ihre linke Brust.

«Es ging alles so schnell», bestätigte Gordon und tat es ihr gleich. «Und dein Onkel wollte einfach nicht, dass wir die Tür in die Luft sprengen.»

«Auch wenn das natürlich keine Entschuldigung ist! Wir sind ausgebildet, so etwas sollte nicht passieren.» Mag blickte zur offenen Tür hinein, durch die soeben Maya und Charles verschwunden waren. «Wie zum Yggdrasil hat dieses kleine, dünne Mädchen es geschafft, diese beiden Kerle alleine in die Flucht zu schlagen?»

Gus musterte die beiden ein wenig, dann blickte er ebenfalls hinein. «Ich habe nicht alles ganz genau mitbekommen, aber sie hatte den da zur Hilfe.» Er deutete auf den dicken Ast, den Maya benutzt hatte und der nun achtlos auf dem Gehweg lag. «Sie hat die beiden damit geschlagen, dann sind sie abgehauen.»

«Fast schon zu einfach...», murmelte Mag nachdenklich.

«Zeigt ihr mir jetzt das Buch?», lenkte Gus neugierig auf das Thema zurück, das sie vor diesem Vorfall hatten. Mag jedoch schüttelte den Kopf. «Lass uns das später machen. Jetzt solltet ihr erst mal eure Koffer packen und zusehen, dass ihr hier wegkommt. Jemand ist hinter dir her und das hier wird nicht sein einziger Angriff bleiben, da bin ich mir sicher. Habt ihr einen sicheren Ort, an den ihr gehen könnt, den niemand kennt?»

Highcott - Greenbridge

Kurz vor ihrem Schichtantritt am nächsten Tag machte Rosa Peralta den geplanten Abstecher bei der Familie Bishop. Zu Hause war natürlich nur der alte Barty. Sohn und Enkel waren an der Arbeit.

Als Barty die Tür öffnete, strahlte er Peralta an und gab ihr einen Handkuss.

«Rosa, meine Teuerste, wie schön, dich hier begrüßen zu dürfen. Was verschafft mir die Ehre?»

«Barty, du blühst wie das junge Leben, wenn du nur ein bisschen jünger wärst...» Sie sagte das so sachlich, dass es Barty zum Lächeln brachte.

«Wie du mir heute wieder schmeichelst», lachte er beinahe verlegen und winkte sie hinein. «Da werde ich ja gleich ganz rot.»

Keck zwinkerte sie ihm zu und folgte dem alten Mann hinein. «Ich habe da gestern etwas ziemlich Merkwürdiges beobachtet und dachte, du kannst mir vielleicht mehr dazu sagen», kam sie kurz darauf zur Sache und half ihm dabei, ein Glas für sie aus dem Schrank zu holen, welches er gleich darauf mit Leitungswasser füllte.

«Hier, mein Gute. Dann erzähl dem alten Barty doch mal, was genau du da beobachtet hast.»

«Gesichtslose Männer, die ein Haus angezündet haben. Das Haus blieb unbeschädigt, sie wollten einen Jungen entführen, der darin wohnt.» Rosa fackelte nicht lange, wenn sie etwas wissen wollte. Das hatte sie noch nie getan und das war eine gute Eigenschaft für sie als Detective. Nach wie vor lächelte Barty und schüttelte sachte den Kopf.

«Rosa, Rosa. Immer gleich mit der Tür ins Haus fallen. Das gefällt mir.» Dann wurde sein Gesichtsausdruck etwas ernster. «Und du kommst damit zu mir, weil...?»

«Weil du immer dahintersteckst, sobald es übernatürlich wird. Du weißt, dass ich dich bisher nie verraten habe-»

«Weil ich dir gutes Geld dafür zahle und dich am Leben lasse!», warf er fröhlich ein.

«- aber in dem Zusammenhang stellt sich mir doch die Frage, ob du nicht mit dem Mordfall an den Raises in Verbindung stehst.»

«Und was wäre wenn?»

«Dann müsstest du mir einen verdammt guten Grund liefern, warum ich dich jetzt nicht auf der Stelle festnehmen sollte.» Sie griff nach der lilafarbenen Kugel, deren Leuchten im Schein der Sonne, der durch das Fenster hineinfiel, kaum bemerkbar war. «Und versuche ja nicht, mich zu verzaubern, sonst flackert deine Spielzeugkugel nicht mehr lange.» Wie auf Kommando fing die Kugel wieder an wie wild zu flackern, es passierte jedoch nichts. Rosa wusste mittlerweile, dass diese

Kugel und die Zauberkräfte irgendwie miteinander in Verbindung standen. Denn auch wenn sie hin und wieder nur die Farbe wechselte, war sie doch immer da gewesen, wenn etwas Magisches passierte. So auch am vergangenen Abend. Und Bartys Gesichtsausdruck, als Rosa diese Drohung aussprach, bestätigte dies nur.

«Mach keine Scherze, Rosa. Ich kann durchaus ungemütlich werden, dass weißt du.» Man sah ihm nicht an, dass er sich um Fassung bemühte und er schielte immer wieder auf die flackernde Kugel.

«Dann verrate mir, was du und deine Familie mit den Raises zu tun habt und was ihr mit dem Kind wollt! Ich habe viele deiner Machenschaften vertuscht, aber Mord? Barty, das geht zu weit!»

Er lächelte geheimnisvoll und Rosa ahnte, dass sie vielleicht viele seiner Taten noch gar nicht kannte, doch das wollte sie auch lieber nicht.

«Ich brauche ihn, um-» Barty brach ab und schüttelte den Kopf. «Das kann ich dir nicht sagen und werde ich auch nicht.» Er festigte seine Stimme und sah Peralta in die Augen. Das war ihr Stichwort dafür, die Handschellen herauszuholen. Doch ehe sie sich versah, flogen ihr Kugel und Handschellen aus den Händen und sie fand sich an der Wand wieder, eingekesselt von einem Schrank und Barty, der stärker war, als er vermuten ließ. Aufgrund ihrer Ausbildung war es ihr möglich, sich aus dieser Situation zu befreien, doch als sie kurz darauf in die Luft schnellte und Kopf über hängen blieb, war auch sie machtlos. Barty stand nun ganz dicht vor ihr, Nase an Nase und als er sprach, konnte sie seinen feuchten, nach Pfefferminz riechenden Atem spüren.

«Wage es bloß nicht, dich mit mir anzulegen. Du lebst nur noch, weil du mir sympathisch bist», murmelte er bedrohlich. «Mach dir das jetzt nicht kaputt.» Er trat einen Schritt zurück und verschränkte die Arme hinter dem Rücken. «Was ich weshalb mache, geht dich nichts an.» Seine Stimme hatte wieder den warmen Ton angenommen, mit dem er immer mit den Nachbarn sprach und sein Lächeln war zurückgekehrt. «Du hast ganz einfach nichts gesehen und weißt von nichts. So kommst du vor deinen Kollegen und dem Chief nicht in Erklärungsnot. Und sollte mir zu Ohren kommen, dass du irgendjemandem etwas geflüstert hast, dann…» Bartys Finger zog sich langsam über dessen Kehle. «Haben wir uns verstanden?» Rosa verstand, deshalb nickte sie eifrig.

Mit einem Ruck drehte sie sich in der Luft und landete wieder sicher auf beiden Füßen. Barty griff nach ihrer Hand und gab ihr einen weiteren Handkuss. «Dann wünsche ich dir noch einen schönen Tag, Rosa. Einen Tag, so schön wie du es bist.»

Highcott - Dungow

Wunderbar. Soweit hatte bisher alles gut geklappt. Mit dieser Inszenierung bei den Raises hatte sie das Vertrauen von Gus und seinem Onkel sicher gewonnen. Das war der Plan der Bishops gewesen. Ganz wohl war Maya bei der ganzen Geschichte nicht gewesen, obwohl das falsche Feuer sie wirklich beeindruckt hatte. Bald würde sie so etwas vielleicht sogar selbst können, denn der Deal, dass die Bishops sie für ihre Zusammenarbeit mit der Zauberei vertraut machen würden, stand. Zwar nicht ganz so, wie sie es sich erhofft hatte, aber Deal war Deal, oder? Hauptsache es wurde keiner mehr ernsthaft verletzt, das war ihr am wichtigsten gewesen und das hatte der alte Barty ihr auch versprochen. Hoffentlich konnte sie darauf zählen. Auch wenn Maya vieles egal war, was sie nichts anging, verwickelt in einen Mord oder schwere Verletzungen wollte sie nicht sein.

«Mein Gutes Kind, hast du wieder etwas zu essen dabei für mich? Ich habe dich gar nicht verdient», säuselte ihre Mutter. Maya hatte sie vergangene Nacht nach ihrer Rückkehr wieder dabei erwischt, wie sie sich einen Schuss setzen wollte. Es war ihr gerade noch gelungen, ihrer Mutter das Zeug zu entwenden. Unter großem Gezeter und Geschimpfe war Maya nochmal losgezogen, um die Drogen zu entsorgen. Wenn sie das mit der Zauberei erst einmal besser beherrschte, dann würde sie dem Dealer ihrer Mum so richtig einheizen. Das hatte sie sich fest vorgenommen. Und auch jeder andere Dealer, der versuchte ihrer Mum etwas anzudrehen und das letzte bisschen Geld, das sie für Wichtigeres brauchten, aus der Tasche zu ziehen, würde bitter dafür bezahlen. Bald, bald würde sie das alles können und wahr machen.

Nachdem Maya ihren Deal vorgeschlagen hatte, hatte Barty gelacht und ihr erklärt, dass er hier die Regeln mache, er ihr aber durchaus etwas beibringen könne, wenn sie ihm entgegen kommt.

«Die Polizei steht auf unserer Seite», hatte er ihr lächelnd mitgeteilt. Das hatte Maya etwas überrascht, denn damit hatte sie nicht gerechnet. Korrupte Bullen in Highcott, natürlich. Die gab es doch irgendwie überall, oder? «Und wenn du irgendjemand anderem davon etwas verrätst...» Lächelnd war er sich mit dem Finger über die Kehle gefahren. «Oder am besten sogar gleich? Nur, um auf Nummer sicher zu gehen. Du verstehst das sicher.» Der Alte hatte ihr zugezwinkert und Mayas Herz hatte zu rasen begonnen. Wie dumm war sie gewesen, so eine Idee nicht nur zu haben, sondern auch noch umzusetzen? Warum hatte sie nicht mitberücksichtigt, dass man ihr als bekennende Zeugin etwas antun könnte? Doch dann hatte Ian sich zu Barty vorgebeugt und ihm etwas ins Ohr geflüstert, woraufhin der Alte zu überlegen begonnen und schließlich genickt hatte. «Du scheinst meinem Enkel zu gefallen, denn er möchte nicht, dass du schon stirbst.» Und dann hatten sie den Deal gemacht oder besser gesagt: Maya hatte mehr oder weniger darauf eingehen müssen, wenn sie am Leben bleiben wollte. Sie sollte Gus' Vertrauen gewinnen und wenn sie das hatte, sollte sie ihn zu den Bishops bringen, damit sie ihn benutzen konnten.

«Es wird viel einfacher, wenn er uns vertraut», hatte Shane nickend zugestimmt. «Und auch für dich ist das nur von Vorteil, wenn du richtig zaubern möchtest.» Dabei hatte er Maya angesehen und obwohl sie rein gar nichts verstand, hatte sie lieber nicht nachgehakt. Irgendetwas sagte ihr, dass sie das vielleicht lieber lassen sollte. Das war nun also ihre Aufgabe: Das Vertrauen des Raise-Jungen gewinnen und ihn zu den Bishops bringen. Im Gegenzug würde sie ihr Leben behalten und ihre Kräfte richtig einsetzen lernen.

«Maya, mein Schätzchen.» Bella lag vor dem Wohnwagen auf einer alten Sonnenliege vom Schrottplatz, unfähig oder zu faul sich zu bewegen und schwitzte vor sich hin. Es war ein besonders heißer Tag und endlich einer, der dem August mehr als würdig war. «Mir ist warm. Bringst du mir etwas zu trinken und einen kalten Lappen?»

Maya tat, worum sie gebeten wurde und lief mit einer leeren Plastikflasche und einer kleinen Schüssel zum Waschhaus.

«Hey.» Beinahe hätte Maya die Flasche, die sie gerade unter den Hahn hielt, fallen gelassen. Aber sie fing sich und war sofort wieder cool, als sie Ian von der Seite musterte.

«Was willst du hier? Stalkst du mich? War ja nett, dass du mir geholfen hast, aber ich habe kein Interesse.» Natürlich musste Maya zugeben, dass er ein ziemlich hübscher Kerl war. Sie würde lügen, würde sie etwas anderes behaupten. Aber mehr als ihren Deal wollte sie mit dieser schrecklichen Familie auf keinen Fall zu tun haben. Daran würde auch sein umwerfendes Aussehen nichts ändern.

«Eigentlich wollte ich nur mal sehen, wie du so lebst», grinste er und Maya wusste nicht, ob er sie damit verspotten wollte. Sie schraubte den Deckel der Plastikflasche zu und füllte die kleine Schüssel auf, um später den Lappen darin tränken zu können.

«Hast du ja jetzt gesehen. Auf Wiedersehen.»

«Spielst die Unnahbare, was?»

«Was?» Mit gerunzelter Stirn fuhr Maya zu ihm herum.

«Tu nicht so, du weißt genau, wie ich das meine und dass ich damit recht habe.»

Kaltes Wasser lief über Mayas Hand und fluchend drehte sie den Wasserhahn wieder zu. «Das geht dich einen feuchten Dreck an.»

«An deiner Stelle wäre ich etwas freundlicher, wenn dir dein Leben lieb ist.»

Mit verengten Augenbrauen stierte sie Ian an, der zwar immer noch lächelte, aber sah sie da auch noch etwas anderen in seinen Augen? Er konnte genauso lächeln, wie sein Großvater und Vater es ständig taten. Nur wirkte es aus unerfindlichen Gründen bei Ian echter und somit sympathischer.

«Und an deiner Stelle würde ich aufhören, mir zu drohen!» Sie klemmte sich die Wasserflasche unter die Achsel und lief mit der Schüssel in beiden Händen zurück zu ihrem Wohnwagen. Ian folgte ihr.

«Sonst?»

«Wirst du dann schon sehen.»

Ian lachte. «Ich mag dich irgendwie.»

«Schön für dich.»

«Aber um ehrlich zu sein bin ich hier, um mit dir das weitere Vorgehen zu besprechen. Großvater findet es zu auffällig, wenn du zu oft bei uns hereinschneist. Deshalb bin ich hier.»

«Dann leg mal los, ich bin ganz Ohr.»

«Ach, das ist ganz simpel. Du sollst diese Woche intensiv nutzen, um mit diesem Augustus eine Art freundschaftliche Beziehung aufzubauen, aber natürlich spielst du das alles nur. So kalt wie du bist, traue ich dir das zu.» Er zwinkerte Maya zu, welche seinen Blick mürrisch erwiderte. «Freitagnacht soll es nämlich losgehen. Da bringst du ihn gegen halb zwölf nach Shedford an die alte Rennbahn. Außerdem sollst du ihn über diese zwei 90ies-Verschnitte ausfragen, die gestern Abend bei ihm waren. Wir vermuten, dass sie auch Magier sind.»

Maya blieb stehen. «Wie kommt ihr darauf?»

«Sie hatten einen Infoport bei sich.»

«Einen was?» Kopf schüttelnd setzte sich Maya wieder in Bewegung und stellte die Schüssel kurz darauf neben der Liege ihrer Mutter ab. Ian nahm ihr freundlicherweise vorher die Flasche ab und reichte sie ihr nun zurück. «Ich hab schon genug gesagt», antwortete Ian das, was Maya auch gerade gedacht hatte. Stumm sah sie ihn an, aber er verriet wirklich nichts mehr. Dann nahm sie die Flasche entgegen und reichte sie ihrer Mum.

«Bella!», sagte Maya etwas genervt, da ihre Mutter sich mit geschlossenen Augen sonnte und nichts mitbekam. «Dein Wasser.»

«Oh, danke meine Süße.» Bella öffnete die Augen und blickte erst zu Maya, dann zu Ian. «Huch, wer ist denn dieses hübsche Kerlchen? Dein neuer Freund?»

«Nein», antworteten Maya und Ian zeitgleich. «Sie sind Mayas Mum?»

Unglaube lag in Ians Stimme und er blickte zwischen Maya und Bella hin und her.

«Bin ich. Bella, hallo.» Fröhlich reichte sie dem jungen Mann ihre Hand, doch Ian erwiderte es nicht. Stattdessen drehte er sich um. «Ich muss los. Wir sehen uns Freitag.» Und verschwand.

«So ein hübscher junger Mann. Worauf wartest du Süße? Schnapp ihn dir!»

Leicht verwundert sah Maya Ian hinterher, weil er so plötzlich die Flucht ergriffen hatte. Dann zuckte sie jedoch mit den Schultern. Natürlich war er gegangen, er hatte ausgerichtet, was er ausrichten sollte und damit war seine Arbeit getan. Und sie würde sich wohl gleich selbst an ihre Arbeit machen, eine Art Freundschaft mit Gus aufzubauen. Wie auch immer sie das machen sollte, denn außer dem Jungen vor vielen Jahren, der ihr das Klauen und Überleben auf der Straße beigebracht hatte, hatte sie nie Freunde gehabt.

Highcott - Paisling

Sonderlich weit waren sie nicht gekommen, aber Charles hatte es für besser befunden, vorerst in seine Wohnung in Aberness umzuziehen. «Die Stadt ist groß. Sie werden erst einmal nicht wissen, wo sie suchen müssen.»

Tyrel und Peralta hatten nach der Info über die Feuernacht versprochen, ab sofort öfter vorbeizuschauen und darum gebeten, dass Gus und Charles alles sofort melden sollten, was ihnen irgendwie merkwürdig vorkommt. Und zur Sicherheit hatte Charles gleich einen seiner Männer beauftragt, Gus rund um die Uhr zu begleiten, denn selbstverständlich könne er nun nicht auf die Schule verzichten.

So auch zwei Tage nach dem Vorfall mit dem falschen Feuer, als eine der gesichtslosen Gestalten versucht hatte, Gus zu entführen. Sein Bodyguard, der auf den Namen Ray hörte, war auf Gus' Bitte hin immer mit genügend Abstand in seiner Nähe geblieben. Gus wollte nicht, dass er erneut Aufmerksamkeit an der Clayton High erregte, indem er nun auch noch seinen persönlichen Babysitter auf dem Präsentierteller servierte. Seine Freunde Eric und Bill machten auch so schon ihre Witzchen, auch wenn Gus wusste, dass diese nicht bösartig gemeint waren.

«Wie sieht's denn nun eigentlich aus? Kommst du jetzt noch auf Bethanys Party oder eher nicht?», wollte Bill wissen. Gus ließ seine Schultern zucken.

«Überlege ich mir noch.» Momentan konnte er nicht bis Freitag voraus denken. Wer wusste schon, ob er bis dahin nicht doch noch aus Highcott wegziehen musste, weil jemand erneut versuchen würde, ihn zu entführen.

«Aber du kommst heute Abend zum Jahrgangs-Barbecue, oder?»

«Hm. Mal gucken.»

«Hey Gus, wir wissen, dass du grad ganz schön zu knabbern hast, aber zurückziehen ist auch nicht die beste Lösung, weißt du?» Eric hatte einen unerwartet sanften Ton angeschlagen und Bill drückte Gus die Schulter. «Geh unter Freunde und lass dich ablenken.»

Augustus konnte nicht anders, als zu grinsen. «Wusstet ihr, dass es echt gruselig ist, wenn ihr so sanft redet?» Hinter ihm wechselten seine Freunde fragende Blicke, dann zuckten sie beide mit den Schultern und grinsten wieder.

«Na gut, dann packen wir die Samthandschuhe eben wieder ein», meinte Eric.

«Du kommst heute zum Jahrgangs-Barbecue, sonst sagen wir Mary-Ann, dass du sie als Begleitung für Bethanys Party willst.» Spitzbübisch grinste Bill seinen Kumpel an, der empört nach Luft schnappte, aber lachte.

«Hey, das ist fies!» Gus boxte ihm gegen den Oberarm und schüttelte den Kopf.

Auf dem Fußweg vor dem Schulgelände angekommen, parkte auch schon der Chauffeur, der Eric und Bill wie jeden Nachmittag einsammelte.

«Also, wir sehen uns heute Abend», verabschiedeten sich seine Freunde und fuhren davon.

«Wo soll's denn hingehen?»

Gus fuhr herum und wie zuvor schon, hockte Maya auf einem der Apfelbäume. Sie klemmte sich einen giftgrünen Apfel zwischen die Zähne und sprang elegant wie eine Katze vom Ast hinunter zu Gus.

«Jahrgangs-Barbecue. Klingt ja spannend.»

«Ja, ist so eine Tradition unserer Schule zu Beginn jeden Schuljahres.»

«Nimmst du mich mit?»

Unschlüssig musterte Gus das Straßenmädchen, doch dann zuckte er mit einer Schulter und meinte: «Klar, warum nicht?»

«Klasse.» Das erste Mal seit er sich mit ihr unterhielt, sah er Maya lächeln, ohne dass es spöttisch aussah. Sie biss in ihren Apfel hinein und zog einen weiteren aus ihrer kleinen, schmutzigen Umhängetasche hervor. «Hier, für dich.» Hatte er gerade richtig gesehen, dass der Apfel wie ein Magnet in ihre Hand geflogen war?

«Oh, danke.»

«Alles okay bei dir nach neulich Abend?» Gus nickte und biss in seinen Apfel hinein. «War ganz schön abgefahren, das mit diesem Feuer, was irgendwie Feuer war und dann doch wieder nicht.» Erneut nickte Gus und schielte zu ihr hinüber. Sie erwiderte seinen Blick nicht, sondern knabberte an ihrem Apfel herum und setzte sich in Bewegung. Gus folgte ihr, ohne dass er es wirklich wahrnahm. «Sowas will ich irgendwann auch mal können.»

«Ja, wäre irgendwie cool.» Auch wenn dieser Moment furchtbar gewesen war, so war Gus dennoch neidisch, dass jemand so gut zaubern konnte. Und dass jemand gezaubert hatte, stand außer Frage, denn wie sonst ließ es sich erklären, dass das Haus unversehrt geblieben war und vor allem keiner der Nachbarn oder gar die Nachtwächter etwas wahrgenommen hatten? Da musste irgendein Zauber dahinter gesteckt haben, der das Feuer vor nicht Eingeweihten verborgen hatte.

«Sowas lerne ich bald auch.» Als wäre das nichts Besonderes, warf Maya ihm diesen Satz entgegen und Gus blieb abrupt stehen.

«Wie das?» Konnte es etwa sein, dass sie auch eine Magierin war? Oder bluffte sie bloß?

«Ich kann da so Dinge seit ich klein bin…» Mit einem Ruck flog sein angebissener Apfel aus der Hand und tanzte vor ihnen in der Luft. «Ich beherrsche es nicht wirklich gut, aber ich habe jemanden gefunden, der es mir beibringen will.»

«Wen?»

«Verrate ich nicht. Du bist ein Mensch, da sollte man eh nicht zu viel verraten. Deshalb musst du auch schweigen, versprochen? Niemand darf erfahren, dass es Magier gibt. Das würde alle nur total verrückt machen.»

Gus nickte und überlegte, ob er ihr verraten sollte, dass auch er zaubern kann. Warum eigentlich nicht? Wenn sie das konnte, dann würde sie ihn weder auslachen, noch verraten oder für verrückt erklären.

«Ich kann sowas auch.» Die Äpfel fielen zu Boden und zerbrachen in kleine Stückchen. Fassungslos schaute Maya Gus an und runzelte die Stirn.

«Du verarschst mich.»

«Nein, wirklich nicht.» Wie wild schüttelte Gus den Kopf. «Ich beherrsche es nur nicht so gut. Wenn ich wütend oder traurig war, habe ich oft meine Getränke bunt und rot gefärbt. Aus Versehen nur, aber wenn ich so zurückblicke, dann muss es meine Fähigkeit gewesen sein.»

«Wenn du zurückblickst?»

«Ja, ich hab davon erst an dem Abend erfahren, als das mit dem Feuer war. Vorher hatte ich keine Ahnung, dass es so etwas wie Magier überhaupt gibt. Dabei war mein Vater einer.

Kannst du dir vorstellen, dass er mir nie etwas davon erzählt hat?»

Maya zuckte mit den Schultern und setzte sich wieder in Bewegung. Ihre Mutter hatte ihr von Anfang an immer gesagt, dass sie etwas Besonderes war und sie hatte sogar bei Bella das ein oder andere Mal kleinere Tricks gesehen, als sie noch klein war. Seit Bella mit den Drogen angefangen hatte, beherrschte sie ihre Kräfte jedoch kaum noch.

«Wir könnten es gemeinsam lernen», schlug Maya vor. «Die, die es mir beibringen wollen, würden sicher auch dir helfen. Sind echt nette Menschen.»

«Ja, mal gucken.» Vielleicht würden Mag und Gordon es ihm ja auch beibringen. Dass er aber eine Zauberschulkameradin haben konnte, klang schon sehr verlockend. Er würde auf jeden Fall darüber nachdenken.

«Wann ist denn dieses Barbecue heute Abend? Gibt's da gratis Essen?» Gus nickte lachend. «Perfekt!»

War klar, dass sie danach fragte, aber dann musste Merit an diesem Abend wenigstes nicht für sie alle kochen und konnte frei machen. Wie abgesprochen, hatte Gus Maya jeden Tag Essen für drei Personen gegeben. Am Wochenende war Gus immer eine kleine Runde mit seinem Bodyguard Ray gegangen, um es Maya an der Bahnstation zu übergeben. Seit diesem Morgen gab es Frühstück und Mittag für sie morgens vor dem Unterricht. Bisher hatten sie nur flüchtig Worte gewechselt, dies hier war das erste richtige Gespräch, dass sie seit dem Brand führten.

«Wie kommt es, dass du auf der Straße lebst?»

«Ich lebe nicht direkt auf der Straße», antwortete Maya wieder etwas härter. «Wir wohnen in einem Trailerpark, in einer richtigen Gemeinschaft.»

Gus nickte verstehend und entschuldigte sich. «Ist deine Mutter krank?» Die Frage hatte er sich in den letzten Tagen öfter gestellt, denn warum sonst sollten sie sich nicht einmal etwas zu essen leisten können?

«Wir sehen uns heute Abend. Hol mich hier ab.» Und schon war Maya weg. Wie es schien, hatte Gus einen wunden Punkt getroffen.

Highcott - Aberness

Seit dem Abend, an dem sie Mag und Gordon kennengelernt hatten, waren sie nicht mehr aufgetaucht und das lag nun schon knapp drei Tage zurück. Beinahe hatte Gus die Befürchtung gehabt, dass sie gar nicht mehr auftauchen würden, doch da klingelte es an der Tür und die zwei standen vor ihm. Dieses Mal trug Mag ein neongelbes Top und Gordon ein weißes XXL-Shirt mit Basecap. Er sah aus, als wäre er einer Boyband aus den Neunzigern entsprungen.

«Hi ihr zwei!», grüßte Mag fröhlich und trat in die Wohnung, Gordon folgte ihr. «Wow, schick hier. Ist alles okay bei euch? Noch irgendein Angriff? Sorry, dass wir erst jetzt kommen, aber wir mussten nochmal zurück nach Incantaras und haben außerdem versucht herauszufinden, wer es da auf dich abgesehen hatte.»

Gus wollte den Mund öffnen, um ihre Fragen zu beantworten, doch Charles kam ihm zuvor und überging diese absichtlich.

«Wer ist es?»

«Wir sind uns nicht ganz sicher, aber Ipsy», sie streichelte ihren Inforport, «Hat uns zumindest nach... Greenbridge geführt? Wir dachten aber, nach euch zu sehen, hat dann doch erst mal Vorrang. Aber wenn ihr noch in Ordnung seid, dann ist ja alles gut. Wir sollten wohl sobald wie möglich nach Incantaras aufbrechen, dort bist du sicherer.»

«Ihr habt noch immer nicht erzählt, was ihr eigentlich von meinem Neffen wollt. Ich gebe ihn euch sicher nicht einfach so mit. Entweder ihr nehmt auch mich mit, oder er bleibt hier.» Charles hatte wieder einmal die Arme verschränkt und schaute grimmig. Er war ganz in seiner Security-Rolle. Mag und Gordon tauschten kurze Blicke, dann verzog Gordon das Gesicht.

«Das geht leider nicht», erklärte er. «Nur Magier können Incantaras betreten. Menschen können nicht durch die Portale reisen.»

«Dann wäre das ja entschieden. Er bleibt hier.» Ohne Widerrede abzuwarten, drehte Charles sich um und verschwand in der Küche. Gus warf den Incantari einen entschuldigenden Blick zu.

«Er ist eigentlich ganz nett. Klärt uns einfach überzeugend auf, dann wird er sicher etwas weicher. Ich hole kurz das Buch, ja?» Und schon verschwand Gus auf sein sporadisch eingerichtetes Zimmer, um das Notizbuch zu holen, mit dem er kurz darauf in der Küche wieder auftauchte. Mag hatte es sich auf einem Küchenstuhl bequem gemacht, Charles schenkte allen etwas zu trinken ein und Gordon beäugte interessiert die Einrichtung.

«Hier ist es.» Gus plumpste auf einen Stuhl gegenüber der Magierin und schob ihr das Buch hinüber. Skeptisch musterte Charles dieses Buch, womöglich dachte er daran, was beim letzten Mal passiert war. Ohne zu zögern, machte Mag ihren Infoport vom Gürtel ab und legte ihn in das Buch hinein, bis er darin verschwand und das Buch erneut zu leuchten und zu schweben begann. Obwohl Gus dies schon einmal beobachtet hatte, faszinierte es ihn aufs Neue. Wie gebannt schaute er zu, was passierte, während Charles dieses Mal weitaus gefasster wirkte, bereit, im Notfall sofort einzugreifen. Doch dieses Mal blieben die gelben und orangenen Lichter, die die Flammen erzeugt hatten, aus. Vermutlich, weil sie dieses Mal nicht gestört wurden. Stattdessen öffnete sich das Buch in der Luft, stülpte sich einmal um und erfüllte die gesamte Küche mit einem Licht so hell, dass es beinahe blendete. Als das Licht sanfter wurde, erkannte Gus Bilder, die sich aus verschiedenen Lichtstrahlen zusammensetzten und eine Geschichte erzählten.

«Es war einmal ein Mann...», begann eine Stimme aus dem Nichts zu erzählen, «... der erste Magier aller Zeiten. Alle Kräfte der vier Elemente herrschten in ihm und vereinten sich, um aus ihm jemand Besonderen zu machen.» Die Lichter formten das Bild eines Mannes mit Umhang, der wunderschöne Lichtspiele aus seinen Händen zauberte. «Er heilte die Menschen, half ihnen im Alltag und vollbrachte großartige Wunder. Als er älter wurde, beschloss er, dass es an der Zeit war, seine Kräfte zu teilen. Nicht immer würde er da sein, um den Menschen zu helfen und so gab er einer auserwählten Gruppe von Menschen, zusammengesucht auf der ganzen Welt, die Gabe der Magie und erschuf für sie Incantaras, die Welt der Magier.» Zwischen ihnen spielten die Lichter Szenen, in denen der Mann im Umhang Lichtfäden auf viele Menschen verteilte. Die Lichtmenschen verschwanden und ein Naturbild entstand. Häuser wurden erschaffen, Pflanzen wuchsen und Menschen tauchten wieder auf. «Als der heilige Magnus, Schutzpatron aller Magier, spürte, dass es mit ihm zu Ende ging, suchte er Droudon - die Mitte von Incantaras - auf, erschuf dort eine große Eiche und schickte seinen Geist hinein, auf dass seine Magie für immer in diesem Baum gefangen und für alle geborenen Magier verfügbar sei.» Das Licht formte sich zu einer riesigen Eiche, deren Äste in die Lüfte rankten und Gus bildete sich sogar ein, den Baum lächeln zu sehen. «Der Baum Yoggdrasil erblüht jedes Jahr bis heute in voller Pracht», der Lichterbaum bekam bunte Blätter und leuchtete in allen Regenbogenfarben und riss Gus vollkommen in seinen Bann. «Und wenn die Blätter fallen, werden tausende von Feen geboren, die die Kraft des heiligen Magnus tragen. Feen, aus denen alle Zauberer Incantaras' ihre Kräfte ziehen.» Der Baum warf seine bunte Pracht ab und mit einem Mal flatterten unzählige bunte Lichterfeen durch die Küche.

«Die Incantari haben sich über die Jahrhunderte hinweg immer mehr zurückgezogen, nur wenige von uns besuchen noch die Menschenwelt und wenn, dann eher zu eigenen Zwecken. Wir haben gelernt, uns rauszuhalten, denn ihr habt eure eigenen Götter, die für euch sorgen und wir tragen eure Kriege nicht mehr aus. Seit Jahrhunderten schon», erklärte Mag abschließend, als das Licht langsam wieder verschwand und das Buch zurück auf den Küchentisch fiel. Die Kugel flog leuchtend zurück in Mags Hand und wurde von dieser wieder am Gürtel festgemacht.

«Krass», sagte Gus vollkommen geplättet.

«Nette Show.» Charles hingegen wirkte wenig beeindruckt oder konnte es einfach nur gut verbergen. «Aber was hat das mit meinem Neffen zu tun?»

«Dazu kommen wir jetzt. In Incantaras wurde ähnlich geherrscht wie in eurer Welt. Wir hatten das Königshaus, das waren die direkten Nachfahren des heiligen Magnus. Dann waren da noch die Herzöge, Marquisen, Grafen, und der Rest des Adels. Die bestanden alle aus Familien, die Magnus erwählt hatte, damit sie seiner Magie Nachfolge leisten. Das waren sozusagen die ersten Magierfamilien. Je später sie erwählt wurden, desto niedriger wurde der Rang und nach dem Adel waren dann alle das *normale* Volk. Es gab auch so etwas wie Bischöfe, die, die das Andenken an den heiligen Magnus schützten. Allerdings haben diese Bischöfe einst ihre Aufgabe zu ernst genommen und versuchten vor rund hundert Jahren, das Königshaus zu stürzen, um selbst die Macht zu übernehmen, als Sprachrohr des heiligen Magnus'. Nun ja, dieser Putsch misslang zum Glück und die Bischöfe wurden zu einem Leben in der Menschenwelt verbannt. Die Tore wurden eigens ihretwegen präpariert, um der Familie für immer den Weg zurück zu versperren, was bis heute gelang. Die Strafe daran war, dass es in der Menschenwelt kaum möglich ist, Magie auszuüben.»

«Aber ihr habt doch-», setzte Gus an, schwieg jedoch wieder, als Gordon die Hand hob und Mag lächelnd weiter erklärte.

«Jeder Magier hat magisches Blut in sich. Das heißt, komplett geht die Kraft nie verloren. Kleine Zauber, wie etwas schweben lassen zum Beispiel, sind aufgrund der Blutmagie möglich. Für größere Zauber in der Menschenwelt braucht jedoch jeder Magier so einen Infoport, wie wir ihn tragen. Darin ist eine Fee eingeschlossen, die uns Magie spendet, deshalb leuchtet sie so stark. Sie mögen es nicht, eingeschlossen zu sein, aber Ipsy hier hat sich freiwillig gemeldet, um uns zu helfen.» Wieder streichelte Mag lächelnd über den leuchtenden Infoport, der daraufhin leicht flackerte. «Unsere vollen Möglichkeiten haben wir allerdings nur in Incantaras, wo die Feen frei und überall fliegen können.»

«Wir hatten übrigens diese verstoßene Familie im Auge, was den Angriff angeht», bemerkte Gordon und Charles blickte ihn stirnrunzelnd an. «Ansonsten fiel uns niemand aus Incantaras ein, der es irgendwie auf euch abgesehen haben könnte.»

«Und warum genau? Das habt ihr immer noch nicht gesagt.» Onkel Charles war weiterhin skeptisch, jedoch wirkte er weniger mürrisch als zuvor.

«Entschuldigung, natürlich!» Mag fuhr mit der Erklärung fort. «Nach diesem Putschversuch wurde die Struktur in Incantaras infolge einer langen Diskussion umgestellt. Schließlich beschloss man, die königliche Hierarchie niederzulegen und einen Rat aus sieben Mitgliedern der sieben Ursprungsfamilien zu gründen, der gemeinsam große Entscheidungen für die Welt treffen sollte. Den *Rat der Sieben*. Jeder sandte einen Auserwählten aus der Familie in den Rat und es wurde die Regel geschaffen, dass immer der älteste Nachkomme den Platz seines Vorfahren einnehmen würde, wenn dieser verstarb. Erst, wenn es keinen mehr geben würde, soll es eine Art Zauber-Wettkampf geben, um eine neue Familie auszuwählen, soweit kam es bisher jedoch noch nicht. So lange ist das ja dann auch nicht her.»

«Und kürzlich ist Aurelius verstorben.» Gordon sah zu Gus hinüber. «Dein Großvater.»

«Deshalb haben wir deinen Vater gesucht», fuhr Mag fort. «Obwohl er sich für ein Leben in dieser Welt entschieden hat, ist er dazu verpflichtet, seinen Platz im Rat einzunehmen. Und jetzt, wo auch er verstorben ist... da trittst du als Nächster in seine Nachfolge.»

«Aber ich hab doch gar keine Ahnung von Incantaras und Zaubern und alldem.»

«Das macht nichts, du wirst das ziemlich schnell lernen und verstehen, wenn du erst einmal dort bist. Wir haben Schulen und viele begabte Magier und Lehrer.»

Charles schnaubte etwas und schüttelte den Kopf. «Ich muss mir das alles erst mal gehörig durch den Kopf gehen lassen, bevor ich euch erlaube, meinen Neffen in irgendeine angebliche Parallelwelt zu verschleppen.» Er hatte sich in der Zwischenzeit einen Whisky eingeschenkt, den er nun in einem Zug leerte.

«Das verstehen wir. Das muss furchtbar viel Information für euch sein und natürlich auch schwer zu verstehen, wenn ihr zuvor nie etwas davon gehört habt. Denkt darüber nach, aber lasst euch nicht zu lange Zeit. Ich befürchte, dass dein Vater nicht einfach so ums Leben gekommen ist, nur weil er zufällig Zeuge des Mordes an deiner Mutter wurde, sondern dass dort mehr dahintersteckt. Und jetzt haben sie es auf dich abgesehen oder sie brauchen dich.»

Gus blickte neugierig zu Mag. «Und ihr glaubt, dass das diese Bischofsfamilie war?»

Die beiden Incantari nickten. «Wir haben vermutet, dass sie vielleicht irgendwie Wind von Aurelius' Tod bekommen haben und nun versuchen, zurückzukehren, um seinen Platz im Rat einzunehmen. Wir wissen ja nicht, ob sich die Bishops verändert haben, aber wenn nicht, wäre das eine Katastrophe, sie im Rat sitzen zu haben. Und laut Regeln haben sogar sie ein Anrecht darauf, sich darauf zu bewerben. Jeder, durch dessen Adern magisches Blut fließt, besagt das Gesetz.»

Gordon seufzte und sah auf die goldene Flüssigkeit in einer Flasche, von der Charles vorhin getrunken hatte.

«Was ist das? Darf ich mal probieren?»

«Du kennst keinen Whisky?» Charles wirkte schockiert.

«Nie gehört, nein.»

Sofort war Charles ganz in seinem Element und schenkte dem Mann etwas ein.

«Die, die versucht haben dich zu entführen, hatten auch einen Infoport. Das verwirrt uns noch, weil sie eigentlich gar keinen haben dürften und schon gar keinen funktionierenden! Dazu braucht man nämlich Feen und die gibt es hier nicht. Die werden alle von Yggdrasil in Incantaras geboren.»

Neben ihr hustete Gordon, der einen großen Schluck vom Whisky probiert und etwas anderes bekommen hatte, als erwartet.

«Der ist ja krass!», hustete er und klopfte sich auf die Brust.

«Das sind nur 40%, krieg dich ein», tadelte Charles, aber Gus konnte dennoch ein kleines Grinsen auf den Lippen seines Onkels erkennen.

«Gutes Zeug!», schloss Gordon und trank den Rest etwas vorsichtiger.

«Jedenfalls glauben wir, dass die Bishops dich auch… erledigen wollen, um sich auf die dann frei werdende Position im Rat zu bewerben. Irgendwelche Connections haben sie auf jeden Fall, sonst wüssten sie weder vom Rat, noch von Aurelius' Tod.»

«Klingt alles sehr schwammig», murmelte Charles, der die Flasche zuschraubte und wieder wegstellte.

«Kann ich die mitnehmen?», fragte Gordon hoffnungsvoll, erntete jedoch nur einen verständnislosen Blick.

«Natürlich nicht.» Daraufhin suchte Gordon Stift und Papier, um sich den Namen des Whiskys aufzuschreiben. Mag beobachtete ihn seufzend,

«Das ist es in der Tat, also schwammig. Deshalb sind das auch nur Vermutungen und wir müssen einfach mal vom Schlimmsten ausgehen. Je eher Gus aber nach Incantaras kommt, desto sicherer ist er. Überlegt es euch also gut und am besten nicht zu lange. Bevor es womöglich zu spät ist.» Mag erhob sich wieder vom Stuhl und rückte ihre Dreads zurecht. «Wir werden solange versuchen, mehr über die Bishops in Erfahrung zu bringen.» Sie nahm Gordon Zettel und Stift aus der Hand und legte ihre Hand darauf. Ein silbriger Lichtfaden spann sich einmal um beide rund herum und verschwand wieder. Danach reichte sie Gus den Stift. «Hier. Wenn irgendetwas sein sollte, bevor wir uns wieder sehen, dann zerbrich den Stift.» Sie drückte ihrem Freund den beschriebenen Zettel in die Hand. «Er ist jetzt mit dem Zettel verbunden und wir werden sofort kommen, um zu helfen. Hab ihn also immer bei dir, okay?» Gus nickte und betrachtete neugierig den Stift, doch er sah wie ein ganz normaler Bleistift aus.

«Und du, pass bloß auf deinen Zettel auf!» Streng sah Mag zu Gordon. Dieser schaute empört zurück.

«Für wen hältst du mich? Da steht der Name einer heiligen Flüssigkeit drauf! Als ob ich das verlegen würde.»

«Wenn ihr uns dann entschuldigt? Wir sehen uns noch diese Woche wieder und dann solltet ihr am besten entschieden haben, ob ihr mitkommt oder nicht.» Sie seufzte leise, während sie mit Gordon durch die Küchentür trat und in sich hinein murmelte: «Ich hoffe, sie entscheiden klug.»

Highcott - Greenbridge

Wie beinahe jeden Abend, saß Bartholomäus Bishop auch an diesem auf seinem Schaukelstuhl auf der Veranda, ein kühles Blondes in der Hand und über ihm die leuchtende Kugel. Dieses Mal wieder in grün. Seine Laune war gesunken. Nicht etwa, weil sie den Jungen nicht entführen konnten, denn das war schließlich alles gelaufen wie geplant. Jedoch hatte die feurige Illusion sehr an den Kräftevorräten der Bishops gezehrt und die lilafarbene Fee hatte es den letzten Funken gekostet, sodass sie nun für immer fort war. Jetzt besaßen sie nur noch die grüne Fee, die durchaus schon altersschwach war. Feen konnten alt werden, sehr alt sogar, aber die grüne lebte nun schon beinahe hundert Jahre und hatte somit alle ihre Artgenossinnen, die sein Vater Ignatius damals mit in die Menschenwelt geschmuggelt hatte, überlebt. Nur anhand dieser Schmuggelwaren, war es den Bishops überhaupt möglich gewesen, derartige magische Wunder in der Menschenwelt zu vollbringen, ihren Einfluss und Verdienst dadurch zu erlangen und über die Jahre zu erhalten. Ohne Magie wären sie niemals in die Position gekommen, dem Bürgermeister ihren Willen aufdrücken zu können und es wäre nur eine Frage der Zeit, wie lange sie mit ihrer schwachen, natürlichen Blutmagie bluffen konnten, ehe heraus kam, dass sie gar nicht mehr so mächtig waren. Daher wurde es nun aller höchste Zeit, einen Weg zurück nach Incantaras zu finden. Welch ein Wink des Schicksals, dass der alte Aurelius ausgerechnet jetzt gestorben war und seine Nachfahren sich in der Menschenwelt aufhielten.

Feen können störrische kleine Biester sein. Sie können sich nur durch Telepathie verständigen und das auch nur, wenn sie es so wollen. Es war also ein Schweres für Barty gewesen, solche Informationen aus seinen Feen herauszubekommen, auf illegale Weise jedoch nicht vollkommen unmöglich. Ein Glück, dass die Feen durch Yggdrasil stets miteinander vernetzt waren und jede zu jeder Zeit und an jedem Ort den gleichen Wissensstand über die Geschehnisse in Incantaras besaß – nur hatten die Bishops ihre Feen so manipuliert, dass sie keine Informationen zurück

senden konnten. So war sein Vater vor vielen, vielen Jahren auch an das Wissen gelangt, dass nach dem versuchten Sturz der Königsfamilie, der Rat der Sieben eingeführt wurde. Lediglich die Tore hatte Igantius nie öffnen können. Diese waren zu gut geschützt und die Kräfte in der Menschenwelt waren trotz der Feen zu schwach, um den Bannzauber zu brechen.

Freitagnacht würde es endlich soweit sein. Er und seine Familie würden zurück nach Incantaras gelangen und dann würden sie endlich über vollständige Macht verfügen und mit einem unbändigen Vorrat an Feen in die Menschenwelt zurückkehren. Nichts zog Barty sonst nach Incantaras. Er wurde in der Menschenwelt geboren, nichts verband ihn mit dieser magischen Parallelwelt und er war sich sicher, dass seine Familie dort nicht willkommen sein würde. Nein, Barty blieb viel lieber in dieser, in seiner Welt und würde die Macht der Bishops ausbauen. So hatte er seinen Sohn dazu erzogen, sein Imperium und das seines Großvaters fortzuführen und Highcott zu leiten. Erst Highcott, später das ganze Land und vielleicht würden die Bishops irgendwann einmal die ganze Menschenwelt regieren. Doch das würde viele Jahre und Mühen kosten, darum wusste Bartholomäus. Außerdem mussten er und Shane noch gehörig an Ian schmieden, denn der war bei weitem noch nicht so weit wie Shane es war.

Als hätten sie gewusst, dass Barty gerade an sie dachte, betraten Shane und Ian die Veranda, beide ebenfalls mit einer Flasche Bier in der Hand.

«Vater, du wirst nicht glauben, was dein Enkel heute herausgefunden hat.» Shane lächelte zufrieden, weshalb Barty ganz hellhörig wurde und Ian interessiert anschaute.

«Sprich, mein Kind.»

«Also ich war ja heute bei Maya, um ihr wegen des Plans Bescheid zu geben und da habe ich ihre Mutter getroffen. Ich bin mir nicht zu hundert Prozent sicher, aber sie sieht Isabella sehr, sehr ähnlich.» Ian kannte alte Fotos und schwache

Erinnerungen aus der Kindheit verbargen sich in den Tiefen seines Kopfes.

«Isabella?» Bartys Augenbrauen zuckten in die Höhe. «Unsere Isabella?»

«Ich bin mir wie gesagt nicht ganz sicher, ich war so jung, als ihr sie der Familie verstoßen habt, aber sie sieht genauso aus. Nur älter und... irgendwie verbrauchter.»

Barty biss die Zähne zusammen. «Kennst du ihren Nachnamen?» Ian schüttelte den Kopf und der Alte blickte zu seinem Sohn hinauf.

«Wir sollten uns überzeugen, ob er richtig liegt. Shane, du wirst diese Woche los ziehen und diese Frau aufsuchen. Wir müssen sicher gehen, ob das stimmt.»

«Wenn ich recht habe und es wirklich Isabella ist...», begann Ian etwas zögerlich. «... dann ist Maya-»

«Eine Bishop und damit deine Cousine. Korrekt.»

Highcott - Perthburgh

Phil hatte das Gefühl, im Fall Raise keinen Schritt weiterzukommen. Die Fahndung nach den Männern lief nicht zufriedenstellend, da Mayas Beschreibung auf viel zu viele Männer in Highcott zutraf. Die gesammelten Beweismittel waren vollkommen nutzlos und niemand wollte etwas von diesen Männern gesehen haben. Zu allem Überdruss war selbst die Sichtung des Überwachungsvideos mehr als deprimierend gewesen, um nicht zu sagen absolut sinnlos. Es waren lediglich die Raises und die zwei anwesenden Kellner zu sehen. Man sah, wie sich die Tür öffnete und zwei Männer in Hoodies das Roses betraten, dann flackerte das Bild und wurde schwarz, für mehrere Minuten. Als das Bild zurückkehrte, lagen bereits alle vier plus dem Koch tot auf dem Boden, von den Männern keine Spur mehr.

«Die Anklage gegen Bügermeister Cunning wurde jetzt aufgrund mangelnder Beweislage fallen gelassen und er ist somit aus dem Schneider», las Kollege Coaster neben ihm laut vor. «Das ist doch unfassbar, oder?»

«Hmm», gab Phil abwesend zurück und war hoch konzentriert dabei, einen Kekskrümel aus der Tastatur zu fischen, der ihm soeben hineingefallen war. Doch je mehr er es versuchte, desto tiefer drückte er das weiche Stück Teig hinein.

«Ich denke ja, da steckt mehr dahinter. Der Bürgermeister hat die Anwältin bestimmt killen lassen, damit die Beweise gegen ihn vernichtet werden können. Ihr solltet den Fall echt dringend aufklären.» Coaster faltete die Zeitung zusammen und schüttelte den Kopf.

«Scheiße!», fluchte Phil laut, als der Krümel endgültig in den Tiefen seiner Tastatur versank.

«Was du nicht sagst, Coaster.» Rosa war hinter ihnen aufgetaucht und sah zu Phil. «McLloyd will uns sprechen.» Ihr Blick verriet, dass der Chief sie keinesfalls loben wollte, weswegen Phil sich mit leichtem Missmut erhob. Mit einem letzten Blick zum F auf seiner Tastatur, unter dem sich der Krümel versteckte, folgte er Rosa ins Büro des Chiefs.

«Detective Peralta, Detective Tyrel.» Amanda McLloyd nickte den beiden zu und bedeutete Phil, die Tür hinter sich zu schließen. Danach zeigte sie mit ihrer Hand auf die Stühle vor ihrem Bürotisch, an dem sie rücklings gelehnt stand. Nachdem die beiden Platz genommen hatten, stieß McLloyd sich von dem massiven Schreibtisch ab und ging einmal drum herum, um auf dem großen, ledernen Drehsessel ebenfalls Platz zu nehmen.

«Wie ich höre, sind sie keinen Schritt weiter im Mordfall Raise.»

«Wir haben immerhin schon eine Zeugin», bemerkte Rosa.

«Und hat die sie im Fall weitergebracht?» Beide schüttelten betrübt die Köpfe.

«Ihr Beschreibung ist einfach zu allgemein und es gibt leider keine weiteren Zeugen», gestand Phil. «Und die Überwachungsbänder sind nicht zu gebrauchen. Es ist alles drauf, was an dem Abend passierte, nur nicht der Mord und die Männer. Man sieht sie nur von hinten und sie hatten Kapuzen auf.»

«Nun, vielleicht stand ja etwas in dem Notizbuch, das merkwürdigerweise aus dem Beweismittelschrank verschwunden ist.»

Phil schluckte und bemühte sich, nicht zu Rosa hinüber zuschielen und sich dadurch irgendwie zu verraten.

«Verschwunden?», fragte Peralta irritiert. «Wie konnte denn das passieren?» Wenn sie nicht Bescheid gewusst und für ihn persönlich Schmiere gestanden hätte, hätte Phil ihr diese Nummer vermutlich tatsächlich abgenommen. Sie war gut, er eher schlecht, aber er würde sein Bestes geben.

«Das frage ich Sie!» Mit durchbohrendem Blick, sah sie von einem zum anderen und Phil hatte das Gefühl, dass sie ihm ganz tief in die Seele blicken und alles sehen konnte.

«Das ist ja… unglaublich!», sagte er erschrocken und erntete einen Fußtritt von Peralta, den der Chief nicht sehen konnte. Anscheinend wirkte er nicht glaubhaft, wie er ja bereits selbst geahnt hatte.

«Es ist nicht nur verschwunden, sondern wurde sogar aus dem System gelöscht. Können Sie sich das erklären?»

«Nein, Chief. Es tut uns leid, wir werden uns natürlich darum kümmern und sofort nachforschen.»

«Das hoffe ich doch.»

«Natürlich werden wir uns darum kümmern, aber wir haben das Notizbuch gesichtet, es war leer. Keine Hinweise auf irgendein Motiv oder Verdächtige.»

«Das weiß ich, Detective Tyrel. Es geht mir ums Prinzip. Egal wie wichtig oder unwichtig ein Beweismittel scheint, es hat nicht entwendet zu werden, bevor es nicht frei gegeben ist. Punkt. Und ich weiß, dass Ihnen das bewusst ist.» Ihr Blick ging zu Phil und durchbohrte ihn erneut. «Sie werden bis morgen dieses Buch wieder zur Beweismittelsammlung legen und es wieder ins System aufnehmen. Ansonsten war es das für Sie. Sie wissen, dass Sie sich keine Fehler mehr leisten können, Tyrel. Morgen ist dieses Buch zurück oder sie können fortan schon mal das Strafzettel ausfüllen üben.» Sie wandte sich an Peralta. «Und was Sie angeht: Sie werden ebenfalls zumindest von diesem Fall abgezogen, wenn das bis morgen nicht bereinigt wurde.»

«Aber ich hab doch gar nicht-»

«Es ist mir egal was Sie beide haben oder nicht haben. Fakt ist, dass schlampig gearbeitet oder Beweismittel unterschlagen wurden - ich will es ehrlich gesagt gar nicht so genau wissen - und das akzeptiere ich hier nicht. Haben wir uns verstanden?» Parallel nickten sie eifrig und McLloyd machte eine Handbewegung zur Tür. «Dann auf jetzt. Die Uhr läuft.»

Highcott - Greenbridge

«Ich fasse es nicht!», rief Gordon aus und Mag presste sofort ihre Hand auf seinen Mund. Den Zeigefinger der anderen Hand legte sie an ihre Lippen. Beide hockten gegenüber des Hauses der Bishops und hatten einen kleinen Trichterzauber angewandt, um hören zu können, was hinter der riesigen Hecke gesprochen wurde. Jeweils links und rechts vom Infoport hatten beide eines ihrer Ohren gelegt und mit leicht knackender Leitung den Worten der Bishops gelauscht.

«Nicht so laut! Willst du uns verraten?», zischte Mag.

«Sorry», nuschelte Gordon hinter ihrer Hand hervor und leckte daran.

«Ihh!», flüsterte Mag, musste aber lachen, weil Gordon so frech grinste und verpasste ihm dafür einen Seitenknuff. «Diese Maya hat also was mit den Bishops zu schaffen und ist mit denen verwandt.»

«Meinst du, sie steckt mit denen unter einer Decke?», fragte Gordon.

«Keine Ahnung. Sie scheint ja auch nicht mal zu wissen, dass sie verwandt sind.» Sie legte eine Denkminute ein und starrte die große Hecke an. «Oder sie ist eine klasse Schauspielerin. Wir sollten das jedenfalls im Auge behalten.

Dass sie irgendeinen Plan mit ihr aushecken, haben wir ja eindeutig gehört.»

Gordon nickte. «Ich hoffe so sehr, dass Gus mit uns mitkommen wird. Stell dir mal vor, die kommen zurück nach Incantaras und schaffen es tatsächlich in den Rat.» Er schüttelte ungläubig den Kopf und Mag sah ihn mit einer schiefen Grimasse an.

«Ich will ja nicht vorschnell urteilen, die Geschichte ist immerhin hundert Jahre her, aber diese Familie wirkt trotzdem noch verdächtig auf mich.»

Gordon nickte erneut. «Auf mich auch.»

«Komm, wir müssen nochmal nach Incantaras. Vielleicht kriegen wir ja raus, wie es ihnen möglich ist, hier derart gut zaubern zu können.»

«Ich vermute ehrlich gesagt, dass die irgendwie Feen mitgenommen haben.»

«Mehr als eine? Das ist ja hoch illegal!» rief Mag aus und dieses Mal war es Gordon, der ihr die Hand auf den Mund presste und «Schhht!» machte.

«Sorry», nuschelte sie.

«Ich glaube den Bishops war das ziemlich egal, ob das illegal ist oder nicht.»

Mags Kopf lief hochrot an. Wie konnte man nur derart durchtrieben sein? Ein Anschlag auf den König war ja schon hinterhältig und hatte ihrer Meinung nach mehr als die

Verbannung verdient, aber die Gesetze der Magie mit Füßen treten? Unerhört. Beschwichtigend legte Gordon ihr die Hand auf die Schulter und zog sie mit sich die Straße entlang, um das nächste Portal heraufzubeschwören.

Highcott - Paisling

Wie verabredet, holte Gus Maya nach einem anstrengenden Selbstverteidigungstraining mit seinem Onkel an der Stelle ab, an der er sie das letzte Mal gesehen hatte, wenige hundert Meter vom Gelände der Clayton High entfernt. Sein Bodyguard Ray befand sich auf genügend Abstand und ging heute in zivil, damit er als Vater eines Schülers durchgehen konnte.

Maya stand bereits da und erwartete ihn. Zum ersten Mal sah er sie mit zusammengebundenen Haaren, was ihm irgendwie gefiel.

«Hübsch siehst du aus», begrüßte er sie lächelnd. Maya erwiderte diese Worte mit einem leicht abschätzigen Blick und als hätte sie sich dann erinnert, dass man sich für Komplimente bedankte, nickte sie ihm zu.

«Und du bist freundlich.» Gus' Mundwinkel zuckten ein wenig über dieses etwas seltsame Kompliment und er führte sie zur Clayton High. Bereits vor dem eisernen Tor wehten die Stimmen und das Lachen seiner Mitschüler zu ihnen hinunter. Die meisten der Schüler hielten sich vor dem Eingang des Hauptgebäudes auf, nur wenige säumten den Rasen zur Rechten und Linken des Pflastersteinweges.

«Ich hab einen mords Kohldampf», stöhnte Maya, als der Duft von frisch gegrilltem Fleisch zu ihnen wehte und fasste sich an den Bauch.

«Du wirst hier mehr als satt werden, das verspreche ich dir. Wir haben jedes Jahr viel zu viel übrig.»

«Dieses Jahr nicht, ich esse alles auf. Und wenn ich etwas doch nicht schaffe, dann nehme ich es mit. Für Mum und Kevin.»

Augustus lachte und kaum, dass sie beide den Vorplatz vor dem Eingang des Gebäudes betraten, kamen auch schon Eric und Bill angelaufen.

«Hi!»

«Wir dachten schon du kommst nicht mehr. Wer ist das?»

«Warte, ist das die Kleine, die manchmal vor der Schule rumhängt?»

«Ich bin vielleicht klein, aber vermutlich um einiges älter als du», schnaubte Maya. Manchmal hasste sie ihre Größe dafür, dass die Leute sie automatisch für ein Kind hielten. Eric runzelte die Stirn.

«Sicher?»

«Blöde Frage.» Maya verdrehte die Augen und Gus grinste seine Kumpels an.

«Sie heißt übrigens Maya. Sie ist echt cool, also dachte ich mir, ich stell sie euch mal vor.»

Die Jungs reichten ihr die Hand und stellten sich ebenfalls vor. «Und wie alt bist du jetzt?»

«Geht euch nichts an. Ich hol mir was zu futtern.» Und fort war sie.

«Süßer Hintern», grinste Bill, als er ihr hinterher sFah.

«Du stehst auf Frauenhintern?», grinste Gus und kassierte dafür ein schiefes Grinsen von seinem Freund. «Habt ihr schon gegessen? Ich hab ziemlich großen Hunger.»

Gemeinsam folgten sie Maya mit einigem Abstand zum aufgebauten Buffet, um sich etwas zu essen zu holen.

«Stehst du auf sie?», fragte Eric neugierig.

«Was? Nein, ich kenn sie doch kaum.» Gus wusste nicht genau weshalb, aber ein wenig verlegen machte ihn die Frage seines Freundes schon. Bisher hatte er nie darüber nachgedacht, ob er auf Maya stehen könnte. Doch jetzt, wo man ihn darauf ansprach, musste er gestehen, dass sie in seinen Augen zumindest ein sehr hübsches Mädchen war, auch wenn sie nicht immer die schönsten Kleider trug und meistens dreckig aussah. Außerdem mochte er es, wenn sie lächelte. Das war allerdings auch schon alles. Denn wie er seinem Freund Eric bereits gerade gesagt hatte, kannte er sie ja noch kaum. Außerdem wirkte sie manchmal etwas merkwürdig, was vielleicht an ihrer Herkunft liegen konnte. Nicht jeder genoss schließlich das sittsame Leben, das er und seine Schulkameraden führen durften. Die einzigen Probleme, die es hier gab, mal ganz abgesehen von manchen Distanzen zum Familiären, waren die, wer gerade mit wem ging, wer wen mit wem betrogen hatte und wer die coolsten Partys schmiss. Weit entfernt von Mayas Welt, wie Gus vermutete.

«Nimmst du sie mit zu Bethanys Party am Freitag?»

«Was? Nein, warum? Ich weiß noch nicht mal, ob ich komme.»

«Na klar kommst du, das wird die Party des Jahres! Und warum nicht? Ist doch ganz cool, nicht immer die ewig gleichen Gesichter zu sehen. Bring sie mit, Beth wird sicher nichts dagegen haben. Immerhin steht auf der Einladung eine +1.»

«Hi Augustus.» Mary-Ann stand neben ihnen und hielt einen Teller voller Salat in der Hand. Ihre blonden Haare waren zu einem langen Zopf geflochten, der seitlich über ihre Schulter hing und ihr Lächeln wirkte schüchtern wie eh und je.

«Hey. Alles klar bei dir?», lächelte Gus, woraufhin Mary-Ann lächelnd nickte. Stumm standen sie nebeneinander und Gus kam sich etwas doof vor. «Ähm. Der Salat sieht lecker aus. Hast du den mitgebracht?» Sie schüttelte den Kopf. «Oh, okay. Ich probiere ihn trotzdem.» Obwohl Gus gar keinen Rucola mochte, packte er sich einen Löffel voll Rucola-Salat auf den Teller. Mary-Ann sah ihm lächelnd zu und er lächelte etwas unsicher zurück. Hinter sich hörte er Eric oder Bill grunzen und einer von beiden stieß ihm mit dem Ellenbogen in die Seite.

«Wir sind dann da drüben am Tisch.» Und fort waren sie und Gus allein mit der stumm lächelnden Mary-Ann.

«Du… kommst du zu Beth's Party am Freitag?» Wieder nickte sie mit demselben Blick. «Ähm… cool!»

«Party?» Maya hatte sich mit vollgepacktem Teller neben Gus gestellt und sah von ihm zu Mary-Ann und wieder zurück zu Gus. «Gibt's da Futter?»

«Natürlich.»

«Cool. Ich komm mit.»

Mary-Anns Lächeln verschwand und sie sah zu Maya hinüber. «Wer bist du?»

«Gus' neue Freundin.» Das war zu viel für Mary-Ann, mit einem letzten, traurigen Lächeln, ließ sie die beiden stehen.

«Warum sagst du so was?», fragte Gus verwirrt.

«Wir sind doch jetzt Freunde, oder?» Völlig selbstverständlich sah Maya zu ihm auf und knabberte bereits an einem Stück Brot.

«Ähm, ja klar. Ich glaube nur, sie hat das anders aufgefasst.»

«Nicht mein Problem.» Maya zuckte mit den Schultern. «Komm, lass uns zu deinen Freunden gehen.»

Highcott - Perthburgh

Gleich am nächsten Morgen hatte Phil die Raises zu Hause aufsuchen wollen und dabei vor lauter Hektik völlig außer Acht gelassen, dass sich um diese Zeit Charles an der Arbeit und Gus in der Schule befand. Ungeduldig hatte er sich wieder zurück aufs Revier gemacht, wo Peralta ihn schon suchte.

«Wo warst du denn? Ich hab großartige Neuigkeiten!»

«Neue Hinweise?»

«Besser! Komm mit.» Sie war vorangegangen und hatte ihn in den Trakt mit den Verhörräumen gebracht. «Die mutmaßlichen Mörder haben sich selbst gestellt.»

«Was?» Phil war vollkommen verdattert stehen geblieben und hatte angefangen ein wenig irre zu lachen. «Und du bist sicher, dass sie sich keinen Scherz erlauben?»

«Ganz im Ernst, wer sich selbst aus Spaß als Mörder bekennt, der hat sie nicht mehr alle.»

«Davon gibt's in Highcott genug.»

«Wir werden sie jedenfalls gleich verhören, ich habe nur noch auf dich gewartet. Ich brauch doch den guten Bullen.» Ein seltenes Grinsen huschte über ihre Lippen, ehe sie die Tür zum Verhörraum öffnete. «Et voilà, unsere zwei Freiwilligen. Die Unterlagen zum Cunning-Fall haben sie aber angeblich nicht gesehen.»

Am Tisch in der Mitte des Raumes saßen zwei große, bullige Männer in Shirts und Shorts. Phil musterte sie, konnte aber nicht sagen, ob es tatsächlich die Männer aus der Beschreibung des Mädchens gewesen waren. Er schloss es nicht aus, aber sicher sagen ließ es sich nicht.

Highcott - Aberness

Charles' Kopf war beinahe am platzen. Nicht nur, dass diesen Sommer wieder viele Events anstanden, die es zu betreuen gab, obendrein zerbrachen ihm all diese Neuigkeiten über das vergangene Leben seines Schwagers und dieser mystisch magischen Welt den Kopf. Hätte er es nicht selbst miterlebt, würde er diese zwei Incantari für verrückt erklären und Gus' Bodyguard beauftragen, ihn von denen abzuschirmen. Aber so... wenn er doch wenigstens mitgehen könnte, um sich zu vergewissern, dass alles mit rechten Dingen vorging. Was interessierten ihn und Augustus schließlich die Probleme einer fremden Welt? Gus war in diese hier hineingeboren worden und hatte keine Verbindung und bis vor Kurzem auch kein Wissen um die Existenz einer anderen. Doch Charles war mittlerweile dennoch zu einem Entschluss gekommen. Er würde Gus nämlich selbst entscheiden lassen. Sein Neffe war zwar minderjährig, aber durchaus in der Lage, eigenständig Entscheidungen zu treffen. Sein Vater konnte trotz seiner Herkunft in der Menschenwelt leben, vielleicht konnte Gus das auch. Dieser Rat würde schließlich nicht vierzig Wochenstunden tagen, oder? Und Charles sollte es seinem Neffen nicht verwehren, die Heimat seines Vaters kennenlernen zu dürfen.

Er und Gus waren gerade fertig mit dem heutigen Selbstverteidigungstraining, als es an der Tür klingelte. Davor stand Detective Tyrel und bat um Einlass.

«Sie wollen das Notizbuch zurück?», fragte Gus etwas überrascht und nagte unbewusst an seiner Unterlippe herum. Der Schweiß vom Training lief ihm überall herunter und er wischte sich eine Perle von der Augenbraue. Tyrel nickte und Gus sah ihm an, dass ihm bei dieser Bitte nicht ganz wohl war. Er erklärte ihm den Grund dafür und Gus stand ohne Widerrede auf, um dem Mann das Buch zu überreichen.

«Das ist sehr nett von dir», bedankte sich Tyrel und verstaute es in seiner Hemdtasche. «Ich verspreche dir, dass du es zurückbekommen wirst, sobald das Beweismittel wieder frei gegeben ist. Was im Übrigen vermutlich nicht mehr lange dauern wird.»

«Haben Sie eine neue Spur?» Wie aus einem Munde stellten Gus und sein Onkel diese Frage und blickten den Detective erwartungsvoll an.

«Zwei Männer haben sich selbst gestellt. Das ist zwar eine klare Sache, aber wir warten jetzt trotzdem noch auf eine Identifikation von Fräulein Mey, damit sie uns sagen kann, ob es wirklich die Männer waren, die sie an jenem Abend gesehen hat. Aber eigentlich kann dieser Fall bereits als erledigt betrachtet werden.» Gus bekam große, freudige

Augen und Charles atmete erleichtert auf. «Aber pssst, ich dürfte das eigentlich noch gar nicht verraten. Und das Buch gibt es dann wie gesagt vermutlich ganz, ganz bald zurück.»

«Wie heißen die?», wollte Gus wissen, denn vielleicht würde sich Mags und Gordons Theorie gleich bestätigen. Tyrel zögerte, vielleicht durfte er es nicht verraten. Doch dann antwortete er: «Luis Wellbeather und Carl Jordan.» Also keine Bishops.

Als der Detective sich erhob, setzte Gus an, um gezielt nach diesen Bishops zu fragen. Vielleicht war es gar nicht schlecht, wenn Gus ihm von dieser Magie-Geschichte berichtete.

«Glauben Sie an Magie, Detective?», fragte er. Philipp Tyrel, der sich bereits zur Tür begeben wollte, blickte ihn an.

«Eigentlich nicht, warum?»

Gus' Onkel, der zu ahnen schien, was Gus durch den Kopf ging, legte beschwichtigend seine Hand auf dessen Unterarm. Gus verstand.

«Ist schon okay. Ich... war nur neugierig.» Und so verabschiedeten sie sich von Tyrel, ohne ein weiteres Wort über Gus' Frage verloren zu haben.

«Wir sollten vielleicht erst einmal abwarten was Magnolia und Gordon über diese Sache noch herausfinden können, bevor wir der Polizei diese unglaubliche Geschichte auf die Nase binden. Sie würden uns nur für verrückt halten.» Gus nickte zustimmend. Wahrscheinlich hatte Charles recht, obwohl Gus nicht ganz wohl bei dem Gedanken war, der Polizei nicht alles zu erzählen, was er wusste und was womöglich mit dem Mord an seinen Eltern zusammenhängen könnte.

Highcott - Paisling

Am nächsten Tag wartete Maya nach dem Schulschluss wieder vor dem Gelände der Clayton High. Kaum, dass die Schulglocke geläutet hatte, verließen auch schon die ersten Schüler das Schulgebäude. Es war lange her, dass Maya auf einer Schule war. Viele, viele Jahre. Sie ging damals in eine Grundschule, bevor ihre Mutter mit dem Heroinkonsum anfing. Sie waren eine normale Familie, bestehend aus Bella und ihr, hatten eine schöne Wohnung in Perthburgh. Doch in Mayas drittem Schuljahr ging alles rasant bergab. Ihre Mutter war immer seltener zu Hause und wenn sie einmal daheim war, sah sie erschöpft aus, mit großen Augenringen und wurde immer dünner. Zunächst hatte Maya das kaum bemerkt. Sie war in einem Alter, in dem man auf so etwas noch nicht achtete. Doch nach wenigen Monaten war es sogar ihr aufgefallen. Bella hatte kaum noch gegessen und irgendwann wurden ihnen Strom und Wasser abgestellt und schließlich stand mit einem Mal der Räumungsbescheid vor der Tür, da Bella die Miete seit Monaten nicht mehr bezahlt hatte. Immer wieder hatte ihre Mutter betont, dass alles gut sei und Maya sich keine Sorgen machen müsse, sodass Maya sich tatsächlich keine Sorgen gemacht hatte. Bis sie plötzlich tatsächlich aus der Wohnung raus mussten und auf der Straße landeten. Niemand wollte ihnen eine neue Unterkunft gewähren und Bella hatte unentwegt auf die unzuverlässigen Menschen geschimpft, die sie und ein Kind einfach auf der Straße schliefen ließen. Heute wusste Maya, dass es an ihrer Mutter gelegen hatte. Niemand hatte sie gewollt, denn man ihr ansah, dass sie ein Junkie war und dass sie deshalb die Miete nicht würde zahlen können. Doch einer hatte Erbarmen mit ihr gehabt. Oder wohl eher mit Maya. Er hatte ihnen für wenig Geld den alten Wohnwagen überlassen, in dem sie bis heute hausten. Bis heute war Maya diesem Vermieter sehr dankbar dafür, denn wer weiß schon, wo sie heute leben würden, wenn er nicht gewesen wäre. Zur Schule war sie ab der vierten Klasse auch nicht mehr gegangen. Ihre Mutter konnte sich die Schulbücher und das Schulgeld nicht mehr leisten. Die anderen Kinder hatten Maya schrecklich geärgert und Witze über ihre Mutter und Mayas Klamotten gemacht, die jeden Tag die gleichen und ungewaschen waren.

«Schule ist sowieso nur für Verlierer», hatte Bella ihr gesagt, als sie ihre Tochter von der Schule nahm. «Die verschwenden dort eure ganze Zeit. Hier draußen passiert das echte Leben.»

Damals hatte Maya ihr geglaubt und obwohl sie bis heute froh war, dass sie nicht mehr jeden Tag die Schulbank hatte drücken müssen, wusste sie es heute dennoch besser. Mit einem Schulabschluss wäre sie besser dran gewesen.

«Schau mal Gus, deine Freundin wartet wieder auf dich.» Die Stimme von Gus' Freund Eric holte Maya aus ihren Gedanken.

«Sie ist nicht meine Freundin», hörte sie Gus im Näherkommen sagen.

«Schämst du dich für mich?», fragte sie frech und hob fragend die Augenbrauen.

«Echt mal, gibt keinen Grund. Hübsches Mädchen», grinste Bil und zwinkerte Maya zu. Diese warf ihm eine Kusshand zu, die Bill auf fing, als würde er gerade einen besonders schnellen Fußball im Tor stoppen. Das entlockte Maya ein kurzes Grinsen. Eric jedoch grinste nur etwas schief zwischen Bill und Maya hin und her.

«Was machst du hier?», fragte Gus.

«Wir haben uns für heute verabredet. Schon vergessen?»

«Oh.» Eric und Bill ließen ein paar stichelnde Kommentare ab, bevor sie sich verabschiedeten und in Erics Limousine stiegen, die bereits geparkt hatte.

«Ich mag deine Freunde.»

«Ich glaube, sie mögen dich auch.»

«Ja, ich weiß.» Maya lächelte selbstbewusst und packte Gus an der Hand, um ihm mit sich zu ziehen. «Ich dachte mir, nachdem ich schon deine Bonzenbude kenne, zeige ich dir jetzt mal meine Hood.»

Highcott - Dungow

Gemeinsam fuhren sie mit der Bahn nach Dungow und unterhielten sich über Gott und die Welt. Ihre Begegnung vor ein paar Tagen hatte etwas merkwürdig begonnen und sie kannten sich noch nicht einmal eine ganze Woche lang. Doch Gus hatte bereits das Gefühl, als würde er sie schon seit Wochen kennen. Irgendwie mochte er dieses freche, direkte Mädchen. Er mochte ihre ganze Art, denn sie war so anders als die Mädchen an der Clayton High, irgendwie erfrischend. Und er musste feststellen, dass sie aufgrund ihrer Lebensumstände auf unglaublich viel verzichten musste. Nicht nur im Hinblick darauf, dass ihr die Schulbildung fehlte. Sie hatte außerdem nie die Möglichkeit gehabt, mit so wundervollen Geschichten wie der von Harry Potter, Peter Pan, Bastian Balthasar Bux und so vielen anderen in Berührung zu kommen. Wenn sie in Zukunft weiterhin ihre Zeit miteinander verbringen würden, so versprach er ihr, all diese Erzählungen zu zeigen oder sogar vorzulesen, wenn sie damit Schwierigkeiten hatte. Genau wie seine Mutter ihm damals, als er noch klein war, all diese großartigen Bücher vorgelesen hat und jede Figur ihre eigene Stimme hatte.

Als sie schließlich in Dungow ausstiegen und das triste Viertel betraten, wurde Gus etwas unwohl zumute. Niemals zuvor war er hier gewesen. Gus war kein Junge, der gerne viele Vorurteile bildete, doch was er über dieses Viertel gehört hatte, konnte er mit einem Mal voll und ganz nachvollziehen. Von dem Trubel und dem Treiben in der Innenstadt war hier nichts zu sehen und von dem Prunk und Glamour von Pailsing schon gar nicht. Es war, als wäre er in eine anderen Dimension gerutscht. Obwohl die Sonne hier genauso schien wie in Paisling, erschien es ihm kälter und trüber. Aus beinahe jeder Gasse drang ein beißender Geruch in Gus' Nase und er bildete sich ein, den Blick sämtlicher Menschen aus den Wohnhäusern und den Läden auf sich zu spüren, weil er hier so fremdartig wirkte. Er passte hier nicht rein. Das fiel sogar ihm selber auf.

Maya grinste vor sich hin. «Keine Angst, die werden dich schon nicht fressen, solange ich bei dir bin.» Sie klopfte ihm beruhigend auf die Schulter und bog mit ihm in eine parkartige Gegend ein. Von weitem tauchten die Wohnwagen auf, die sich im Trailerpark versammelten und Maya öffnete ein kleines, quietschendes Tor, das den Weg zum Trailerpark freigab.

Sie schielte zu dem Jungen hinüber, der sich unsicher, aber dennoch neugierig umschauend neben ihr bewegte. Obwohl sie es nicht geplant und nicht gedacht hätte, musste sie langsam doch zugeben, dass sie ihn irgendwie mochte. Er war gar nicht so snobistisch und eingebildet, wie man Menschen aus Pailsing eigentlich vermutete. Er wirkte bodenständig und offen für Neues. Maya musste nur gut aufpassen, dass sie nicht anfing, ihn zu sehr zu mögen. Sonst würde sie ihren Deal nicht ausführen können und sie wollte doch unbedingt zaubern lernen. Auf keinen Fall wollte sie darauf verzichten, nur weil ihr ein Junge in die Quere kam, noch dazu einer, der drei Jahre jünger war als sie, auch wenn er nicht so wirkte und allerhöchstens so aussah.

«Der Detective war gestern bei uns», begann Gus zu erzählen und Maya horchte neugierig auf. «Sie haben die Mörder gefasst.»

«Was?» Maya war stehen geblieben und schaute ihn überrascht an. Hatten sich die Bishops etwa freiwillig gemeldet?

«Ja, die zwei Männer, die du gesehen hast, haben sich freiwillig gestellt. Sie brauchen nur noch deine Aussage.»

Mit aufeinandergepressten Lippen setzte Maya den Weg fort. Freiwillig gestellt also. Sie war sich ganz sicher, dass die Bishops da ihre Finger im Spiel hatten, warum sonst sollten die gesichtslosen Männer das getan haben?

«Hast du eigentlich schon darüber nachgedacht, ob du mit mir zusammen Magie lernen willst?», fragte sie schließlich. Das war ihre Möglichkeit, ihn freiwillig zu den Bishops zu locken. Schließlich würde es am nächsten Abend soweit sein und sie hatte noch keine andere Idee, wie sie ihn sonst bis Shedford locken sollte.

«Ich habe ehrlich gesagt noch gar nicht richtig darüber nachgedacht», gestand er und stieg über einen umgefallenen, rostigen Stuhl, der hinter
Kevins Wohnwagen lag. Der Wohnwagen sah leer aus, Kevin musste also irgendwo gerade spielen und seine Eltern waren wieder einmal mit dealen beschäftigt oder selbst im Drogenrausch.

«Ich werde morgen Abend meine erste Stunde haben. Komm doch einfach mit und sieh es dir mal an. Danach kannst du ja immer noch entscheiden und wenn es dir nicht gefällt... » Sie zuckte mit den Schultern und blieb vor ihrem eigenen Wohnwagen stehen.

«Das klingt toll! Aber morgen Abend ist doch Bethanys Party.»

«Macht doch nichts. Wir gehen erst zur Party und dann zum Unterricht. Der findet eh erst gegen Mitternacht statt. Die magische Stunde und so, du weißt schon.» Gus sah so aus, als müsse er überlegen, doch das dauerte nicht lange, denn kurz darauf nickte er ihr grinsend zu.

«So machen wir es!»

«Super. Dann sage ich nachher Bescheid, dass du mitkommst.» Sie machte eine ausladende Geste und deutete auf den Wohnwagen. «Hier wohne ich übrigens. Das dort sind alles meine Nachbarn und in dem hier wohnen meine Mum und ich.» Sie hoffte inständig, dass ihre Mutter nicht im Inneren saß und sich wieder einen Schuss setzte. «Ich sehe kurz nach ihr», teilte sie daher mit und ging alleine hinein, wo sie überrascht wurde. Ein leckerer Duft schlug ihr entgegen und Bella hatte sich hübsch zurechtgemacht. Ihre Haare waren zu einem ordentlichen Zopf frisiert und sie trug einen sauberen Rock und darüber ein sauberes T-Shirt, welches sie anhand eines Knotens in ein bauchfreies verwandelt hatte. Sie war ansehnlich geschminkt und summte vor sich hin. Ein uraltes Lied, welches Maya lange nicht mehr gehört hatte. Früher hatte Bella es ihr immer vor dem Einschlafen vorgesungen.

Der alte Baum, so leuchtend schön, er gibt uns die Macht zu vollführen die Kunst der Magie, er blüht mit all seiner Kraft.

Weiter wusste Maya den Text nicht mehr, irgendetwas mit Feen. Dass ihre Mutter dieses Lied summte, brachte Maya zum Lächeln, denn es versetzte sie kurz in die Zeit zurück, in der alles noch sorglos und schön gewesen ist.

«Oh, meine Süße!» Bella brach ab, als sie ihre Tochter erblickte und kam strahlend auf sie zu, um sie zu umarmen. «Wie schön, dass du schon da bist. Ich habe uns heute etwas

Feines zu essen gemacht. Nachdem du dich so lieb um uns und unser Essen gekümmert hast, dachte ich, jetzt bin ich mal dran.» Sie schob ihre Tochter auf die alte Bank am Tisch und drückte sie in den Sitz. «Du kommst genau pünktlich. Es gibt Lasagne!»

«Wow, Mum! Was ist passiert? Kriegen wir Besuch?» So hatte sie ihre Mutter lange nicht mehr erlebt. Zuletzt vor einigen Jahren, als Bella sich verliebt hatte. Der Mann war gut für sie gewesen, sie machte einen Entzug, hat sich wieder gepflegt und bekam ihre alte Figur wieder. Doch dann ist er ihr fremdgegangen und sofort war Bella wieder in alte Muster verfallen. Seitdem hatte Bella keinen Mann mehr an ihrer Seite. Es hatte nur noch kurze One-Night-Stands gegeben, von denen Maya viel zu oft mitbekam.

«Besuch? Nein, ich möchte einfach nur mal mein kleines Mädchen verwöhnen. Ist das denn so schlimm?»

«Ähm, nein, natürlich nicht. Das ist toll! Aber ich habe... draußen steht ein Freund von mir.»

«Oh!» Bella grinste vielsagend. «Der hübsche junge Mann von letztens?»

«Was?» Maya schaute irritiert. Aber richtig, dieser Ian Bishop hatte sie ja kürzlich besucht. Sie schüttelte den Kopf. «Nein, ein anderer.»

Und schon eilte Bella zur Tür, um Gus hineinzuholen.

«Hallo, ich bin Mayas Mum, Isabella Mey, du kannst mich aber gerne Bella nennen. Ich habe uns gerade lecker Lasagne zum Mittag gekocht. Setz dich doch.» Und schon drückte sie Gus neben Maya auf die Bank und holte die aufgewärmte Mikrowellenlasagne.

Maya grinste Gus entschuldigend an, der wiederum begeistert guckte und verkündete, dass er sich sehr auf das gemeinsame Essen freue, da er einfach viel zu freundlich und höflich war und eben nicht anders konnte.

Highcott - Aberness

Die Anklage gegen den Bürgermeister wurde tatsächlich fallen gelassen, nachdem Shane Bishop seine Beziehungen hatte spielen lassen und obendrein auch noch merkwürdigerweise alle Beweismittel verschwunden waren, die Ilenna Raise gegen den Bürgermeister gesammelt hatte. Doch davon wusste die Öffentlichkeit nichts. Davon wusste nur eine mehr oder minder erlesene kleine Gruppe, die zum Schweigen verpflichtet worden war - auf Shanes ganz persönliche Art und Weise. Nach wie vor genoss er es, im Untergrund zu bleiben. Er hätte sich gleich in das Amt des Bürgermeisters oder zumindest in den Rat setzen lassen können. Aber diese Stellen wollte er gar nicht haben. Mit seinem eigenen Job, den Schutzgelderpressungen, der ein oder anderen Kartellarbeit und damit, dafür zu sorgen, dass niemand redete, hatte er schon mehr als genug zu tun. Auch wenn Barty und Ian ihn dabei selbstverständlich unterstützten. Niemand würde ein ernsthaftes Auge auf Shane werfen und ihn in den Mittelpunkt rücken, wenn es Ärger geben sollte, solange er im Auge der Öffentlichkeit nicht wissentlich in die Politik involviert war. Erst wenn Barty und er der Meinung sein würden, dass sie genug Stränge und Macht in der Hand halten, würde Shane die Position des Bürgermeisters für sich beanspruchen. Es hatte seinen Vater und Großvater sowie seinen Urgroßvater viel Arbeit gekostet dahin zu kommen, wo sie jetzt standen, da würde es nichts ausmachen, noch ein paar Jährchen zu warten, bis die Zeit reif wurde. Denn die Bishops wollten die Arbeit nicht zerstören, ehe sie sich nicht komplett in Sicherheit wiegen konnten. Und die Wahlen zu manipulieren würde auch später noch ein Leichtes werden. Viel leichter sogar als es jetzt wäre.

An diesem Tag hatte Shane endlich sein erstes persönliches Meeting mit Bürgermeister Cunning, bei dem er als neuer inoffizieller Machthaber seine erste Amtshandlung tätigen würde. Es würde nur niemand davon erfahren, dass diese Amtshandlung von den Bishops ausging.

«Ich werde morgen für einige Zeit verreisen. Und ich habe eine erste Aufgabe für Sie, Mr Cunning.» Shane lächelte wieder freundlich und sympathisch wie eh und je, wüsste Cunning nicht, was dahintersteckte, wäre er glatt darauf hereingefallen. «Wenn ich wieder komme, dann haben Sie dafür gesorgt, dass diese zwei Männer hier in Ihrem Rat sitzen.» Shane schob dem Bürgermeister ein Stück Papier mit zwei Namen zu, Namen von Männern, die als Verkehrsnetzvorgesetzte und Leiter der Stadtwerke viel Einfluss in der Stadt hatten und unter der Fuchtel der Bishops standen und für ihre dunklen Machenschaften und Pläne demnach genau die richtigen Männer waren.

«Aber... aber das kann ich nicht machen, dazu müsste ich ja-»

«Ein Mitglied begründet entlassen, genau. Ich vertraue da auf Sie, Mr Cunning. Sie bekommen das hin. Für das andere, nennen wir es mal *verschwindende Mitglied*, wird bereits gesorgt. Wir sehen uns dann in ein paar Wochen.»

Highcott - Perthburgh

Am Freitagmorgen betrat Maya das Perthburgh Police Department. Peralta hatte sie höchstpersönlich von zu Hause abgeholt, was im Trailerpark für Tuscheleien gesorgt hatte. Jeder Anwesende hatte ihr hinterher gesehen. Das wäre Maya im Grunde egal gewesen, wenn da nicht die Umstände gewesen wären, weshalb der Detective überhaupt da gewesen war.

Der leere Wohnwagen von Kevin war nämlich gar nicht leer gewesen, sondern im wahrsten Sinne des Wortes tot. Erfüllt von Tod. Kevins Eltern hatten sich eine Überdosis gegeben und erst am Morgen war es jemandem aufgefallen, nachdem ein unangenehmer Geruch aus dem Wohnwagen gedrungen war. Zu allem Überfluss hatten sie auch Kevin vorgefunden... mit einer Spritze in seinem Arm. Keiner der Anwesenden hatte etwas mitbekommen und daher wusste niemand, wie diese Tragödie geschehen konnte. Maya war sofort fortgerannt und hatte sich übergeben müssen. Kevin, der kleine, unschuldige Kevin musste sterben und egal, wie es dazu kommen konnte, Maya gab seinen Eltern die Schuld daran.

Nachdem Maya sich auf der Wiese erbrochen hatte, waren Streifen- und Krankenwagen angerückt. Peralta war an ihr vorbeigeeilt, doch Maya hatte sie erst wahrgenommen, nachdem sie zu ihrer Mutter zurückgekehrt war, die immer wieder «Ohje, ohje, der arme Junge» vor sich hin murmelte, als wäre sie paralysiert. Kurz darauf hatte sie auch wieder vergessen, dass sie eine gute Mutter sein wollte und sich in einer Toilette des Waschhauses eingeschlossen. Vermutlich, um sich wieder einen Schuss zu setzen, denn Maya hatte feststellen müssen, dass das Spritzbesteck nicht mehr im Wohnwagen gewesen war.

Daraufhin wurde Maya plötzlich von Detective Peralta eingesammelt und in eines der beiden Polizeiautos gebracht, während die Leichen vom Krankenwagen fortgebracht wurden. Normalerweise wäre das Dungow Police Department dafür verantwortlich gewesen. Jedoch war Peralta für einen Kollegen eingesprungen, weswegen sie sich gerade in der Nähe aufhielt und als sie Maya entdeckt hatte, nahm sie sie mit und brachte sie zum Perthburgh Police Department.

«Wir brauchen deine Zeugenaussage», hatte sie Maya erklärt. Diese wusste ja dank Gus bereits Bescheid.

Im PPD angekommen, wurde sie in einen Raum geführt, in dem Detective Tyrel wartete und sie freundlich begrüßte. Er stand vor einer Art Fenster, hinter dem sich zwei Männer befanden, die ein Schild mit irgendeiner Nummer darauf festhielten und wie hypnotisiert auf das Fenster starrten, als würden sie Maya direkt in die Seele blicken können. Maya zuckte bei diesem Anblick etwas zusammen, doch Tyrel beruhigte sie.

«Keine Sorge, Miss Mey, die können Sie nicht sehen. Das ist ein Spiegelglas. Wir können die Männer erkennen, sie jedoch sehen nur ihr eigenes Spiegelbild.» Maya nickte selbstbewusst, als würde sie so etwas natürlich wissen und trat an die Scheibe heran.

«Hast du die beiden Männer schon einmal gesehen?», fragte Peralta und Maya musterte die Männer ausgiebig. Ohne ihre markanten Hoodies war es schwer zu sagen, denn die Gesichter der beiden hatte sie nur sehr kurz erblicken können. Jedoch hatte einer der Männer hinter dem Spiegelglas ein Muttermal direkt unter dem Auge, genauso ein Muttermal, wie Maya an jenem Abend schon einmal gesehen hatte. Damals schien es nur ein dunkler Fleck im Gesicht zu sein. Dass es ein Mal war, erkannte sie erst jetzt, als sie die Männer nun genauer betrachten konnte. Größe und Statur passten auch, also nickte sie schließlich langsam. «Das sind sie. Sie haben Gus' Eltern umgebracht.»

Peralta schickte zwei Männer aus dem Raum, die Maya vorher gar nicht wahrgenommen hatte und kurz darauf tauchten diese im Raum gegenüber auf und führten die Verdächtigen ab.

«Danke Maya, du hast uns sehr geholfen.»

Das ging schneller als sie gedacht hatte und Tyrel hatte ihr angeboten, sie wieder nach Hause zu fahren. Natürlich hatte Maya dieses Angebot angenommen. Je länger sie darüber nachdachte, desto sicherer war sie, dass die Bishops diese Männer dazu gebracht hatten, sich zu stellen. Mit irgendeinem Zaubertrick, vielleicht Hypnose. So verklärt, wie diese Männer dreingeblickt hatten, lag das für Maya auf der Hand.

Incantaras - Malva

Gordon saß gähnend in der alten Bibliothek von Malva, der Hauptstadt von Incantaras, und wälzte alte Bücher über Legenden und Gesetze. Seine Augen fielen immer wieder zu und nur mit Mühe konnte er sie noch offen halten und die verschwimmenden Buchstaben entziffern. So lange saß er schon hier drin, dass er jegliches Zeitgefühl verloren hatte. Währenddessen war Mag draußen unterwegs, den Rat der Sieben um Hilfe fragen, allem voran den alten, weisen Dagobert Swayer, der die Geschichte Incantaras' studiert hatte. Gordon konnte nicht recht nachvollziehen, weshalb Mag unbedingt herausfinden wollte, ob Magie, abgesehen von Feenzauber und ein bisschen Blutmagie, in der Menschenwelt benutzt werden konnte. Natürlich wäre es ein Regelverstoß und unerhört gewesen, das fand Gordon auch! Doch wäre es nach ihm gegangen, hätte er nicht die halbe Bibliothek danach durchsuchen müssen. Dann hatten die Bishops halt Feen mit in die Menschenwelt geschmuggelt, wäre ja nicht unvorstellbar, nach dem, was sie damals sonst noch getan haben. Und zu spät, um das zu ändern, wäre es jetzt eh gewesen. Seiner Meinung nach, waren die anderen Taten der Bishops viel schlimmer. Der Putsch auf die Königsfamilie zum Beispiel oder der Mord an dem Raise-Nachfolger, wenn diese

Theorie wirklich stimmen sollte. Aber Mag war schon immer äußerst penibel gewesen, was Regelverstöße anging, manchmal sogar geradezu anstrengend. Einmal hatte Gordon beobachtet, wie ein Incantari einen Mülleimer verfehlt und seinen Müll daneben hatte liegen lassen. Das hatte ganz schön böse Kritik von Mags Seite gehagelt, bis der Kerl aus Angst - zumindest beharrte Mag darauf, dass es aus Angst war - den Müll schließlich ordnungsgemäß entsorgt hat. Gordon schwört sogar, dass Mag in der Menschenwelt jeden fertig machen würde, der keinen Parkschein löst, wenn sie dort leben und nach deren Gesetzen leben müsste.

«Gordon?» Er schreckte hoch, als es direkt neben seinem Ohr laut knallte.

«W-w-was?»

«Hast du etwa geschlafen?», fragte Mag fassungslos und drückte ihm einen eigenen Infoport in die Hand. «Hier, hab ich dir mitgebracht. Ist vielleicht besser, wenn jeder seinen eigenen hat. Sie hat sich freiwillig gemeldet.» Blinzelnd nahm Gordon den blau leuchtenden Infoport entgegen und sah sich um, wobei er feststellte, dass er tatsächlich eingenickt war. Er hatte gegen die Müdigkeit verloren.

«Vielleicht», antwortete er gähnend und blickte auf einen dicken Wälzer neben sich, um dessen Hülle Mags Hände geschlungen waren. Sie musste ihn damit geweckt haben. «Bin ja auch schon ewig hier.»

«Seit zwei Stunden», korrigierte Mag wenig mitleidig und sah ihn ernst an. «Dagobert sagt, seines Wissens nach, ist es nur mit Feen möglich, in der Menschenwelt über seine Blutmagie hinaus zu zaubern.»

«M-hm. Was anderes konnte ich bisher auch nicht herausfinden.»

Wütend schlug Mag das Buch neben ihm abermals auf den Tisch und Gordon legte behutsam seine Hand auf ihre.

«Hey, hey. Die Bücher können nichts dafür.»

«Entschuldigung», seufzte Magnolia. «Es macht mich nur so furchtbar, furchtbar wütend, dass sie gegen die Gesetze verstoßen haben. Man nimmt Feen nicht ohne ihr Einverständnis mit in die Menschenwelt! Sie haben dort eine viel geringere Lebenserwartung und noch viel schlimmer: Wenn sie sterben, können sie dort nicht wiedergeboren werden!»

«Nicht?», fragte Gordon überrascht und kratzte sich am Kinn. Diese Information war ihm neu. Die Müdigkeit musste alle soeben neu aufgesaugten Informationen wieder ausgelöscht haben.

«Nein. Sie können ohne uns nicht durch die Portale und daher nicht zurück zu Yggdrasil. Und ohne Yggdrasil gibt es keine Wiedergeburt.»

«Oh.»

«Und was für ein Oh! Komm, wir müssen zurück in die Menschenwelt. Wir holen Gus auf der Stelle ab und bringen ihn hierher, bevor die Bishops ihn auch noch umbringen oder für ihre Zwecke missbrauchen können, um noch mehr Feen zu rauben oder was auch immer die genau vorhaben. Ich will es eigentlich gar nicht so genau wissen. Und danach marschieren wir direkt zum Rat und berichten von den Bishops. Vielleicht wäre es gar nicht so schlecht, wenn sie die Verbannung auf den Toren noch einmal erneuern. Sicher ist sicher.» Sie packte Gordon an der Hand und zog ihn mit erstaunlich viel Kraft vom Stuhl in den Stand. Ihr Blick ließ keine Widerrede zu. «Hoffentlich sind wir nicht zu spät, in der Menschenwelt vergeht die Zeit viel schneller als hier», murmelte sie, während sie Gordon aus der dunklen Bibliothek heraus ins strahlende Licht der Sonne zog.

Highcott - Paisling

Nachdem Augustus sein Notizbuch vom PPD wieder abgeholt hatte - Tyrel hatte recht behalten, das war tatsächlich schneller gegangen, als erwartet -, machte er sich auf den Weg zum verabredeten Treffpunkt mit Maya. Gus musste zugeben, dass er reichlich aufgeregt war. Nicht etwa wegen Bethanys Party, von der in der Schule heute alle unentwegt gesprochen hatten, sondern wegen heute Nacht. Seine erste Zauberstunde mit echten Magiern! Vielleicht hätte er warten sollen, bis Mag und Gordon zurück waren, doch er wollte den verzauberten Bleistift nicht dafür missbrauchen, sie deshalb zu sich zurückzurufen. Und was wäre schon verkehrt daran, sich ein paar Grundlagen zeigen zu lassen? Schließlich konnte er sich jederzeit wieder dagegen entscheiden. Und ganz vielleicht waren diese Magier, die er heute Nacht kennenlernen würde, Bekannte seines Vaters. Denn so viele Magier gab es in Gus' Welt gewiss nicht.

Charles hatte er erzählt, er würde bei Eric übernachten, damit sein Onkel nicht schimpfen konnte, wenn Gus nach Mitternacht nicht zu Hause war. Jetzt musste er nur noch seinen persönlichen Babysitter Ray abhängen, damit dieser ihm nicht heimlich folgen konnte. Wenn sein Vater schon ihm nichts von der Zauberei erzählt hatte, wusste Gus nicht, ob die

Menschenwelt das erfahren sollte, ob sie bereit für so etwas war. Außerdem würde Ray Gus sicher später bei seinem Onkel verpfeifen.

An der verabredeten Stelle tauchte mit Verspätung Mayas Silhouette auf. Die Sonne schien dicht an ihrem Kopf vorbei, sodass Gus die Augen zusammenkneifen musste, um überhaupt etwas zu erkennen. Erst als sie vor ihm stand, konnte er die Augen wieder öffnen und ihm fiel beinahe die Kinnlade hinunter.

«Wow, Maya, du... wo hast... wow.»

«Ich sehe das mal als Kompliment», grinste sie frech und machte einen Knicks. «Also: Danke!»

Ganz in rot gehüllt und schulterfrei stand sie vor ihm, die Haare ordentlich und leicht gelockt. Gus bildete sich sogar ein, etwas Rouge und Lippenstift auf ihrem Gesicht zu erkennen, dabei trug Maya nie Make-up.

«Meine Nachbarin hat mir ein bisschen unter die Arme gegriffen», erklärte sie, als sie feststellte, dass Gus nicht die Augen von ihr lassen konnte.

«Hat sie echt gut hingekriegt.»

«Ich weiß. Habe ich ihr auch gesagt.»

Wenig später traten die beiden vor das Gebäude, das Bethany für ihre Feier auserkoren hatte. Sie stellten sich in eine kleine Schlange und wurden am Einlass von den Securitys seines Onkels nach Einladungen kontrolliert. Nein, sogar von seinem Onkel höchstpersönlich, wie Gus nun überrascht feststellte.

«Mein Onkel ist hier», flüsterte Gus.

«Ja und?»

«Ich kann mich nicht wegschleichen, wenn er hier ist.»

«Jetzt sei nicht so eine Memme, na klar kannst du das. Er wird dich nicht auf Schritt und Tritt verfolgen, sondern seinen Job machen.» Und schon waren sie an der Reihe. Obwohl Maya keine persönliche Einladung hatte, durfte sie als Gus' Plus Eins mit hinein. Es handelte sich um einen alten Ballsaal, der überall an den Decken mit Stuck verziert war. Anders, als dieser Raum erwarten ließ, wurde hier drin jedoch kein Ball zelebriert, sondern eine klassische Sweet-Sixteen-Party ganz nach dem Motto: je mehr Pink, desto besser. Rosafarbene Lichter beleuchteten den Stuck und die Wände, die runden Tische waren alle bedeckt mit pinken Tischdecken, pinken Servietten und Kerzen sowie pinkem Sekt, der in Sektflöten gefüllt auf den Tischen stand. Statt Pflanzen gab es Töpfe voller weißer und pinker mit Helium gefüllter Luftballons. Eine der Wände zierte ein riesiger rosafarbener Banner mit der glitzernden Aufschrift «*Happy Sweet Sixteen, Bethany*». Darunter war eine riesige Torte aufgebaut, in Form von Hutschachteln und Einkaufstaschen und geziert wurde die Torte von einem pinken Highheel. Nach Gus' und Mayas Geschmack war das alles ein wenig zu pink und übertrieben, aber so wurde nun einmal gefeiert in Paisling. Und Bethany schaffte es alleine schon mit dieser Auffuhr, alle anderen Geburtstage zu toppen, bei denen Gus bisher Gast sein durfte. Doch die Party sollte sich noch selbst übertreffen. Nachdem sie zunächst ganz normal begonnen hatte, verkündete Beth's Vater später am Abend, dass Artisten des *Cirque du Soleil* heute nur für seine Tochter auftreten würden und direkt nach der Artistennummer gab es einen Bentley für Bethany, auch wenn sie den noch gar nicht fahren durfte. Im Anschluss folgte ein Liveauftritt von der Band *Muse*, die sogar extra für Bethany ein Geburtstagsständchen sangen. Alles in allem eine wirklich tolle Party, doch Gus' persönlicher Höhepunkt war an diesem Abend noch nicht erreicht. Es war die letzte halbe Stunde, die es herumzubringen galt, ehe er und Maya sich ungesehen von Ray und Charles von der Feier schleichen würden.

Eric hatte Gus am Arm gepackt und führte ihn auf die Tanzfläche. «Jetzt tanz doch mal mit deiner Begleitung», hatte er gesagt und ihm Maya in die Arme gedrückt, welche von Bill ebenfalls zu ihm geführt wurde. Ganz eindeutig ein abgekartetes Spiel, wie Gus feststellen musste, aber das sollte ihm recht sein. Sie lagen ja richtig, wenn sie schon hier waren und vor allem Zeit vertrödeln mussten, dann konnten sie auch tanzen, wenn nur nicht gerade jetzt ein langsames Lied eingesetzt hätte. Um sie herum fingen Pärchen und

Freundinnen an, sich um die Hälse zu fallen und langsam zu tanzen.

«Ich kann nicht tanzen», erklärte Maya pragmatisch, kaum dass Bill weg war, und stand stocksteif vor Gus.

«Kein Problem, ich zeig es dir. Es ist ganz einfach, versprochen.» Er legte seine Hand um ihre zierliche, schlanke Taille und griff mit der anderen nach ihrer Hand. Wie automatisch legte Maya ihre Hand auf seine Schulter und sah ihn unsicher an. Diesen Blick hatte er bisher noch nie bei ihr gesehen, weshalb er schmunzeln musste. Er zeigte ihr ein paar Schritte und begann sie zu führen. Nur ein paar Mal trat sie ihm auf die Füße, ehe sie es nach nur wenigen Schritten endlich heraushatte.

«Siehst du, ganz einfach.»

«Ich lerne schnell», sagte sie eher feststellend als fragend und lächelte. Gus erwiderte das Lächeln und als er sich ein Stück mit ihr drehte, sah er hinter ihr Eric und Bill, die ihn angrinsten und Kussmünder machten. Gus verdrehte etwas die Augen und sah wieder zu Maya, die gerade auf seine und ihre Füße blickte, um sich zu orientieren. Als sie wieder zu ihm aufsah, grinste sie. Gus mochte dieses Grinsen und vielleicht war es wegen Eric und Bill, vielleicht wegen des langsamen Liedes oder der Champagners, der ihm leicht die Sinne vernebelte, aber er beugte sich schließlich langsam zu ihr vor und legte seine Lippen auf die ihren. Mayas Lippen waren viel weicher, als er erwartet hatte und so warm. Er schmeckte sie noch, als sie sich von ihm loslöste und irgendetwas an diesem Geschmack störte ihn auf unerklärliche Weise.

«Was machst du da?» Sie klang ein wenig amüsiert, was Gus verlegen werden ließ.

«Ich habe dich geküsst.»

«Habe ich gemerkt. Verrätst du mir auch, warum?»

«Ich... » Kurz war Gus sprachlos und schaute sie nur an, aus Selbstschutz fing er an, seine Unsicherheit mit einem Grinsen zu überspielen.

«Gus, ich mag dich echt gerne und für einen Bonzen bist du echt weniger eingebildet, als ich erwartet hätte», begann Maya. «Aber das hier?» Sie deutete auf ihre Lippen und schüttelte den Kopf. «Vergiss es. Du bist drei Jahre jünger als ich und minderjährig. Ich könnte vielleicht verhaftet werden.» Sie zwinkerte ihm zu und er wusste im ersten Moment nicht genau, ob sie damit übertrieben hat oder nicht, doch eigentlich verwirrte ihn etwas anderes mehr.

«Du bist 19?» Maya nickte seufzend. «Krass.» Er hatte immer gedacht, dass sie in seinem Alter ist oder sogar ein klein wenig jünger, niemals jedoch älter. Sie sah einfach nicht so aus.

«Jetzt weißt du es», sagte sie und griff nach seiner Hand, während im Hintergrund wieder schnellere Musik lief. «Komm jetzt, wir sollten langsam los.»

«Wo wollt ihr denn hin?» Charles war hinter ihnen aufgetaucht und schaute seinen Neffen und Maya interessiert an. Gus schluckte. Natürlich passierte ihm das und natürlich genau dann, wenn sie los wollten. «Ich dachte du schläfst bei Eric?»

«Tut er auch», kam sein Freund ihm gerade rechtzeitig zur Hilfe. «Und meine Eltern wollten, dass wir spätestens um zwölf zu Hause sind, deshalb müssen wir jetzt los.» Bill gesellte sich zu ihnen und nickte. Charles musterte die vier Jugendlichen einen Augenblick, ehe er nickte.

«In Ordnung. Dann ziehe ich jetzt auch Ray von seinem Bewachungsdienst ab.» Er nickte Gus zu, der innerlich erleichtert aufatmete. «Schlaft gut. Ich nehme an, ihr werdet abgeholt?»

«Klaro. Ciao Mr Raise.»

Sie verabschiedeten sich allesamt von Charles und gingen hinaus in die laue Augustnacht.

«Du schläfst also bei mir?», fragte Eric grinsend. Gus grinste zurück und zuckte, unwissend was er antworten sollte, mit den Schultern.

«Wir verbringen jetzt die Nacht unsere Lebens», mischte sich Maya ein und griff wieder nach Gus' Hand. «Macht's gut Jungs und seid nicht neidisch.» Sie winkte ihnen zu, ehe sie sie wortlos zurück ließ und Gus hinter sich her in Richtung U-Bahn-Station zog.

Highcott - Shedford

Es war bereits seit langem dunkel, nur der Mond erhellte den Eingang der einstigen Rennbahn im Stadtteil Shedford. Im Schein des Mondes standen Bartholomäus und Ian Bishop und erwarteten die Ankunft des Mädchens samt dem Jungen. Dass auch sie eine Bishop war, hatten sie ihr noch nicht eröffnet, doch sollte sie ihren Job perfekt ausgeführt haben, würden sie sie mit dieser Ehre bekannt machen, denn ganz sicher wusste Maya noch nichts davon. Wie sie erfahren hatten, hatte Isabella den Namen Mey angenommen, nachdem sie verstoßen wurde, weil sie ganz offiziell keine Bishop mehr sein wollte. Die Tatsache, dass Maya ihre Tochter war und sich als würdige Bishop-Nachfolgerin zu beweisen schien, hatte Barty dazu herabkommen lassen, seiner Tochter Isabella noch eine letzte Chance zu geben, zum Clan zurückzukehren. Ganz davon abgesehen konnte er jeden Bishop gebrauchen, wenn sie heute Nacht ihre Rückkehr nach Incantaras antreten würden. Die schwach grün schillernde Kugel hing an Bartys Gürtel und strahlte längst nicht mehr so hell wie noch vor wenigen Tagen. Seine allerletzte Magiereserve ging zur Neige. Dass die Auftragsmörder sich selbst stellten, hatte an der Magie der grünen Fee gezerrt und es blieb nur noch ein kleiner Rest für heute Abend, der reichen musste. In der Heimat seiner Vorfahren würde es davon wieder mehr als genug geben. Wenn nur erst mal dieser Raise-Junge den Platz im Rat einnehmen würde und die Bishops dadurch zurückkehren konnten.

«Wo bleibt denn nur Shane?», fragte Barty ungeduldig und blickte auf seine Armbanduhr. Ian blickte sich schulterzuckend um. «Er sollte längst zurück sein. Deine Tante scheint ein harter Brocken zu sein.»

«Vielleicht will sie nicht zurück. Sie ist hier aufgewachsen, genauso wie wir. Sie kennt dort keinen und… immerhin hast du sie verstoßen.» Obwohl es wahre Worte waren, die sein Enkel da aussprach, strafte Barty ihn bösen Blickes. Er hörte die Wahrheit nicht gerne, wenn sie nicht zu seinem Vorteil war.

«Sie soll auch nicht zurück, sondern helfen.»

«Da kommt jemand.» Barty schaute in die Richtung, in die Ian zeigte und kurz darauf tauchte das Mädchen auf, gefolgt von dem Jungen.

«Wenigstens auf eine Bishop ist hier Verlass», murmelte Barty zufrieden und setzte sein sympathisches Lächeln auf, als er die zwei Teenager empfing.

«Maya, meine Liebe», grüßte er und breitete die Arme aus, um sie zu herzen. Sie ließ es zu.

«Barty, schön euch zu sehen. Hi Ian.» Maya gab sich Mühe, nicht zu steif zu wirken, als sie gedrückt wurde und nickte dem hübschen jungen Mann zu. «Ich habe den anderen

Zauberschüler mitgebracht. Er freut sich schon, dass er auch bei euch lernen darf.» Neugierig blickte der Alte zu Augustus hinüber, der nervös zu sein schien, als er ihm zu lächelte und die Hand hob. Das, was Maya von sich gab, war ihm völlig neu, aber erneut legte sich ein Lächeln auf seine Lippen, als er den Plan des Mädchens durchschaute. Schlaues, kleines Mädchen. Tickt ganz wie eine Bishop.

«Das ist wunderbar, meine Kleine. Das freut mich sehr, je mehr Schüler, desto besser, nicht wahr?» Er lachte ein altes Männerlachen und winkte nun auch Gus an sich heran, um ihn zu umarmen. «Sei mir willkommen, mein neuer Zauberschüler.»

«Hallo.» Der Junge klang ein wenig schüchtern, was Barty gut gefiel, denn so würde es garantiert ein Leichtes werden, ihn für seine Machenschaften zu missbrauchen. «Das hier ist Ian, mein Enkel, auch er ist ein Magier.» Ian hob die Hand zum Gruß und Gus tat es ihm gleich. «Nun, ich möchte auch gar nicht lange um den heißen Brei drum herum reden, sondern gleich zur Sache kommen.» Er tippte sich an den schwach leuchtenden Infoport an seinem Gürtel. «Meine Magiereserve wird knapp und wir müssten eine kleine Reise nach Incantaras unternehmen, damit wir wieder versorgt sind und euch das Zaubern lehren können.» Die Kinder blickten ihn erwartungsvoll an und Barty deutete mit der flachen Hand zur Rennbahn. «Hier erregt ein Portal in diese Parallelwelt keine

Aufmerksamkeit. Um es von dieser Seite aus zu öffnen, brauchen wir die Kraft eines jungen, unverbrauchten Magiers.» Sein Blick glitt zu Gus hinüber, der sofort wieder verunsichert aussah. Natürlich war das alles nur ausgedacht, es brauchte lediglich die Blutmagie eines nicht verbannten Magiers. Doch der Junge schien ihm zu glauben, bei dem Mädchen war er sich nicht sicher, was jedoch vollkommen irrelevant war. Sie wusste bereits, dass mehr hinter dieser Geschichte steckte und er würde sie - als Familienmitglied - vermutlich sehr bald einweihen. «Wir leben hier in der Menschenwelt und sind zu selten drüben, um es selbst öffnen zu können.»

«Was muss ich tun?» Bildete Barty es sich bloß ein oder klang der Sohn von Proper tatsächlich leicht skeptisch? Einen Moment lang zögerte Barty, ehe er seine schwach leuchtende, grüne Kugel vom Gürtel nahm. «Du brauchst diese hier. Halte sie in die Luft und denke - nein, als Anfänger sprichst du es lieber laut aus: *Me concede introitum.* Gewähre mir Einlass.» Gus nahm die Kugel entgegen, die seinem Gesicht einen grünlichen Schimmer verlieh.

Maya hatte den ganzen Weg hierher über mit sich gerungen, ob sie tatsächlich das Richtige tat, in dem sie Gus den Bishops übergab. Selbstverständlich war es keine emotionale Bindung, die sie darüber nachdenken ließ.

Natürlich nicht! Maya baute keine emotionalen Bindungen auf. Das ging bloß schief und der letzte, bei dem sie es zugelassen hatte, war dank seiner Eltern nun tot. Der arme kleine Kevin. Nein, bloß weil sie und Gus viel Zeit miteinander verbracht hatten, hatte sie keine emotionale Bindung aufgebaut, es war lediglich ihr Job gewesen. Doch genau dieser hatte sie daran zweifeln lassen. War es wirklich richtig, einen Menschen, der glaubte, sie hätten eine freundschaftliche Bindung, bösen Menschen hilflos auszuliefern? Und das alles nur, weil sie gehofft hatte, zaubern lernen zu dürfen. Und nun hing ihr Leben davon ab. Würde sie ihn nicht ausliefern, würde sie sterben. Das hatten die Bishops ihr klargemacht, als sie den Deal abschlossen. Ja, das war wohl der einzige Grund, der sie noch davon abhielt, Augustus nicht einfach zu warnen. Sie blickte in sein blassgrün schimmerndes, unentschlossenes Gesicht. Am liebsten würde sie ihm sagen, dass er es nicht tun müsse, wenn er es nicht wolle, doch damit riskierte sie zu viel. Wenn sie doch nur seine Gedanken kennen würde.

Bartys pseudosympathisches Lächeln hatte sich in Anbetracht der Situation in ein zufriedenes Grinsen verwandelt und als sein Blick den von Maya traf, winkte er sie lächelnd zu sich heran.

«Gutes Mädchen», sagte er so leise zu ihr, dass wohl keiner ihn hören konnte außer ihr. «In dir fließt wahrhaftiges Bishop-Blut, meine Enkelin.» Unter dem Arm, den Barty um ihre Schultern gelegt hatte, wurde Maya ganz steif und schluckte. Was redete er da? Warum sagte er das? «Eine Schande, dass deine Mutter dich uns so lange vorenthalten hat.» Konnte es tatsächlich wahr sein? Ihre Mutter hatte stets geflucht, bevor sie den Drogen verfallen war, über Mayas Vater und ihren eigenen. Niemand hatte Bella und Maya haben wollen, doch sie würden sich schon alleine durchkämpfen, sie seien auf dem richtigen Weg. War das etwa der Grund, weshalb Bella ihr nie das Zaubern hatte beibringen wollen? Maya hatte immer das Heroin dafür verantwortlich gemacht, doch diese Aussage Bartys warf ein neues Licht auf alles. War Shane etwa ihr... Vater?

Maya bekam kaum mit, wie Gus die schwach leuchtende Kugel der Rennbahn entgegen streckte und die lateinischen Worte murmelte, die Barty ihm vorgesagt hatte. Sie wurde erst aus ihren Gedanken gerissen, als sich in einem kurzen Augenblick ein Lichtkreis mitten in der Luft auftat, einfach so aus dem Nichts. Ganz anders als sie es sich vorgestellt hätte, konnte man das Portal nur erkennen, wenn man genau hinsah. Der Rahmen schimmerte im Mondlicht und darin war es beinahe durchsichtig, als wäre gar nichts dort, außer der Nachthimmel. Nur als Maya sich darauf konzentrierte, sah sie etwas Geleeartiges, Durchsichtiges im Inneren des Tores wabern.

Barty schob sie, den Arm noch immer um ihre Schultern gelegt, in Richtung des Tores und begann zu sprechen. Aus dem Augenwinkel nahm sie wahr, wie Ian sich suchend umschaute.

«Incantaras», rief Barty. «Hier spricht Bartholomäus Bishop.» Der leuchtende Rahmen des Tores flackerte auf, als würde er reagieren. Barty lachte. «Ich habe etwas, was ihr dringend sucht. Den einzigen und letzten Nachfolger des alten Proper. Gewährt mir, meinem Sohn Shane, meiner Tochter Isabella und meinen Enkeln Ian und Maya Bishop den Einlass nach Incantaras und wir werden ihn euch überlassen.»

Gus fiel die Kugel aus der Hand, was das Portal für einen Augenblick zum Wackeln brachte. Bishop, da stand tatsächlich die Familie Bishop hier mit ihm. Warum nur war er so blöd gewesen, Maya nicht nach dem Namen der Magierfamilie zu fragen, die sie ausbilden wollte? Und warum nur hatte er tatsächlich dieses Tor geöffnet, obwohl er wahrlich kurz gezögert hatte? Und zu allem Überdruss: Warum nur hatte er Maya vertraut?

«Ihr habt meine Eltern getötet.» Es war nur eine Vermutung von Mag und Gordon gewesen, doch es schoss ihm in diesem Moment durch den Kopf und kam automatisch über seine Lippen. Nur leise, doch der jüngere der beiden Bishops schien ihn gehört zu haben. Dieser warf ihm einen kurzen Blick zu, als müsse er nachdenken, wie er darauf reagieren sollte, dann deutete er nickend auf seinen Großvater. Wollte der junge Mann ihm damit den Mörder offenlegen? Gus verstand nicht. Sein Blick ging zu Maya, die selbstbewusst neben dem alten Mann stand. Die Enkelin dieses Mannes. Er fasste es einfach nicht. Seine Mutter hatte ihm immer wieder gepredigt, dass er viel zu leichtgläubig war und im Leben mehr hinterfragen soll. Doch da es ihm nie geschadet hatte, hatte er einfach so weiter gelebt und jetzt rächte es sich.

«Was habt ihr mit mir vor?», fragte er nun fester und lauter als zuvor. Jetzt, wo sich diese Menschen als die Bishops enttarnt hatten, erkannte er, dass der Zauberunterricht ein Vorwand war, um ihn hierher zu locken.

«Oh, eigentlich brauchten wir dich nur als Schlüssel und hätten dich dann deinen Ratssitz ziehen lassen. Aber jetzt, wo ich neue Informationen habe, brauchen wir dich wohl doch nicht mehr.» Gus wirbelte herum. «Und was macht man mit jemandem, den man nicht mehr braucht?», sagte auf einmal ein auffällig gut aussehender Mann, der plötzlich hinter ihm auftauchte und das gleiche Lächeln wie der Alte besaß.

Der alte Barty begann zu grinsen und fuhr sich mit dem Finger langsam über die Kehle. Jetzt verstand Gus gar nichts mehr, sein Herz rutschte ihm in die Hose und versank tief im Abgrund eines überaus ungutes Gefühls.

Der Abend bei Isabella war länger gewesen als geplant, dabei hatte er ihr lediglich anbieten wollen, zurück zur Familie zu kehren und sie nach Incantaras zu begleiten. Doch sie war genauso stur gewesen wie früher und obendrein vollgepumpt mit Drogen. Im Endeffekt hatte er sie eh zurück lassen wollen. Sollte seine Schwester doch an ihrem Zeug verrecken und bis dahin ihr tristes Leben leben. Auf ihre Kraft würde es jetzt auch nicht ankommen. Dank Maya waren sie nun sowieso zu viert und da sie stets zu dritt geplant hatten, musste das reichen. Doch gerade als er den Weg nach Shedford antreten wollte, hatte Isabella etwas gesagt, was ihn noch einmal innehalten ließ.

«Wie wollt ihr überhaupt zurückkomm'?», hatte sie gelallt und es klang so, als hätte sie dabei gelacht. «Ohne meine Tochter?» Shane hatte sich zu Bella umgedreht und sie durchdringend angesehen. «Was soll das heißen?»

Ihre Antwort würde Isabella womöglich noch bereuen, wenn sie wieder bei Verstand war, doch das war Shane egal, denn mit dieser Information hatte sich das Blatt gewendet.

Und nun, viel zu spät, dafür aber mit gebührender Entschuldigung, stand er endlich an der Rennbahn, an der bereits das Portal geöffnet worden war. Alle Anwesenden starrten ihn gebannt an und Shane genoss diesen Moment des Trumpfes.

«Dieser Junge ist nicht der einzige Nachkomme von Jakobo Proper. Bevor er in der Menschenwelt eine Familie gründete, war er im Highcotter Nachtleben unterwegs.» Sein Blick wanderte von Barty zu Maya. «Und hat dabei dieses Mädchen gezeugt.»

Einen Moment lang herrschte Stille, dann fing sein Vater an zu lachen und küsste Maya auf die Stirn.

«Du bist ein Goldkind! Halb Bishop, halb Proper! Ich wusste von Anfang an, dass du etwas Besonderes bist! Unser Schlüssel nach Incantaras und als Ältere von euch beiden hast du sowieso Vorrang auf den Ratssitz.» Er wandte sich an Shane und Ian. «Vernichtet den Proper Jungen. Wir brauchen ihn nicht mehr.» Lachend machte er eine wirsche Handbewegung in Gus' Richtung und ohne zu zögern, lief Shane auf den Jungen zu. Es war nicht seine und Ians Aufgabe, jemanden zu töten, aber Shane kannte genügend Personen, die diese Drecksarbeit mit Handkuss für ihn erledigen würden.

Das alles war zu viel für Maya, zu viel für einen Abend. Mitglied der Bishops, Tochter des toten Jakobo Proper oder Raise oder wie auch immer er nun hieß, damit Cousine von Ian und... Halbschwester von Gus! Maya konnte sich nicht erklären, wo genau diese Intention herkam - vielleicht war es die Tatsache, dass die Bishops Schuld an Bellas und ihrer

Misere hatten oder daran, dass sie Gus doch mehr mochte, als sie sich selbst eingestehen wollte - doch als Barty seine Nachkommen beauftragte, Gus zu beseitigen und dieser sich nicht rührte, brüllte sie lauthals in seine Richtung. «Renn weg, du Vollidiot!» Danach hob sie ihr Bein und rammte Barty ihr Knie zwischen die Beine. Vor Schmerz aufjaulend, nahm er endlich den Arm von ihrer Schulter und Maya setzte noch einmal nach.

«Bis eben war es mir ja scheißegal, dass ihr Gus' Eltern getötet habt und Gus für eure Zwecke missbrauchen wolltet.» Das war gelogen, obwohl es Fremde für sie waren, war es nicht leicht gewesen, zuzusehen, wie jemand umgebracht wurde, «aber gerade eben ist es zur Familienangelegenheit und damit ziemlich persönlich geworden», zischte sie. «Und ich werde nicht zulassen, dass ihr meinen Freund und Bruder auch noch tötet.» Ein komisches Gefühl hatte sich in Maya ausgebreitet. Vielleicht gab es in ihr bereits, wenn auch keine romantischen, aber zumindest irgendwelche emotionalen Empfindungen gegenüber Gus, die sie nur vor sich selbst versucht hat, zu verbergen. Und nun kochte das alles in ihr hoch. Und es fühlte sich verdammt noch einmal gut an.

Gus hatte in der Tat angefangen fortzulaufen, doch nach einem Rüffel von Shane, war nicht nur er, sondern auch Ian losgerannt, um ihn einzuholen. Solange Barty noch am Boden lag, setzte Maya hinterher und hoffte intensiv, dass die drei

Männer sie beide nicht mit Magie überrumpeln würden. Doch natürlich war das ein schwachsinniger Gedanke. Sie und Gus riss es gleichzeitig von den Füßen und gleich darauf lagen sie flach auf dem Boden. Gus wurde von Shane und Ian gepackt und Barty hatte Maya schneller eingeholt, als man es in seinem Alter von ihm erwartet hätte.

«Ich war so stolz auf dich, dass du dich als würdige Bishop erwiesen hast», zischte Barty, als er mit seinem Fuß auf ihre Kehle trat. «Und dann enttäuschst du mich. Du wirst den Platz im Rat einnehmen müssen! Es ist Gesetz in Incantaras und du kannst nichts dagegen tun. Du wirst jetzt also still halten, uns nach drüben bringen und uns mit deinem Sitz im Rat die Sicherheit gewähren, so lange in Incataras bleiben zu können, wie es nötig ist. Hast du das verstanden? Und danach...» Sein Finger fuhr wieder einmal langsam über seine Kehle.

«Vergiss es, du Psycho!», fluchte Maya und versuchte krampfhaft, seinen Fuß von ihrer Kehle zu schieben. Doch die mangelnde Sauerstoffzufuhr machte es ihr sehr schwer. Ian und Shane traten mit einem steifen Gus neben sie beide und mit einem Mal erschlafften Mayas Glieder. Entgegen ihrem Willen konnte sie sich nicht mehr bewegen und so wurde auch sie aufgehoben. Aus dem Augenwinkel nahm sie wahr, wie die grüne Kugel beinahe ihr Licht verlor und ein zerbrochener Bleistift aus Gus' Hand rollte.

«Incantaras, hörst du? Wir haben hier die rechtmäßige Nachfolgerin für den Platz der Propers. Älteste Tochter des Verstorbenen Jakobo Proper und Tochter meiner Tochter Isabella Bishop. Euch wird wohl nichts anderes übrig bleiben, als uns hereinzulassen.» Der leuchtende Ring des Tores flackerte erneut, doch als Barty Ian vorschubste, um ihn als erstes durch das Tor gehen zu lassen, wurde dieser zurückgestoßen. «Lasst uns rein!», rief Barty etwas harscher und wieder flackerte der Torrahmen auf. Kurz entschlossen packte Barty Maya am Arm und schob sie mit noch immer steifen Gliedern zum Tor und ein Stück hinein, sodass sie halb verschwand, halb jedoch noch in der Menschenwelt steckte. Dann streckte Barty seinen eigenen Arm hinein und es funktionierte, weshalb er zu grinsen begann.

«Meine Herren.» Er wandte sich seinem Sohn und Enkel zu. «Der Weg nach Incantaras ist eröffnet. Wir gehen schon mal vor. Ihr entsorgt dieses lästige Kind und kommt dann nach.» Er warf Ian die grüne Kugel zu. «Die Öffnung des Portals dürfte ab jetzt bei euch auch funktionieren. Wenn nicht, komme ich euch holen.»

Just in diesem Moment flackerte der Torring erneut auf und zwei Gestalten kamen herausgesprungen und stießen Barty beinahe um.

«Ihr werdet nirgendwo hingehen!», sagte Mag entschlossen und Gus fiel ein riesiger Stein vom Herzen. Der Infoport an ihrem Gürtel leuchtete doppelt so hell wie der Grüne, den Gus gehalten hatte und ihre Miene wirkte mehr als entschlossen. «Wir haben alles mitgehört und werden verhindern, dass ihr nach Incantaras reist.»

Shane und Barty lachten. «Und wie willst du uns daran hindern? Wir haben ein Recht dazu.»

«Ein Recht?» Jetzt war es an Mag zu lachen. «Lasst mich kurz aufzählen: Eure Familie hat Feen gestohlen und in die Menschenwelt geschmuggelt.»

«Das waren unsere Vorfahren, das kann man uns nicht anlasten.» Barty klang selbstgefällig.

«Ihr habt Jakobo Proper und seine Frau getötet, um euch ihren hilflosen Sohn zu krallen und als eure Marionette zu missbrauchen.»

«Nicht wir haben sie getötet, das waren Menschen. Und außerdem brauchen wir Proper nicht. Wir haben jetzt unsere eigene Proper», erklärte Barty grinsend. «Dieses Argument ist also hinfällig.»

«Und jetzt wollt ihr auch noch Augustus töten.» Mag ließ sich nicht beirren. «Wenn das nicht genug Taten sind, um euch weiterhin auszuschließen... »

«Er ist noch am Leben oder?» Shane ließ seine Schultern zucken. Mag zog scharf Luft ein und Gordon legte beruhigend eine Hand auf ihre Schulter.

«Auf Wiedersehen!» Barty grinste und verschwand mit Maya durch das Portal, ehe jemand handeln konnte. Shanes Griff um Gus' Schultern wurde fester, tat schon fast weh und Gus war einfach nicht in der Lage, sich zu wehren.

«Ihr werdet Gus keinen Finger krümmen.» Mag hatte die Zähne zusammengebissen.

«Lasst uns das friedlich lösen, ja?», fuhr Gordon dazwischen und hob beruhigend die Hände. «Ihr gebt uns den Jungen unbeschadet zurück und dafür tun wir euch nichts, sondern lassen den Rat über euch richten.»

Der schöne Shane schnaubte verächtlich. «Und was haben wir davon? Dass ihr uns nichts tun werdet? Ich bitte euch, wir sind auch Magier, schon vergessen?»

«Schwache Magier», bemerkte Mag schnaubend, was Shane ein tiefes, böses Brummen entlockte. Man konnte förmlich sehen, wie er mit den Hufen scharrte.

«Das sollte keine Beleidigung sein!», versuchte Gordon zu entschärfen, wobei Mags trotziges «Doch!» keine große Hilfe war. Er deutete auf die grüne Kugel in Ians Hand. «Eure Magie ist fast verbraucht, ihr hättest also keine Chance gegen uns.»

«Ach ja? Vielleicht klaue ich mir ja euren Infoport», grinste Shane, doch dann meldete sich Ian zu Wort. «Dad, lass uns lieber auf sie hören. Ich meine... was bringt es denn, Augustus zu töten? Wir töten sonst nie!»

«Richtig. Weil wir töten lassen, mein Junge. Manchmal muss man jedoch Ausnahmen in Kauf nehmen», herrschte sein Vater ihn an.

«Das muss doch aber nicht überhandnehmen. Lass uns auf den Deal eingehen, wir werden schon eine Möglichkeit finden, uns da raus zu boxen. Großvater hat recht, bislang haben wir uns selbst nichts zu Schaden kommen lassen, was uns erneut verbannen lassen könnte und wir wären immerhin ein paar Tage drüben. Mehr braucht ihr doch-»

Shane schnitt seinem Sohn das Wort ab, indem er ihm eine Hand auf den Mund legte und drückte ihm Gus in die Arme. Gleich darauf stieß er die beiden durchs Tor, womit der Überraschungsmoment auf seiner Seite lag. Jedoch hob Mag nun laut schreiend die Arme und eine Art Orkan wirbelte Shane durch die Luft. Mit einem letzten Aufflackern seines grünen Infoports, konnte er sich aus diesem befreien und sprang durch das Portal, als der Infoport erlosch. Mag schrie laut auf vor Wut und preschte hinterher. «Sag Charles Bescheid, dass Gus in Incantaras ist», rief sie Gordon zu, ehe sie verschwand.

Highcott - Perthburgh

«Meinen Glückwunsch.» Amanda McLloyd saß hinter ihrem riesigen Schreibtisch aus Eichenholz und hatte ihre Hände ineinander gefaltet. Stolz nickte sie Tyrel und Peralta zu, die beide zufrieden lächelten. «Ihr habt den Fall gelöst und das in einem schnelleren Tempo, als ich zugegebenermaßen erwartet hätte.»

«Die Täter haben sich ja selbst gestellt, das war unser Glück», gab Phil zu, war aber dennoch froh darüber, dass diese ihm damit seine Stelle als Detective gesichert hatten. Rosa stupste seinen Fuß an, um ihn zu mahnen, es jetzt bloß nicht kaputt zu machen.

«Selbstverständlich, das hat ihnen einen Anteil ihrer Arbeit abgenommen. Dennoch können sie diesen abgeschlossenen Fall als einen Erfolg verbuchen und wenn man einmal von dieser Sache mit den Beweismitteln absieht», sie bedachte Phil mit einem strengen Blick, «dann haben sie den Fall fehlerfrei ausgeführt. Keine Schlampereien, keine persönlichen Gefühle, die sie von Ihrer eigentlichen Aufgabe abgebracht hätten und somit kann ich Ihnen, Detective Tyrel, nur dafür gratulieren, dass Sie Ihren Job behalten können. Ein Glück, denn es wäre äußerst schade gewesen, hätten wir jemanden mit Ihrer Feinfühligkeit abgeben müssen.» Phil lächelte geschmeichelt. «Zu ärgerlich nur, dass die verschollenen Fallakten von Mrs Raise nicht aufgetaucht sind.» Sie seufzte. «Wenn wir Pech haben, wurden sie vernichtet. Und Sie, Detective Peralta, haben Ihren Job selbstverständlich auch gut gemacht. Von Ihnen kenne ich es ja nicht anders.» Rosa lächelte selbstbewusst.

Das Telefon klingelte und Amanda verabschiedete die beiden mit einem freundlichen Nicken.

«Wie bitte?», fragte sie ins Telefon, nachdem sie abgenommen hatte und sah auf. «Phil, Rosa.» Die beiden hielten inne und drehten sich mit fragenden Blicken zu ihrem Chief herum. «Ja, danke. Ich werde mich sofort darum kümmern.» McLloyd legte auf und holte tief Luft. «Ich habe gleich den nächsten Auftrag für Sie. Das war Charles Raise. Sein Neffe Augustus und Ihre Zeugin Maya Mey sind gestern Abend entführt worden.»

Incantaras - Malva

Kaum, das Barty mit dem Mädchen durch das Portal gesprungen war, spürte er die ganze Macht durch seine Adern fließen. Es war wie ein Rausch, wenn man die volle Magie zum ersten Mal spürte. Bestimmt erging es Maya ganz genauso, nur dass sie im Gegensatz zu ihm noch nicht fähig war, diese Magie auch anzuwenden. Im dunklen Nachthimmel flatterten bunte Lichter wie Sterne und Barty spürte, wie sie diese Macht versprühten. Er atmete tief ein, die Magie in sich aufsaugend, genauso wie die reine Luft die hier herrschte.

Sie waren auf einer großen Wiese, unweit der Hauptstadt Malva gelandet. Genau dort, wo er hin wollte. Das Blut der Nachfolgerin hatte sie automatisch hierher gebracht, denn ohne Infoport war es in der Regel nicht möglich, durch Portale zu reisen und gleichzeitig den Ausgang des Portals zu steuern. Doch das Blut des Mädchen hatte sie beide automatisch hinein gesogen und nahe des Hauptsitzes des Rates wieder herausgelassen.

Die Nachfolgerin, richtig. Stocksteif lag sie noch immer regungslos neben ihm auf der Wiese. Sollte er sie nun einfach beseitigen oder liegen lassen? Mit dem Durchtritt in das Portal war sie irrelevant für ihn geworden. Nur weil sie als Verwandte sein Schlüssel nach Incantaras gewesen war, hieß das nicht, dass er sich jetzt um sie kümmern musste. Sie hatte sich schließlich gegen ihn gestellt und war somit wertlos geworden. Auf Verräter konnte er verzichten. Bartholomäus hatte seine Pläne glücklicherweise sowieso ohne sie geschmiedet.

Ein Riss blitzte in der Dunkelheit auf und kurz darauf rollten Ian und Gus auf die Wiese. Nur wenige Sekunden später folgte Shane.

«Was soll das?» Barty sah fassungslos auf den Jungen am Boden. «Ihr solltet ihn doch entsorgen!»

«Es lief nicht ganz so, wie-», setzte Shane an, doch Mag hinderte ihn daran, auszureden. Barty brummte, als er die Frau sah und schleuderte sie in die Luft, wo sie hängen blieb und böse zu ihm hinunterblickte.

«Maya, schnapp dir Gus!», rief sie hinunter. Es dauerte einen Augenblick, doch dann sprang Maya auf und lief zu Gus. Mag befreite sich aus dem Zauber, der sie in der Luft baumeln ließ und landete beinahe katzenhaft auf dem Boden. Dort riss sie Barty den Rasen unter den Füßen weg, woraufhin nicht nur er zu Boden ging, sondern auch Ian und Shane, die neben ihm standen. Mag rannte auf die Jugendlichen zu und deutete auf die Häuser, die den Stadtrand bildeten.

«Rennt, ich hole euch dann ein.» Gesagt, getan. Nachdem Mag den Starrezauber von Gus und Maya genommen hatte, rannten die beiden los.

«Genau, rennt!», rief Barty lächelnd hinterher. «Haltet euch nur fern von mir. Solltet ihr mir in die Quere kommen, dann seid ihr dran. Familie hin oder her!»

Bereit zu kämpfen, fuhr Mag herum, doch niemand wagte einen Angriff, weil Barty Einhalt gebietend die Hand erhoben hatte.

«Warum willst du die Kinder umbringen? Sie haben dir nichts getan und werden dir nichts anhaben können.»

Bartys Grinsen wurde breiter und Gänsehaut überzog Mags Haut bei diesem Anblick. «Einfach weil ich es kann», sagte er leise und eiskalt, während er die Hand wieder herunternahm.

«Waffenstillstand, okay?», mischte Ian sich zur großen Überraschung aller ein. «Du hast die Kids, sie sind unbeschadet und wir sind jetzt so oder so hier.» Er wandte sich Shane und Barty zu, die nicht gerade begeistert von Ians Einmischung waren.

«Sicher nicht mehr lange!», versprach Mag zähneknirschend.

«Das mag sein, aber jetzt kannst du nichts dagegen tun. Lass uns unsere Wege gehen und wir werden ja sehen, was der Rat sagt», meldete Ian sich wieder zu Wort, ehe sein Großvater einschreiten konnte. Doch dieser nickte schließlich mit fest aufeinander gebissenen Zähnen.

«Mein Enkel hat recht. Wir warten ab, was der Rat sagt und die Teenager sollen meinetwegen leben. Hauptsache, sie kommen mir niemals in die Quere.»

Mag war alles andere als Wohl dabei, weshalb sie eine Weile unentschlossen einfach nur da stand.

«Wir sehen uns», verabschiedete sich Barty deshalb und steuerte mit seinen Nachfahren die Stadt an.

«Und ob wir das tun. Ich werde euch ganz genau im Auge behalten! Und wehe ihr lasst die Finger nicht von den beiden, dann gibt's richtig fiesen Ärger», schwor sie und rannte Maya und Gus hinterher, um sie einzuholen, ehe diese sich noch verirrten.

Völlig außer Atem kamen Gus und Maya am Stadtrand an und Gus musste sich gegen einen Zaun lehnen, um nach Luft zu schnappen.

«Los, weiter Gus», forderte Maya ihn auf. Keuchend und mit verengten Augenbrauen sah er zu seiner Halbschwester. Halbschwester. Das war so absurd. Und die hatte er wenige Stunden zuvor noch geküsst!

«Sag du mir nicht, was ich zu tun habe, du Verräterin!»

«Gus, ich-»

«Du hast mich benutzt! Mich an der Nase herumgeführt und verraten!»

«Ich wusste nicht, was die mit dir vorhaben, Gus!»

«Und du denkst, das glaube ich dir jetzt noch?»

«Sie hätten mich getötet, hätte ich es nicht getan!»

Gus lachte auf, weil er nicht wusste, was er sonst tun sollte. Kopfschüttelnd schnappte er nach Luft. «Ich hab dich echt gemocht und dann kommt so was. Meine Mum hatte recht, ich bin viel zu nett und vertraue den Leuten zu schnell. Danke, dass du mir endlich den Kopf gewaschen hast. Und so was schimpft sich dann auch noch meine Halbschwester!»

«Es ist doch aber gar nichts passiert.»

«Sie wollten mich umbringen, Maya!»

«Ich weiß und das fand ich echt scheiße! Aber das haben sie nicht!»

«Das ist doch vollkommen egal», rief Gus wütend. «Sie hatten es vor und das zählt. Und jetzt erzähl mir nicht, dass du von nichts eine Ahnung hattest. Dass du... keine Ahnung, deren Verwandte bist oder meine oder was auch immer.»

«Davon wusste ich aber wirklich nichts, Gus. Ich schwöre!» Maya leckte ihre Finger an und legte sie auf die Stelle, an der sich ihr Herz befand. Schwer atmend blickte Gus zu Maya und wusste nicht, was er glauben sollte und was nicht, oder was er überhaupt sagen sollte. Aber diesen Moment nahm ihm Mag ab, denn sie tauchte in diesem Augenblick hinter ihnen auf.

«Da seid ihr ja, es tut mir wirklich so leid, was passiert ist. Jetzt müssen wir hier aber erst mal weg. Sie sagen zwar, sie lassen euch in Ruhe, aber ich vertraue ihnen nicht.» Sie warf

Maya einen finsteren Blick zu. «Und wir zwei sprechen uns gleich noch, junge Dame!»

«Ich hab nicht-»

«Jetzt will ich nichts hören, ich bringe euch erst mal zu mir nach Hause, wo ihr sicher seid.»

Schweigend folgten die beiden der Incantari und eilten schnellen Schrittes neben ihr her, unter dem Nachthimmel, in dem lauter bunte Feenlichter tanzten. Als sie in das Licht der ersten Laternen traten, fiel Gus auf, dass es hier irgendwie merkwürdig aussah, anders als bei ihm zu Hause. Es gab normale Häuser und Gärten und Straßen wie in seiner Welt, doch irgendetwas störte ihn. Erst, als sie fast bei Magnolia zu Hause waren, fiel ihm auf, was es war.

«Eure Häuser stehen auf dem Kopf!», stellte er laut fest und Mag hob amüsiert einen Mundwinkel an, als sie zu ihm blickte.

«Nein, eure Häuser stehen auf dem Kopf.»

«Blitzmerker», murmelte Maya ganz leise, doch Gus hörte und ignorierte es. Die Häuser hatten nicht etwa spitze Dächer, auf denen sie standen. Es waren flache Dächer. Manche gingen links und rechts schräg nach oben, manche nur auf einer Seite und dazwischen befanden sich kleine Beete oder Pools. An der Stelle, wo in Gus' Welt ein Dach eigentlich hätte sein müssen, war das Haus einfach zu Ende und bei manchen Häusern konnte er erkennen, dass sich dort eine Glasplatte oder eine Terrasse befand. Auf den ersten Blick sahen sie aus wie normale Häuser, auf den zweiten jedoch völlig verquer in seinen Augen.

Wenig später betraten sie Mags Haus. Innen sah alles vollkommen normal aus und Gus ließ sich erschöpft auf ein Sofa fallen.

«Habt ihr Durst oder Hunger?» Beide nickten, weshalb Mag mit einem Fingerschnippen bewirkte, dass zwei Gläser Wasser aus der offenen Küchentür geflogen kamen und Gus konnte durch diese Tür sogar sehen, wie Sandwiches begannen, sich selbst zu belegen.

«Das hier wird euch helfen, zu entspannen. Es ist so eine Art Baldrian», meinte Mag, während sie ein paar Tropfen einer Flüssigkeit ins Wasser gab und beiden die Gläser reichte. «Trinkt. So und jetzt zu dir.» Streng sah sie Maya an, die trotzig zurückschaute. «Erzähl mir alles, was du weißt.»

Es dauerte einen Moment, bis Maya ihren trotzigen Blick ablegte und schließlich begann, alles zu erzählen. Dass sie den Mord der zwei gesichtslosen Männer beobachtet hatte und ihnen bis zu den Bishops gefolgt war, welche sie erpresst hatte, damit sie ihr das Zaubern beibrachten. Und davon, dass sie ausgelacht und daraufhin selbst dazu gezwungen wurde, Gus zu ihnen zu bringen, da sie sie sonst töten würden. Ganz nebenbei hatten sie außerdem versprochen, ihr das Zaubern tatsächlich zu lehren, sollte sie ihre Aufgabe erfolgreich absolvieren haben, weil sie in ihr Potential als Hilfskraft sahen. Davon, dass der alte Barty ihr Großvater ist und Jakobo ihr Vater war, hatte sie bis heute Abend keine Ahnung gehabt, genauso wenig wie davon, was sie mit Gus eigentlich genau vorgehabt haben. Sie dachte nicht, dass man ihm weh tun würde und habe egoistisch gehandelt, weil sie gelernt habe, dass sie nur so durch das Leben kommt.

«Ich glaube dir kein Wort!», schnaubte Gus. Er war verletzt. Er hatte Maya eine Chance gegeben, wollte beweisen, dass nicht jeder Mensch, der es sich nicht leisten kann in einem Haus zu wohnen, gleichbedeutend auch ein schlechter Mensch sein muss. Diesen Vorurteilen hatte er vorbeugen wollen. Aber sein Onkel hatte es ja gewusst, er hatte einen Instinkt dafür und ihr von Anfang an misstraut. Hätte er nur auf ihn gehört. Zwar war alles glimpflich ausgegangen und im Grunde hatten die Bishops ihn nur gebraucht, um nach Incantaras zu kommen, aber wer garantierte ihm, dass die Bishops ihn nicht sowieso umgebracht hätten, auch wenn sie anderes behauptet hatten? Vielleicht wollten sie diesen blöden Ratssitz ja für sich beanspruchen, sobald sie erst einmal in Incantaras waren und würden ihn dann genauso hinterlistig um die Ecke bringen wie seine Eltern. Und selbst wenn Maya nichts davon gewusst hatte, hatte sie ihn doch erst in diese Lage befördert.

Jetzt erst merkte Gus, dass er mit verschränkten Armen und sturem Blick auf der Couch saß, während Maya bereits ihr Sandwich verschlang. Da auch Gus' Magen brummte, griff er nach seinem Sandwich und biss hinein.

«Wir sollten uns erst einmal alle schlafen legen und unsere Gemüter wieder beruhigen. Ich habe einen Schutzzauber auf dieses Haus gelegt. Niemand wird euch etwas antun können. Lasst uns morgen alles noch einmal nüchtern betrachten und überlegen, wie wir jetzt vorgehen.»

«Du willst die hier schlafen lassen? Was ist, wenn sie mich im Schlaf killt?» Gus war immer noch ganz außer sich und stierte Maya an, als wäre sie seine erbittertste Feindin und mit einem Mal kippte sie zur Seite. «Was hat sie?»

«Die Tropfen. Die werden auch dafür sorgen, dass sie tief und fest schläft und dir nichts antun kann. Versprochen.» Sie lächelte und deckte Maya zu, dann reichte sie auch ihm eine Decke. «Hier, du wirst auch gleich einschlafen. Wahrheitstränke sind fürchterlich erschöpfend», sagte sie mit einem Augenzwinkern, als er die Decke über sich ausbreitete. Hatte sie da eben Wahrheits... und schon war er ins Traumland hinüber gesegelt.

Am nächsten Morgen war Mag früh wach. Ihre Uhr verriet ihr, dass die beiden Teenager noch mindestens zwei Stunden im Tiefschlaf liegen würden, weshalb sie beschloss, das Haus zu verlassen und dem Rat einen kleinen Besuch abzustatten.

Im Licht der strahlenden Sonne trat sie vor die Haustür und grüßte den Nachbarn, der soeben vom Joggen zurückkehrte. Brrr. Mag konnte nie verstehen, weshalb jemand um solch eine unselige Uhrzeit wie neun Uhr joggen geht, warum man überhaupt joggen geht!

Mag öffnete ihren Port, um Ipsy wieder freizulassen, die bis eben gedöst hatte. Die rosafarbene Fee schwirrte fröhlich um ihren Kopf herum und ließ ein Kichern vernehmen, dass wie ein leises Glöckchenbimmeln klang, dann verschwand sie im Licht der Vormittagssonne. Anschließend ging Mag auf den Briefkasten zu und drehte so lange an einem kleinen Rad, bis sie verschwunden war. Mitten im Zentrum der Hauptstadt tauchte sie an einem anderen Briefkasten wieder auf und drehte sich zu dem dazugehörigen Haus herum oder besser gesagt: dem dazugehörigen Anwesen. Es stand auf einem schwarzen Dach mit zwei Schrägen zu beiden Seiten und leuchtete in einem obszönen Rot. Mag hatte ja bis heute nicht verstanden, warum der Rat sich für diesen neuen Anstrich entschieden hatte, das erhabene Nachtblau hatte ihr persönlich viel besser gefallen.

In dieser Herrgottsfrühe würde noch keiner anwesend sein, das wusste sie, denn in Incantaras standen die Leute nur selten vor zehn Uhr auf und noch seltener kamen sie vor zwölf zur Arbeit. Es war nicht wie in der Menschenwelt, wo alle pünktlich auf die Minute waren und sich den ganzen Tag abrackerten. Hier in Incantaras herrschte in jedem Beruf Gleitzeit und niemand arbeitete länger als sechs Stunden am Tag, und da auch beinahe niemand vor zwölf Uhr an der Arbeit war, störte es keinen, dass die Geschäfte erst so spät öffneten. Dafür war jeder Incantari stets zur Stelle, wenn er gebraucht wurde, ganz gleich zu welcher Tageszeit und ganz gleich, ob er seine sechs Stunden bereits absolviert hatte. Und diese Tatsache würde Mag jetzt ausnutzen. Sie musste unbedingt mit dem Rat reden, solange die Kinder noch schliefen. Sie wollte sie sich nicht alleine zu Hause überlassen.

Mag ging zur Haustür, in der eine kleine, kreisförmige Vertiefung eingelassen war, der einzige Ort, an dem ein Infoport auch ohne Fee funktionierte. Die Tür saugte den Port in sich auf und nur wenige Minuten später erschien ein Ratsmitglied nach dem anderen am Briefkasten.

«Magnolia, du bist zurück!», freute sich Dagobert Swayer, oberstes Ratsmitglied. «Habt ihr ihn mitgebracht?»

Mag nickte und folgte dem kleinen Mann ins Innere des Hauses. «Er ist noch bei mir zu Hause und schläft. Aber wir haben ein Problem, weshalb ich euch gerufen habe.» Dagobert nickte ihr zu und dann verschwanden sie in dem roten Anwesen, wobei Mag ihren Port wieder mitnahm. Sie berichtete von der Suche nach Jakobo, was sie dabei alles herausgefunden hatten sowie von den jüngsten Ereignissen des vergangenen Abends.

«Dann sind die Bishops also rechtmäßig zurückgekehrt», murmelte Kayla Baron vom fünften Ratsplatz und legte nachdenklich die Finger an ihr Kinn.

«Mehr oder weniger. Ich habe ihnen bereits angekündigt, dass sie sich vor Gericht verantworten werden müssen und vermutlich erneut verbannt werden, wenn sich die ihnen vorgeworfenen Taten irgendwie bestätigen sollten, doch irgendwie schien ihnen das nicht viel auszumachen. Ich fürchte, hinter ihrer Rückkehr steckt noch mehr als der bloße Wille, zurückzukehren.»

«In Ordnung, danke Mag, dir und Gordon. Richte ihm meine Grüße aus.» Dagobert klopfte auf den Tisch und entließ Mag damit. «Dann sollten wir nun die Nachfolgezeremonie für Maya Bishop vorbereiten. Das Amt sollte so schnell wie möglich neu besetzt werden. Und danach geht es an den Bishop-Fall.»

Als Maya erwachte, lag ihr Gus noch schnarchend gegenüber. Von Mag war keine Spur, also machte Maya sich selbstständig auf den Weg zur Küche, um nach etwas Essbarem zu suchen. Zum ersten Mal im Leben plagte sie ein schlechtes Gewissen, über all das, was sie getan hatte. Hätte sie nur viel früher gewusst, wie alles zusammenhängt und was die Bishops geplant hatten und- ach nein, hätte sie sich bloß einfach niemals auf diesen Deal eingelassen und wäre sie niemals diesen Männern gefolgt! Dann hätte sie Gus erst gar nicht kennengelernt und sie wäre fein raus aus dieser Sache. Jetzt hatte sie einen Freund verraten, von dem sie bis vor Kurzem noch gar nicht wusste, dass es sogar ihr Halbbruder war. Außerdem sollte sie auf einmal irgendeinen Platz in irgendeinem Rat einnehmen, von dem sie nicht einmal wusste, was dieser überhaupt tat und warum. Alles Unsinn. Sie hatte hiermit nichts zu tun, mit dieser Welt und diesem Rat. Maya wollte bloß zurück nach Hause zu ihrer Mum und ihrem Wohnwagen. Dorthin, wo sie sich auskannte und sich daheim fühlte, in Sicherheit.

Maya zuckte zusammen, als sie sich umdrehte und Gus hinter sich entdeckte.

«Toast?», fragte sie und hielt ihm fragend ihre angebissene Scheibe Marmeladentoast entgegen. Gus antwortete nicht und bediente sich selbst. «Ist es nicht irgendwie cool, dass wir Geschwister sind?», versuchte sie die Stimmung zu lockern und biss in ihren Toast hinein.

«Hm. Mega cool», brummte Gus sarkastisch zurück und für Maya fühlte es sich so an, als hätten sie die Rollen getauscht.

«Ich weiß, das ist alles noch ganz frisch und so», seufzte sie. «Aber es ist doch echt nichts passiert. Sie brauchten dich als Schlüssel und du musstest dazu bloß ne' Kugel halten und Latein reden. Die brauchten doch nicht mal dein Blut. Und dann haben sie halt mich genommen und du warst fein raus. Ist doch alles okay. Ich weiß wirklich nicht, wo dein Problem liegt.»

Gus schnaubte und fuhr zu ihr herum. «Mein Problem liegt darin, dass ich dir vertraut habe und du es missbraucht hast.»

«Ja, man, Gus, das… es tut mir leid, okay? Es tut mir wirklich leid.»

«Das sagst du jetzt, um mich um den Finger zu wickeln und dann wieder zu verraten? Ich glaub dir nicht.»

«Nein, mache ich nicht. Wirklich.» Sie seufzte ein wenig genervt. «Und ich dachte schon, ich wäre stur.»

«Ich bin nicht stur, ich bin enttäuscht, Maya. Okay? Raff's endlich!»

«Und was kann ich tun, damit du mir wieder vertraust?»

«Weiß ich doch nicht, lass dir etwas einfallen, wenn es dir so wichtig ist.»

«Huch, ihr seid ja schon wach?» Mag war lautlos hinter ihnen aufgetaucht und schaute von einem zum anderen. «Und seid euch noch nicht an die Gurgel gegangen, sehr gut.»

«Wie man's nimmt», murmelte Maya und verschlang den Rest ihres Toasts. «Danke fürs Übernachten und Essen. Ich hau dann nachher wieder ab. Gibst du mir so ne' Kugel?», fragte sie Mag.

«Das geht nicht, Maya. Laut Gesetz bist du dazu verpflichtet-»

«Eure Gesetze sind nicht meine Gesetze! Ihr könnt uns doch nicht einfach aus unserem Leben reißen und verlangen, dass wir ohne Widerworte nach eurer Nase tanzen!»

«Maya, beruhige dich!» Mag erhob schlichtend die Hände und sah Maya eindringlich an. «Ihr oder besser gesagt du musst erst einmal nur so lange bleiben, bis die Nachfolge angetreten ist. Wir werden schon eine Lösung finden, dass ihr irgendwie zurück in eure Welt könnt. Das verspreche ich euch! Wir Incantari sind nicht alle wie deine Familie. Wir sind friedlich und suchen Lösungen und Kompromisse.»

«Und was ist mit mir? Muss ich zurück? Ihr braucht mich ja jetzt nicht mehr, wo ihr Maya habt... » Gus' Mundwinkel zuckten beinahe ein wenig traurig, vermutlich weil das alles so aufregend und neu für ihn gewesen war und mit einem Mal war alles vorbei.

«Du musst nicht, Gus, aber wenn du es möchtest, bringe ich dich zurück zu deinem Onkel. Du hast nichts mehr zu befürchten, solange du dich von den Bishops fernhältst.» Zumindest hoffte es Mag, sie wusste nicht, wie viel man auf die Worte eines Bishops geben konnte.

«Dann würde ich gerne noch ein wenig bleiben und mir alles ansehen. Ist das okay?.»

Mag nickte. «Natürlich, dein Onkel weiß bereits Bescheid, dass du hier bist, wir müssen ihm jetzt nur noch mitteilen, dass du in Sicherheit bist. Ich schicke gleich nachher ein Memo raus. Und nach Mayas Zeremonie bringe ich dich dann zurück.»

Highcott - Perthburgh

Völlig abwesend hatte Charles Gordon Geld in die Hand gedrückt und ihn einkaufen geschickt. Eigentlich nichts Besonderes für Gordon, Supermärkte gab es schließlich auch Incantaras. Doch hatte dieser Supermarkt in der Menschenwelt interessante Dinge zu bieten. So etwas wie Mixer oder Bohrmaschinen. Gordon verstand den Sinn darin, fand es jedoch faszinierend wie gut sich die Menschen zu helfen wussten, denn viele dieser elektronischen Dinge brauchte es in Incantaras einfach nicht, weil es mit bloßer Magie möglich war. Nur wenige elektronische Gegenstände hatten ihren Weg in den Alltag der Incantari gefunden. Autos, Mikrowellen, Musikanlagen, Kühlschränke, Waschmaschinen, Öfen und Herde beispielsweise, einfach weil sie so furchtbar praktisch waren, doch nicht jeder nutzte sie auch.

Am allerbesten fand Gordon aber die Alkoholabteilung. Alkohol gab es in Incantaras nicht. Sie hatten Feenelixier, aber Alkohol war ihnen fremd. Eine Marktlücke, wie Gordon befand und er würde sie schließen! Vielleicht konnte Charles ihm erklären, wie man das herstellt. Ganz sicher wäre dazu auch alles in Incantaras vorhanden. Aber wenn er jetzt schon einmal in der alkoholischen Abteilung war, konnte er sich auch gleich einen kleinen Vorrat Whisky für zu Hause mitnehmen.

Und am besten gleich noch etwas von diesem Rum und diesem Wein. Mit schweren, vollbepackten Tüten betrat er später wieder die Wohnung, wo Charles ihn ungeduldig empfing.

«Das erklärt, warum Augustus neulich gefragt hat, ob ich an Magie glaube», murmelte Tyrel und rieb sich nachdenklich den Nacken.

«Du glaubst den Schmarrn doch nicht etwa?» Rosa sah ihren Kollegen mit einer zuckenden Augenbraue an und als dieser langsam den Kopf schüttelte, schaute sie zufrieden drein.

«Ich habe es zunächst auch nicht geglaubt.» Charles bemühte sich, ruhig zu bleiben, was in Anbetracht der Tatsache, dass jetzt obendrein zum Mord an seiner Schwester auch noch sein Neffe entführt worden war und er Polizisten erzählte, dass Magie wirklich existierte, nicht gerade einfach war. Das alles nagte furchtbar an seinen Nerven und er wünschte, nichts davon wäre je geschehen. Seine zwei Gegenüber mussten ihn für völlig verrückt halten, hoffentlich ließen sie ihn nicht einweisen. Als er gleich darauf den Schlüssel im Schloss hörte, hatte er die Idee.

«Gordon», begrüßte er ihn ungeduldig und nahm ihm die Einkäufe ab.

«Hi, Mr Raise. Ich hab mir mal von ihrem Geld ein paar dieser... Whiskys gegönnt. Ich zahl ihnen das alles zurück, sobald ich weiß wie. Ich hab ja-»

«Schon gut, behalt das Geld, aber tu mir einen Gefallen, ja?»

«Oh, danke! Na klar Mr, wenn das so einfach geht. Wie kann ich helfen?» Charles führte den jungen Magier in die Küche, wo die Detectives interessiert aufsahen. Charles machte alle miteinander bekannt und bat Gordon um eine kleine Vorführung seiner Künste.

«Und dann?», fragte Gordon verwirrt.

«Dann glauben sie mir!»

«Und was bringt das? Ich meine es nicht böse, Mr Raise, aber die können eh nicht nach Incantaras, um zu helfen.»

«Aber dann glauben sie mir und hören auf, in unserer Welt nach den Übeltätern zu suchen.»

«Na gut.» Gordon räusperte sich und krempelte die Ärmel hoch. Nicht, dass er das nötig hätte, doch es wirkte zumeist ein wenig eindrucksvoller auf Menschen, hatte er sich sagen lassen. Um es noch fantastischer wirken zu lassen, murmelte er die Zauberworte, die er sonst nur stumm tätigte und wedelte mit den Händen in der Luft, als er den Küchentisch in Flammen aufgehen ließ. Nicht nur die Detectives, sogar Charles hielt hörbar die Luft an und wich zurück.

Charles wollte etwas sagen, schimpfen, dass Gordon nur zaubern und nicht seinen Küchentisch in Brand stecken sollte, doch da erloschen die Flammen schon und der Tisch blieb verschont zurück.

«Das war übrigens der Zauber, mit dem die Bishops das Haus in Brand gesteckt haben», erklärte Gordon und ließ die Hände wieder sinken.

«Die Bishops? Wer- und warum in Brand? Wann?» Verwirrt blickte Tyrel erst zu Gordon, dann zu Charles und schließlich fragend zu Peralta. «Warum wussten wir davon nichts?»

«Wie hätten wir das denn erklären sollen?», seufzte Charles schließlich. «Unser Haus hat gebrannt, war aber unversehrt? Hätten sie uns denn geglaubt?»

«Nein», gestand Tyrel. «Vermutlich nicht.»

«Sehen Sie.»

Peralta schwieg zunächst und betrachtete den Küchentisch, der aussah wie zuvor, ehe sie die Stimme erhob.

«Haben Sie auch einen Vornamen dieser Bishops?», fragte sie Gordon.

«Leider nein, ich kenne nur ihren Nachnamen. Aber sie sehen alle ziemlich gut aus und sind Männer. Opa, Vater und Sohn. Brünett, alle so um die... puh, 1,80 würde ich sagen? Der Opa vielleicht etwas kleiner. Sie sind Magier, die hier in der Menschenwelt leben, weil sie vor fast hundert Jahren aus Incanta- aus unserer Welt verbannt wurden.»

«Bishop. Hm. Sagt mir nichts... », murmelte Tyrel. «Muss ich mal unsere Datenbank durchgehen, ob in Highcott mal ein Bishop auffällig war.»

«Ich übernehme das», meldete sich Peralta und Tyrel nickte langsam.

«Gus und Maya wurden übrigens von den Bishops entführt. Ich hab es gesehen, ich war dabei. Allerdings sind sie jetzt fort, allesamt. Sie sind in unserer Welt, in Incantaras. Sie werden hier also nichts ausrichten können.» Gordon wandte sich an Charles. «Ich habe unterwegs übrigens ein Memo von Mag erhalten. Gus und Maya geht es gut. Sie kommen die Tage wieder und Sie sollen sich keine Sorgen machen.»

Charles nickte dankbar für diese Information, auch wenn es ihm lieber gewesen wäre, seine Neffe kehre sofort zurück. «Danke, Gordon. Ich hab zu übereilig gehandelt, es tut mir leid», meldete er sich wieder zu Wort und schüttelte den Kopf. «Ich hätte sie nicht anrufen sollen, wenn sie eh nichts machen können. Ich... ich habe nur einfach den Kopf verloren in dem Moment, ich weiß nicht mehr wohin mit mir.»

Charles hatte alle Mühe, nicht in Tränen auszubrechen vor der versammelten Mannschaft, denn was würde das nur für seinen Ruf als Chef einer renommierten Security-Firma bedeuten? Auch wenn sie hier unter sich waren, solange er nicht alleine war, musste er Haltung bewahren.

«Machen Sie sich keine Vorwürfe, Mr Raise, das ist vollkommen verständlich und war trotzdem richtig. Sie befinden sich in einer misslichen Lage», beruhigte Tyrel ihn.

«Und soll das jetzt heißen, dass unsere Zeugin gelogen hat und die beiden Männer, die sich gestellt haben, gar nicht die Mörder sind?» Peraltas Augenbrauen zuckten in die Höhe, sie schien trotz Zaubereinlage noch skeptisch zu sein.

«Das wird schon alles stimmen, was die erzählt haben. Die Bishops haben die Männer vermutlich beauftragt.»

«Na, immerhin sitzen nicht die falschen im Knast... vermutlich!», spottete Peralta.

«Ist gut, Rosa», murmelte Tyrel ihr zu. «Wir werden das schon alles herausfinden, sobald jemand aus diesem Incantaras zurückkommt.»

«Falls jemand zurückkommt!», sagte sie mit Nachdruck und schüttelte den Kopf. «Magie, Parallelwelt... ich brauche dringend eine Mütze Schlaf. Vielleicht wache ich morgen auf und stelle mit Erleichterung fest, dass ich das alles nur geträumt habe.» Sie erhob sich vom Tisch und steuerte die Wohnungstür an. «Wir sehen uns, meine Herren.»

Tyrel folgte ihr seufzend und nickte Charles und Gordon zu. «Ich habe ihrem Neffen versprochen, die Mörder seiner Eltern zu finden und wenn diese Bishops tatsächlich irgendwie mit drin stecken, dann werden wir auch die irgendwie dran kriegen. Ich gebe auch Ihnen mein Wort.» Damit nickte er Charles zu und folgte seiner Kollegin.

Die zwei übrigen Männer standen stumm in der Küche, bis Charles sich ebenfalls erhob und begann, die Einkäufe auszuräumen.

«Lassen Sie, ich mache das. Legen Sie sich lieber schlafen.»

«Aber-»

«Kein Aber. Ich mach das schon. Und wenn Sie morgen aufstehen, bin ich schon in Incantaras und helfe Mag dabei, ihren Neffen zurückzubringen und das mit den Bishops zu regeln.» Er lächelte dem plötzlich schrecklich alt aussehendem Mann aufmunternd zu, dieser nickte.

«In Ordnung. Oh und Gordon?» An der Tür drehte er sich noch einmal um und lächelte schwach. «Danke.»

Incantaras - Malva

Die Kunde über die Rückkehr der Bishops hatte sich schnell in der Hauptstadt verbreitet. Die Feen sangen und tuschelten und so blieb auch den Ohren der Magier nichts verborgen. Man munkelte, dass die Bishops den rechtmäßigen Nachfolger für den Rat der Sieben gebracht und sich damit den Eintritt nach Incantaras zurückgeholt hatten. Andere Zungen munkelten, dass die Bishops nichts Gutes im Schilde führten, doch niemand konnte Letzteres bisher bestätigen. So bewahrheitete sich zumindest das Gerücht der Rückkehr, denn am Nachmittag, als alle Incantari endlich auf den Beinen waren, berief der Rat eine Kundgebung aus, zu der alle interessierten Incantari geladen waren. Wer von seiner Arbeit oder aus seinem Bett nicht fort konnte oder wollte, hatte die Möglichkeit, der Neuigkeiten über die Blätter der Bäume zu lauschen.

Der Rat hatte sich also versammelt und kündigte ganz offiziell an, dass der Nachfolger der Proper-Familie gefunden und gebracht worden war und dass es sogar zwei Sprösslinge waren. Ein Sohn des Proper und man gebe acht: die Tochter des Proper und einer Bishop, deren Familie aufgrund dieser Tatsache zurück kehren durfte. Man werde das gegenwärtige Leben und die Absichten der Bishops noch genauestens prüfen, doch so lange dürfen sie hier verweilen und müssen, ebenso wie die Sprösslinge und auch alle anderen Incantari, mit Respekt und Freundlichkeit behandelt werden. Das nächste große Ereignis würde jedoch vorerst die Nachfolgezeremonie am folgenden Abend mit großer anschließender Festlichkeit werden.

Bei Sonnenlicht betrachtet, sah es in Malva beinahe aus wie in einer normalen Vorstadt. Doch nur beinahe. Die Grundstücke waren groß, grün und gepflegt und man sah kaum Autos auf den Straßen. Überall roch es gut und frisch und zwischen all den Vögeln und Schmetterlingen und dem Gezwitscher, flatterten überall bunte Feen durch die Gärten und Straßen und erfüllten die Luft mit einem angenehmen Glöckchenläuten. Gus gefiel es hier sehr und am liebsten würde er seinen Onkel und all seine Freunde mit hierher nehmen, um ihnen zu zeigen, wie wunderschön die Welt ist, aus der sein Vater stammte.

Die Menschen auf den Straßen, wie auch alle bei der Kundgebung, waren genauso bunt gekleidet wie Mag und Gordon und schufen alleine durch ihr Auftreten eine sommerliche Stimmung. Ein paar Teenager liefen mit Ghettoblastern auf den Schultern an ihnen vorbei. Jeder, sogar die Alten, trugen Chucks und Vans in allen Farben und Neon schien besonders beliebt zu sein. Auf den Wiesen wurde gebreakdanced oder es wurden Blumenkränze geflochten. In fast jeder Ecke aus fast jedem Fenster eines Hauses drang Gesang hervor. Aufgrund der vielen Filme, die Gus gesehen hatte, fühlte er sich beinahe in eine Zeit versetzt, die den 90er Jahren nicht unähnlich war. Gus jedenfalls fühlte sich unendlich wohl und selbst Maya konnte nicht abstreiten, dass dieser Ort Charme hatte. Vielleicht sollte sie mit ihrer Mutter hierher kommen, immerhin stammte ihre Familie von hier und zu Hause hatten sie niemanden mehr außer sich selbst. Vielleicht hatte sie vorschnell geurteilt, als sie Mag vorwarf, sie aus ihrem gewohnten Umfeld zu ziehen und ein Neuanfang wäre womöglich gar keine schlechte Option.

«Gibt es hier Obdachlose?», wollte Maya wissen, was Mag zum Schmunzeln brachte.

«Ach was. In Incantaras kümmert man sich umeinander, jeder hat ein Dach über dem Kopf, etwas zu essen und etwas Frisches zum Anziehen.»

«Klingt wie ein Traum», murmelte Maya und winkte einem kleinen Mädchen zurück, dass ihr von der Wiese aus zuwinkte. «Und fast so, als gäbe es hier irgendeinen gewaltigen Haken. Wo ist der?»

«Der Haken? Es gibt tatsächlich keinen. Seit des Umsturzes vor fast einhundert Jahren leben hier alle Menschen in Frieden miteinander. Natürlich streiten sich manchmal Nachbarn um Kleinigkeiten oder Kinder um

Bonbons und so etwas wie Scheidungen gibt es hier genauso wie bei euch. Aber im Grunde... » Mag zuckte mit den Schultern. « ...ist hier alles in bester Ordnung. Niemand macht Stress, weil jeder jeden respektiert und niemand zu etwas gezwungen wird. Man kann sich seine Arbeit frei einteilen. Es gibt wenige Regeln hier und an die wird sich gehalten.»

«Gibt es denn niemanden, der mal aus der Reihe tanzt? So wie die Bishops damals?» Gus klang ungläubig, er konnte sich so etwas einfach nicht vorstellen. Das brachte Mag kurz zum Nachdenken, doch schließlich schüttelte sie den Kopf.

«Nein. Ich kann nicht erklären weshalb, aber niemand hatte bisher böse Absichten. Wir haben auch keine Gefängnisse, nur Arrestzellen, in der sich Benebelte oder Beteiligte einer Prügelei ausnüchtern und runterkommen können. Ansonsten sind aber alle im Einklang mit der Natur. Manche glauben, dass es an den Feen liegt, dass sie die Harmonie in Incantaras aufrecht erhalten.»

«Vielleicht ziehe ich doch hierher», murmelte Maya.

Mag schmunzelte. «Das klang heute Morgen aber noch ganz anders.»

«Da war ich aufgebracht und wütend. Jetzt habe ich die Stadt ein bisschen kennengelernt und hier klingt alles so cool. Und wenn ich eh erst mal diesen Ratssitz annehmen muss... » Sie blickte zu Mag hoch. «Was hat es damit eigentlich auf sich? Was ist das für ein Rat und warum genau wurden die Bishops verstoßen?»

«Das zeige ich dir gerne, einen Moment.»

Mag zog ein Notizbuch aus einem Beutel an ihrem Gürtel hervor, das dem von Gus' Vater nicht ganz unähnlich war. Sie griff nach ihrem leeren Infoport und hielt ihn in die Luft, bis eine Fee freiwillig hinein flatterte. Dann legte sie die Kugel in das Buch, welches sie vollkommen umhüllte und anschließend Incantaras' Geschichte zeigte, die Gus bereits kannte. Doch dieses Buch erzählte mehr. Es erzählte außerdem vom Hofstaat vor rund einhundert Jahren, dem Putsch und der Verbannung der Bishops und wie sich der neue Rat bildete. In Mayas und Gus' Kopf erzählte eine Frauenstimme die Geschichten, ohne das jemand die Lippen bewegte, wie schon in Charles' Wohnung. Kinder und Erwachsene, die die Geschichte sahen, gesellten sich zu ihnen, um zuzusehen und zu lauschen, bis sich das Buch wieder öffnete und den Infoport und die Fee wieder freigab.

«Abgefahren!», murmelte Maya und starrte das einfach aussehende Notizbuch begeistert an.

«Jeder Magier bekommt so ein Buch, wenn er in die Schule kommt. Wir tragen es immer bei uns. Die Feen sorgen dafür, dass jede neue Geschichte darin verewigt wird.»

«Die Feen machen ganz schön viel bei euch, oder?», fragte Gus neugierig. Mag nickte.

«Ja, ohne die Feen wären wir ziemlich aufgeschmissen», lachte sie. «Sie sorgen dafür, dass wir zaubern können, für Tag und Nacht, dafür, dass die Pflanzen blühen, sie sind unsere Sterne in der Nacht und durch sie funktionieren die Blätter der Bäume wie Lautsprecher, wenn Ankündigungen statt finden. Ohne sie könnten wir nicht in die Menschenwelt reisen und ohne sie und ihre Gesänge und Erzählungen wäre es hier furchtbar still.»

«Sind es die Feen, die hier so viel reden?»

«Ja, sie tuscheln und kichern den ganzen Tag. Aber wir können sie erst verstehen, wenn sie in unserer Sprache mit uns reden wollen.» Mag tippte sich an die Schläfe. «Sie reden nicht richtig, sie projizieren ihre Worte in unsere Köpfe. Und wir können nur das hören, was sie uns hören lassen wollen.»

«Also war die Erzählerin gerade eine Fee?»

Erneut nickte Mag. «Genau.»

«Krass», Maya konnte es kaum fassen. Gus ebenso wenig. Noch immer mied Gus es, direkt mit Maya zu reden und solange Mag bei ihnen war, viel es ihm leichter als gedacht.

«Bleiben wir jetzt beide erst mal bei dir bis zu dieser Zeremonie?», wollt er wissen.

«Ihr könnt natürlich auch zu Gordon, wenn ihr wollt. Soweit ich gehört habe, ist er seit Kurzem wieder in Incantaras. Allerdings wohnt er in der Nachbarstadt in Ruben.»

«Dann bleibe ich bei dir», meinte Gus.

«Ich auch», stimmte Maya mit ein.

«Dann gehe ich vielleicht doch zu Gordon.»

Mag schmunzelte. «Ganz wie ihr möchtet, Hauptsache ihr habt euch bis heute Abend entschieden. Es wird diese Nacht zusätzlich zum Schutzzauber auch eine Wache geben. Wir glauben zwar nicht, dass die Bishops hier angreifen werden, wollen aber kein Risiko eingehen.»

«Wo sind die eigentlich? In so einer Arrestzelle?»

«Nein, leider nicht.» Mags Blick verfinsterte sich. «Da ihnen nichts Eindeutiges vorgeworfen werden kann, durften sie vorerst eines der leeren Häuser beziehen, bis zum Prozess.

«Was ist mit dem Mord an meinen Eltern?», fragte Gus entrüstet.

«Den haben sie nicht persönlich begangen und das auch noch in eurer Welt, deshalb dürfen sie hier in Incantaras nicht festgehalten werden.» Diese Antwort entrüstete Gus noch mehr, da er jedoch die Gesetze hier nicht kannte und eh nichts dagegen tun konnte, schwieg er zähneknirschend.

«Macht euch keine Gedanken, sie werden es wie gesagt nicht wagen, gegen diese große Gemeinschaft von Magiern hier etwas zu dritt auszurichten. Außerdem hat man ein Auge auf sie», fuhr Mag fort.

«Hoffentlich bringt das was», murmelte Maya, was ihr einen spöttischen Blick von Gus einbrachte.

«Als ob du was zu befürchten hättest, du bist doch safe. Ich hab mehr Angst, von dir gekidnappt und ausgeliefert zu werden, als vor denen einen Überfall befürchten zu müssen.»

«Jetzt ist aber mal gut», schnappte Maya. «Wie oft soll ich denn noch sagen, dass ich nichts wusste und das es mir leid tut?»

«Nicht gewusst!», schnaubte Gus. «Dann bist du dümmer als ich dachte!»

«What?» Maya machte große Augen. «Gut, bitte, wenn du es unbedingt auf die harte Tour willst: Es war mir egal! Da kannte ich dich schließlich noch nicht, aber dann-»

«Schluss jetzt, Leute!», mischte Mag sich wieder ein. «Wenn ihr euch nicht vertragt, dann wird es heute Nacht die ersten Obdachlosen in ganz Incantaras geben, das verspreche ich euch.» Und schon herrschte Ruhe zwischen den Geschwistern.

Beinahe alles war nach Plan verlaufen, das war durchaus zufriedenstellend. Mal ganz davon abgesehen, dass nun dieses Mädchen ihr Schlüssel nach Incantaras gewesen war, statt der Junge. Umso besser eigentlich, so hatten sie auf völlig legitimem Weg zurückkehren können und mussten nicht einmal ihre Erpressung durchführen. Das Schicksal hatte ihnen in die Hände gespielt. Und eigentlich hätte Barty der Junge egal sein können, schließlich war ihm das Incantari-

Gericht auch egal, er hatte sowieso schon Pläne, für die das irrelevant war. Und in der Menschenwelt würde dem einfältigen kleinen Burschen sowieso keiner Glauben schenken, wenn er den Menschen davon erzählte, dass die Bishops zaubern könnten. Selbst dann nicht, wenn der Junge es beweisen würde. Denn dann würde Barty die Menschen einfach vergessen lassen, manipulieren. Und spätestens, wenn sein Plan aufginge, würde sich auch niemand mehr trauen, etwas dagegen zu sagen, weil sie Angst vor ihm hätten. Jawohl! Genauso ungefährlich war das Mädchen für ihn. Dennoch ließ er die meisten Menschen, die er nicht mehr brauchte, entsorgen. Eine Schande, dass sein Enkel sich einmischte und so beinahe Bartys Autorität untergraben hätte. Barty hätte die Jugendlichen einfach auf der Stelle töten sollen, aber ein Bartholomäus Bishop machte sich die Hände nicht selbst schmutzig. Nur deshalb und um keinen Streit vor den Fremden mit seinem Enkel zu beginnen, hatte er dessen Aussage zugestimmt. Doch Ian würde noch dafür bestraft werden. Sobald Barty etwas Angemessenes eingefallen war. Erst mal jedoch hatte ihre Mission Vorrang.

«Wann hast du denn den Coup geplant?», erkundigte sich sein Sohn Shane.

«Morgen Nacht soll er starten. Wenn alle ausgelassen feiern, dass diese unwissende Göre endlich im Rat sitzt.

Niemand wird etwas ahnen, wenn wir nur schnell genug sind, bevor die Feen tratschen können.»

Stolz wie ein Sieger hatte Gordon die Whiskyflaschen fein säuberlich in ein Regal in seiner Küche eingeräumt. Nur eine nicht, die hatte er eingepackt und mitgenommen, als er sich auf den Weg zum Stadtpark begeben hatte, in dem er mit Mag, Maya und Gus verabredet war.

«Zeit zum Anstoßen!», rief er fröhlich, als er die Wiese betrat und die drei schon von weitem zwischen den Magiern erkannte. Mag entwich ein Schmunzeln ,als sie sah, was Gordon da mitgebracht hatte und schüttelte den Kopf.

«Für mich nicht, danke.»

«Wie du meinst, du verpasst was. Nicht ich!», grinste er und öffnete die Flasche, um einen kräftigen Schluck daraus zu nehmen. Hustend ließ er wieder ab und schüttelte sich. «Ich hab vergessen wie stark das Zeug ist!» Noch immer hustend, reichte er die Flasche an die Teenager weiter, doch beide schüttelten die Köpfe und Mag schimpfte: «Gus ist noch nicht volljährig, er darf gar nicht!»

«Oh, sorry.»

«Gibt es etwas Neues aus der Menschenwelt?», erkundigte sich Mag und Gordon nickte.

«Charles weiß Bescheid, dass du hier bist und dass es dir gut geht, Gus, und die Polizei jetzt auch. Zumindest diese zwei Menschen, die auf euch aufpassen wollten. Ihr wisst schon, dieser Mann und diese Frau da.»

«Tyrel und Peralta», half Gus.

«Ja genau, die glaub ich. Hab denen ein bisschen was vorgezaubert, die wissen also Bescheid und wollen außerdem mal ihre Akten nach den Bishops durchsuchen, ob denen irgendetwas bisher angelastet werden kann und ob die überhaupt schon auffällig waren. Ich wusste leider nur den Nachnamen der Bishops, das war irgendwie ungünstig. Na ja und wenn die Bishops zurückkehren sollten, wollen sie die dingfest machen.»

«Klingt gut. Wenn sie überhaupt zurückkehren», seufzte Gus.

«Bestimmt!», fuhr Mag dazwischen. «Nachdem, was die sich alles geleistet haben, werden sie müssen!»

«Und was gibt es bei euch Neues? Wie ich sehe, seid ihr alle unbeschadet. Zum Glück!»

Mag nickte. «Die Bishops haben die zwei gehen lassen, nachdem sie erst einmal hier waren. Der Alte-»

«Barty!», warf Maya ein, um bei den Vornamen zu helfen.

«Danke. Also Barty jedenfalls ließ sie gehen und wie es klang, würde er sie auch weiterhin in Ruhe lassen, solange sie ihm nicht in die Quere kommen. Ich bin mir noch nicht ganz sicher, wie viel wir darauf geben können und ob er nicht irgendwelche Pläne verfolgt, aber erst mal sind die beiden wohl sicher. Morgen Abend findet die große Nachfolgezeremonie statt und danach bringe ich Gus zurück zu seinem Onkel. Und es wird entschieden, wie genau es mit Maya weitergeht, ob sie zwischen Incantaras und ihrer Welt pendeln darf. Die Bishops dürfen solange erst mal hier bleiben und müssen sich nach der Zeremonie vor Gericht verantworten, dort werden ihre Absichten verhört und es wird entschieden, ob sie bleiben dürfen oder zurück in ihre Verbannung müssen.»

    Gordon nickte und trank dieses Mal vorsichtiger von seinem Whisky. «Ich freu mich schon auf diese Zeremonie. Bei der letzten war ich zwar noch ein Kind, aber ich weiß noch ganz genau, dass das damals die Feier schlechthin für mich war.»

Highcott - Perthburgh

In der Tat gab es Massen an Verbrechen, die die Bishops verübt hatten. Veruntreuung, Schmiergelder, Rufmord und sogar Morde. Rosa Peralta kannte viele von diesen Taten, denn viele hatte sie selbst vertuscht und niemals in die Datenbank aufgenommen. Auf der Suche nach den Bishops jedoch, gab es dennoch Treffer, wenn auch nur wenige, als Rosa am nächsten Tag die Datenbanken durchsuchte. Kollegen aus anderen Bezirken hatten die Namen im Zusammenhang mit anderen Verbrechen zumindest eingetragen. Als Zeugen zumeist, ein Mal sogar als Opfer. Es würde ein Leichtes sein, die Namen der Bishops einfach zu löschen, doch solange man die Familie aufgrund dieser Vermerke nicht dran kriegen konnte, würden die Bishops ihr auch nicht gefährlich werden, weshalb sie die Namen Namen sein ließ und Tyrel mitteilte, dass sie ihre Aufgabe erledigt hatte und keine Bishops in den Akten gefunden wurden. Nach der Erfahrung mit dem Notizbuch wäre es sowieso viel zu heikel gewesen, erneut etwas aus der Datenbank zu löschen.

Philipp Tyrel jedoch hatte sich die Nacht bereits hingesetzt und die Datenbanken durchsucht und dabei waren ihm durchaus Namen wie Bartholomäus oder Shane Bishop untergekommen und das Einwohnermeldeamt hatte ihm bestätigt, dass diese zwei familiär miteinander verbunden waren. Ein Grund, diese im Auge zu behalten. Bereits am Morgen vor Dienstantritt, hatte er das Haus der Bishops in Greenbridge aufgesucht, doch es war niemand zu Hause gewesen. Das war nichts Weltbewegendes, denn ihnen wurde bereits berichtet, dass die Bishops sich allesamt in diesem Incantaras aufhielten und wie es aussah, war noch niemand zurückgekehrt. Doch er musste sichergehen, ob es wirklich die gleichen Bishops waren und ihre Abwesenheit zum Zeitpunkt seiner Ankunft nicht nur ein Zufall. Genau das hatte Tyrel sich auch vorgenommen und hatte Rosa einweihen und mitnehmen wollen. Dass sie jedoch am Nachmittag, als er ihr davon erzählen wollte, aus dem Computerraum kam und berichtete, den Namen Bishop nicht gefunden zu haben, ließ ihn stutzen.

«Hast du wirklich gründlich gesucht?», hatte er gefragt, woraufhin er sich einen empörten Blick seiner Kollegin einfing.

«Ich mach meinen Job immer gründlich!»

«Und der Name war nirgendwo zu finden? Nicht einmal in Nebenbemerkungen?»

«Nein, nicht dass ich wüsste. Ich gehe was essen, kommst du mit?»

Phil ging nicht mit. Stattdessen beschloss er, dieser Bishopgeschichte vorerst alleine nachzugehen, bis er entsprechende Beweise dafür hatte, dass diese Familie tatsächlich mit dem Fall der Raises zusammenhing. Und dann würde er Rosa erneut die Daten überprüfen lassen. Hoffentlich war seine Skepsis an ihrer Aussage völlig unbegründet und Rosa war einfach ausnahmsweise ein einziges Mal nicht gründlich genug gewesen.

Incantaras - Malva

Bereits wenige Stunden vor der Nachfolgezeremonie war Maya zum Rat beordert worden. Der Durchlaufplan wurde genauestens mit ihr geklärt und jeder hatte offene Fragen beantwortet und sich ihr vorgestellt. Die Ratsmitglieder bestanden aus den Familien Swayer, Duke, Marque, Count, Baron, Knight und zuletzt aus ihrer Familie: Proper.

Sobald Maya offiziell Ratsmitglied wäre, würde sie zur Schule gehen müssen, um sich mit der praktischen Magie, der Geschichte und den theoretischen Grundlagen vertraut machen zu können. Außerdem würde Dagobert Swayer höchstpersönlich ihr hin und wieder privaten Unterricht geben, um sie in die Tiefen des Rates einzuweisen. Wenn sie Fragen hätte, könne sie jederzeit zu ihm oder zu den anderen Mitgliedern kommen. Als Maya wissen wollte, ob sie für immer hier bleiben müsse, hatte Juliana Knight lächelnd den Kopf geschüttelt. «Nein, natürlich nicht, wir zwingen niemanden. Ich pendle auch schon seit Jahren zwischen Incantaras und der Menschenwelt hin und her. Wir müssen jedoch immer herkommen, wenn der Rat uns ruft, das ist unsere Pflicht ihm gegenüber. Im Gegenzug dürfen wir leben und arbeiten wo und als was wir wollen. Vollkommene Freiheit also.» Das sei vor einigen Jahren erst eingeführt und vom Rat so entschieden worden, als der Wunsch, in die Menschenwelt zu gehen, in Juliana aufkeimte. Zuvor habe es einfach nie Bedarf an solch einer Regel gegeben, da kein aktuelles Mitglied, bis auf ein paar Nachfahren, je fortgehen wollte.

Wenige Zeit später war es dann soweit. Ganz Malva hatte sich im Zentrum der Stadt versammelt, sogar ein paar Incantari aus Ruben, Abras, Titanios und all den anderen sieben Metropolen dieser Welt waren angereist. Die Stadt war so voll, dass Maya nur noch bunte Flecken sah, als sie aus dem Fenster des roten Ratsanwesens blickte. Einzelne Gesichter waren unmöglich auszumachen.

«Bist du bereit?», fragte Mag, die beinahe aufgeregter schien als Maya selbst. Maya nickte selbstsicher und sah zu Gus, der alleine an einem der anderen Fenster stand und die Masse vor dem Anwesen betrachtete. Maya ging an Mag vorbei auf ihn zu und Gus zuckte zusammen, als sie ihm eine Hand auf die Schulter legte. Einen kurzen Augenblick lang sah er sie an, ehe er seinen Blick wieder nach draußen richtete.

«Hey Gus. Ich wollte nur... du weißt, dass es mir leid tut. Ich hätte nicht so egoistisch sein und dich den Mördern deiner Eltern aushändigen dürfen. Das alles war furchtbar neu für mich, bei uns zu Hause handelt man immer zunächst für das eigene Wohl, um zu überleben. Meine Mum hat mich so erzogen und ich hatte noch nie so einen Freund wie dich.

Ich... hab es einfach nicht zu schätzen gewusst. Ich weiß nicht, ob du mir verzeihen kannst, aber... ich werde hoffen und warten. Denn ich wäre gerne nicht nur deine Halbschwester, sondern... auch wieder deine Freundin.» Sie blieb neben Gus stehen und musterte sein Profil, doch aus seinem Gesicht ging keine Gefühlsregung hervor, die sie hätte interpretieren können. Kein Wort kam über seine Lippen. Maya presste die Lippen fest aufeinander. Es war ihr nicht leicht gefallen, ihm diese Worte zu sagen, vor allem weil sie ehrlich gemeint waren. Denn so etwas tat sie sonst nie und jetzt trotz allem auf Abneigung zu stoßen, tat ihr zum ersten Mal im Leben weh. Sie schluckte, als sich eine Hand von hinten auf ihre Schulter legte und Mags Stimme verkündete, dass es losginge. Stumm nickte Maya und ließ sich von Mag zu den Mitgliedern des Rates bringen, die an der Tür ins Freie bereits auf sie warteten.

Laute Stimmen drangen ihr entgegen, in Form von ausgelassenen Unterhaltungen und einigen Jubelrufen, doch das senkte sich recht schnell, als Dagobert sich räusperte und die Blätter der Bäume dies verstärkt wiedergaben. Alle Blicke wanderten hinauf zu einem Podest im Vorgarten des Anwesens, das eigens für diesen Abend aufgebaut worden war. Dagobert zählte leise bis drei und mit einem mal begann ein riesiger Chor zu singen. Wie eine Einheit dröhnte ein buntes Stimmengemisch durch die Luft, untermalt von den

Glöckchen der bunten Feen, die heute viel zahlreicher vertreten waren, als an den vergangenen Tagen.

Der alte Baum, so leuchtend schön, er gibt uns die Macht
zu vollführen die Kunst der Magie, er blüht mit all seiner Kraft.
Erleuchtet uns, Kinder des Magnus, gebt uns das Licht
auf das die Gemeinschaft niemals zerbricht.
Erblüht, erblüht in all eurer Pracht -
Der alte Baum, so leuchtend schön, er gibt uns die Macht.
Schützet die Tore, erhaltet das Leben
dafür wollen wir euch unser Wort immer geben
zu erhalten den Baum, so leuchtend schön, der gibt uns die Macht
zu vollführen die Kunst der Magie, er blüht mit all seiner Kraft.

Maya erkannte die alten Zeilen wieder. Als sie noch ein Kleinkind war und ein richtiges Dach über dem Kopf gehabt hatte, hat ihre Mutter sie oft damit in den Schlaf gesungen. Die Standhaftigkeit und Schönheit, mit der das Lied an diesem späten Nachmittag die Luft erfüllte, gab ihr das wohlige Gefühl von Zufriedenheit und Glück. Maya ertappte sich dabei, wie sie lächelte, als das Lied endete und die letzten Töne von einer zarten Brise davongetragen wurden. Alle brachen in Jubel aus und beklatschten sich selbst und sich gegenseitig, bevor Dagobert den Lärm wieder senkte und zu sprechen begann.

«Liebe Incantari, wir haben uns heute hier versammelt, um ein neues Mitglied der Familie Proper, aus dem einstigen Adel in unsere Familie und in unseren Rat der Sieben aufzunehmen. Ältestes Enkelkind des verstorbenen Aurelius Proper, erste Tochter seines kürzlich verstorbenen Sohnes Jakobo Proper. Meine lieben Mitmagier: Maya Bishop.» Er deutete auf sie und prompt in diesem Moment wurde Maya hell erstrahlt. Irritiert sah sie sich um und entdeckte über sich Feen in allen Farben des Regenbogens, die ein helles Licht auf sie warfen und somit in den Mittelpunkt des Podests hoben.

Dagobert Swayer bedachte sie mit einem lächelnden Blick und fuhr fort: «Liebe Maya, lieber Rat, sprecht mir nun nach und lasst uns gemeinsam den Eid erneuern, den der Rat einst geschworen hat. «*Ich, würdiger Nachfolger einer der sieben Familien, Ratsmitglied des Rates der Sieben schwöre...* », - Maya begann, ihm nachzusprechen, mit den Stimmen der fünf anderen Mitglieder im Hintergrund. -

« *...zu jeder Zeit und in jeder Lage für das Volk da zu sein, dem Rat beizuwohnen und stets im Sinne des Volkes zu handeln und Entscheidungen zu fällen. Stets will ich Treue schwören, dem Volke gegenüber sowie meinen Ratsmitgliedern und dem heiligen Magnus, Baum Yggdrasil. Mit Respekt will ich behandeln meinesgleichen und die Feen* *und die Tore Incantaras' schützen und niemals brechen meinen Eid.*»

Nachdem der Chor der Sechs geendet hatte, steckte Dagobert Maya zwei Pfauenfedern in die geflochtenen Haare. «Hiermit, Maya Bishop, bist du nun offiziell Nachfolgerin und neues Mitglied aus der siebten Familie im Rat der Sieben. Herzlich willkommen!»

Dagobert und der Rat erhoben ihren linken Arm, die Hand zu einer Faust geballt, und streckten den kleinen Finger in die Lüfte. Die Massen an Magiern vor ihnen taten es ihnen nach. Eine majestätische Stille lag in der Luft, nicht einmal die Stimmen und das Glöckchenläuten der Feen waren zu hören. Erst Dagobert durchbrach mit seinem tiefen Bass die Ruhe.

«Meine lieben Incantari, ihr wisst, was jetzt kommt. Get this Party started!»

Von der noch eben herrschenden Stille war nichts mehr zu ahnen. Die Massen brachen in Jubelschreie aus, die Glöckchen setzten wieder ein und aus den Blättern an den Bäumen schallte laut *Wannabe* von den *Spice Girls.* Zwischen den Magiern schossen lange Tische mit bunten Tischdecken und den köstlichsten Leckereien empor. Die Feen begannen heller zu leuchten und färbten den Himmel bunt, manche Feen hängten sich wie Girlanden in die Bäume und bimmelten, was das Zeug hält.

«Glückwunsch, Maya!», lächelte Mag hinter ihr und umarmte sie.

«Ich hab doch gar nichts gemacht.»

«Aber du bist jetzt offizielles Ratsmitglied, dazu kann man nur gratulieren!» Mag zwinkerte ihr zu und deutete mit einem Arm in die Masse. «Komm, lass uns feiern gehen, das Essen ist ausgezeichnet! Ein Freund von mir war beteiligt, der beste Koch von ganz Malva, ich schwöre!» Grinsend zog sie Maya von dem Podest in die Menschenmasse, die sich ein wenig gelichtet hatte, nachdem sich alle nach und nach verteilt hatten. Auf dem Weg zum Buffet bildete Maya sich ein, sogar Ian Bishop gesehen zu haben und sie fragte sich vor allem, ob Gus heute Spaß haben würde beim Feiern. Spaß mit ihr.

Die Magiermeute feierte ausgelassen und Gus hatte in seinem Leben noch keine solche Feier gesehen, selbst Bethanys *Sweet Sixteen* konnte da nicht mithalten. Es war schlichtweg einfach unbeschreiblich toll. Alle hatten sich lieb, feierten gemeinsam, was das Zeug hält und je dunkler es wurde, desto magischer erschien der Himmel in allen Farben der Feen. Erstaunlicherweise hatte er es geschafft, Maya fast den ganzen Abend lang aus dem Weg zu gehen. Es war nicht so, dass er sie nicht mehr mochte und nie wieder sehen wollte. Es war lediglich unheimlich schwer für ihn, in ihrer Nähe zu sein. Er wollte ihr nämlich verzeihen, hatte sich aber so lange in seine Wut versteift, dass er nun Angst davor hatte, dass Maya mittlerweile keinen großen Wert mehr auf seine Vergebung legte. Vor der Zeremonie hatte er noch die Chance gehabt, ihre Entschuldigung anzunehmen, versäumte diese aber blöderweise, da er sie nicht gleich beim Schopfe gepackt hatte.

«Was machst du denn für ein Gesicht?» Neben ihm war Gordon aufgetaucht und grinste ihn breit an. Er trug eine bunt gemusterte Stoffhose und ein rosafarbenes XL-Shirt, das er locker in die Hose gesteckt hatte und wirkte damit so unseriös, dass Gus einfach lachen musste. «So gefällst du mir schon besser!», grinste Gordon und drückte ihm einen Becher mit einer blauen, leuchtenden Flüssigkeit in die Hand. «Probier mal, ist super lecker und garantiert alkoholfrei!»

«Was ist das?»

«Eine Art Blaubeersaft.»

«Und warum leuchtet der so?»

«Das ist Feenelixier. Das stellen die selbst her. Super lecker!»

Gus setzte den Becher an, doch er kam nicht zum Trinken, denn in dem Moment riss ihm Juliana Knight den Becher aus der Hand. «Gordon!», schimpfte sie. «Feenelixier ist eine bewusstseinserweiternde Substanz, das gibt man nicht einfach so an Minderjährige raus. Gib es lieber mir.» Ihr lehrerhafter Gesichtsausdruck verwandelte sich in ein Grinsen und schon war sie mit dem Becher in der Hand wieder in der Masse verschwunden.

«Ist das legal?», fragte Gus erstaunt und Gordon nickte. «Krass. Ihr seid echt abgefahren.»

«Klasse, oder?», grinste Gordon. «Komm, lass uns Mag und Maya suchen. Bin schon die ganze Zeit auf der Suche nach den beiden, aber Maya wird ständig von irgendjemandem beschlagnahmt.»

Gus zögerte, als Gordon ansetzte, sie zu suchen. Das merkte dieser und drehte sich um. «Was ist los? Willst du nicht?» Gus druckste herum und Gordon seufzte. «Verstehe, ihr steht immer noch auf dem Kriegsfuß. Augustus-» Er sah ihn eindringlich an. «Mag hat ihr Wahrheitstrank verabreicht, als Maya alles berichtet hat. Das hat sie mir erzählt. Maya war also wirklich nicht eingeweiht und alles andere... Mensch, sie hat sich so oft entschuldigt! So wie ich sie kennen gelernt habe, ist eine Entschuldigung bei ihr nichts Alltägliches, hm? Jeder Magier und Mensch macht mal Fehler. Die machen uns doch erst zu dem, was wir sind, weil wir daraus lernen und besser werden können. Na komm, gib dir einen Ruck und nimm es an. Genau betrachtet ist sie doch auch nur ein Opfer der Bishops gewesen.»

Es dauerte ein paar Sekunden, doch Gordons Worte lösten irgendetwas in ihm aus. Er hatte ja recht und Gus wollte ihr eh längst verzeihen, also nickte er und gemeinsam begaben sie sich auf die Suche nach Maya und Mag.

Der Abend war weit voran geschritten und der Himmel beinahe dunkel, als Ian Bishop bereits nach seinem zweiten Becher mit Feenelixier langte. Doch sein Vater machte ihm einen Strich durch die Rechnung.

«Was ist bloß los mit dir, Junge? Willst du unseren Plan etwa ruinieren, indem du nicht mehr zurechnungsfähig bist? Du hast dir schon mehr als genug geleistet. Reiß dich gefälligst zusammen und leiste deinen Beitrag für die Familie!» Ian brummte irgendetwas Unverständliches vor sich hin, doch als er den mahnenden Blick seines Vaters erfasste, hob er entschuldigend die Hände und bat um Verzeihung. Ihm machte diese Party Spaß und er würde sehr gerne noch länger bleiben, doch die Pläne seiner Vorfahren sahen etwas anderes vor und so musste auch Ian folgen, wenn er nicht auch verstoßen werden wollte, so wie einst Bella. Sie würden ihm seinen Job nehmen, seine Chancen auf etwas Neues dank all ihrer Beziehungen zerstören und er würde womöglich genauso enden wie seine Tante. Deshalb gehorchte er stets, wenn ihm etwas aufgetragen wurde und so auch dieses Mal. Wehmütig schaute er auf die feiernde Magiermeute und erhaschte einen Blick auf die zwei Jugendlichen, die seine Familie schamlos ausgenutzt hatte. Gerade fielen sie sich fröhlich in die Arme und stießen mit Getränken an, um anschließend ausgelassen zu tanzen. Zu gerne würde er sich einfach zu ihnen gesellen und mitfeiern, dazugehören, Freunde haben.

«Hast du gehört, Junge? Es geht los», brummte Barty ruppig und warf seinem Enkel einen finsteren Blick zu. Dieser nickte und wandte wehmütig den Blick von den Teenagern ab, um seinem Vater und seinem Großvater zu folgen. «Hast du den Sack dabei?» Wieder nickte Ian und klopfte auf seine leicht ausgebeulte Hosentasche. «Und den Zauber hast du auch vollzogen?» Ein erneutes Nicken und nun bekam Ian doch noch ein lächelndes Lob seitens seines Großvaters.

«Dann lasst uns loslegen und passt bloß auf, dass euch keiner sieht. Wir sehen uns in Druodon.» Die drei verstreuten sich in unterschiedliche Richtungen und verschwanden zwischen den Massen.

Es war kurz vor Mitternacht und selbst jetzt feierten noch Massen an Magiern, die Innenstadt hatte sich nur wenig gelichtet. Selbst viele Kinder tanzten und spielten noch ausgelassen zwischen den Erwachsenen. Maya und Gus hatten sich mittlerweile wieder vertragen und beide waren glücklich über diesen Umstand. Maya hatte ihren einzigen Freund zurückgewonnen und Gus musste sich nicht länger zwingen, ihr wider seine Natur böse zu sein.

Mag spielte den ganzen Abend die Mutter, indem sie aufpasste, dass niemand Gus ein Getränk mit dem leuchtenden Feenelixier unterjubelte. Denn dass Minderjährige davon tranken, war in Incantaras verboten und Mag achtete stets darauf, dass die Gesetze hier eingehalten wurden, wenn sie in der Nähe war. Deshalb erntete auch jeder einen bösen Blick ihrerseits, der es, wenn auch gedankenlos aufgrund der Wirkung dieses Trankes, nur versuchte.

Gus war ein wenig neidisch auf Maya, dass sie alt genug war, es zu probieren, doch erstaunlicherweise wies sie jedes Mal ab und ein Mal zwinkerte sie Gus sogar zu. «Ich muss meinem kleinen Bruder gegenüber doch loyal bleiben, wäre doch sonst fies.» Das hatte Gus zum Lächeln gebracht, auch wenn er noch nicht ahnte, dass die Drogensucht ihrer Mutter eine weitere Rolle dabei spielte. Er hatte Mayas freche Art gemocht, so hatte er sie kennengelernt. Doch auch, dass sie sich zum Netteren hin verändert hatte seitdem sie hier waren, gefiel ihm gut.

Als die Glocken schließlich Mitternacht schlugen, brach ein riesiges Feuerwerk in allen Farben des Regenbogens am Himmel aus und es dauerte einen Moment, bis Gus und Maya bemerkten, dass es sich hierbei um die Feen handelte, die eine Feuerwerksperformance hinlegten. Von überall ertönten begeisterte *Ahhs* und *Ohhs* und hin und wieder wurde Beifall geklatscht oder gepfiffen. Es war schön anzusehen und Gus hätte sich ganz darin verlieren können, wenn die Feen nicht mitten in ihrer Einlage innegehalten und damit nach und nach ein verwirrtes Gemurmel unter den Feiernden erzeugt hätten. Die Glöckchen begannen aufgeregt zu läuten und man hörte sie tuscheln, doch Gus hatte Mühe, die Worte zwischen alldem aufgeregten Klingeln und den Magiern zu verstehen. Aufgedreht schwirrten die Feen durch die Luft und eine Gruppe Magier schlängelte sich eilig durch die Massen, die wie automatisch auseinander geschoben wurde, um die Gruppe durchzulassen, der sich auch Mag und Gordon anschlossen.

«Was ist passiert?», wollte Gus wissen und blickte zu Maya.

«Ich weiß nicht, ich konnte es nicht verstehen.»

«Lass uns nachsehen!», forderte Gus Maya auf und diese zögerte keine Sekunde. Sofort sprintete sie los und Gus hatte seine Schwierigkeiten, das flinke Mädchen einzuholen, dass der Gruppe von Magiern zu einem Briefkasten folgte, an dem alle verschwanden. Nur Gordon, der sie noch rechtzeitig entdeckt hatte, wartete auf die beiden und nahm sie mit. Ehe Gus und Maya zwinkern konnten, wurden sie ins Nichts geschleudert und landeten an einem anderen Briefkasten.

Incantaras - Druodon

Nach kurzem Umsehen erkannte Gus, dass sie sich auf der Lichtung einer riesigen, dunklen Wiese befanden.

«Wir sind zu spät!, rief einer der Magier von ganz vorne.

«Scheiße!», fluchte Mag in ihrer Nähe und als sie sich umdrehte, sah sie stinkwütend aus.

«Was ist los? Für was seid ihr zu spät?» Maya wirkte genauso verwirrt, wie Gus sich fühlte.

«Das werden sie büßen!» Zähneknirschend stapfte Mag an ihnen vorbei, ohne sie eines Blickes zu würdigen und verschwand am Briefkasten wieder, der sich mitten im Nirgendwo befand. Erst, als die Magier ihr nach und nach folgten, gaben sie die Sicht auf ein riesengroßes, schwarzes, klaffendes Loch auf der Wiese frei. Hinter ihnen antwortete Gordon endlich auf Mayas Frage und er klang trotz des Feenelixiers mit einem Mal stocknüchtern.

«Hier stand Yggdrasil, der Baum des heiligen Magnus. Jemand hat ihn gestohlen.»

Highcott - Greenbridge

Dumme, dumme Incantari. Viel zu leichtgläubig und unvorsichtig. Es war ein Kinderspiel gewesen, den Baum Yggdrasil aus der Welt der Magier zu stehlen und in die Menschenwelt mitzunehmen. Natürlich hatten die Bishops sich lange darauf vorbereitet, dennoch war Barty überrascht, wie einfach es im Endeffekt tatsächlich war.

Nachdem sie sich auf der Lichtung in Druodon wieder getroffen haben, ging alles ganz schnell. Es hatte schnell gehen müssen, damit die Feen nicht tratschten und die Magier dort auftauchten, ehe die Bishops fertig waren.

Ian hatte die Aufgabe bekommen, alle Feen, die frühzeitig vom Baum fielen sowie die, die bereits munter um ihn herum sirrten, in seinem magisch vergrößerten Sack einzufangen. Unterdessen hatten Shane und Barty gemeinsam dafür gesorgt, dass Yggdrasil entwurzelt wurde. Die Wurzeln waren groß und dick gewesen und Barty hatte schon befürchtet, der Baum würde sich nicht zur Genüge schrumpfen lassen, um in Shanes Rucksack zu passen. Doch es war ihnen gelungen. Unter Ächzen und Stöhnen des Baumes hatten sie ihn, mitsamt seiner noch zu erblühenden Feen, auf die Größe einer ausgewachsenen Hand zusammengeschrumpft und im Rucksack verstaut. Das Gejammer und Geklingel der Feen in seinem Kopf war unerträglich gewesen und manche zogen und zerrten an den Haaren, Ohren und Klamotten der Bishops und schrien sie mit schrillen Stimmchen an.

«Sammelt Erde und dann nichts wie weg hier!», hatte Barty dennoch gefasst befohlen und sein Sohn und sein Enkel hatten gehorcht. Keine Minute zu spät hatten sie ihre Säcke mit heiliger Erde bepackt und waren durch ein Portal zurück in die Menschenwelt entschwunden.

Ian war nicht wohl dabei, als sie, zurück in Greenbridge, den winzigen Baum aus dem Rucksack holten und in den von Hecken geschützten Garten stellten. Sein Großvater hatte ihn beauftragt, die heilige Erde um das Loch zu streuen, das er vor der Abreise hatte graben müssen. Während Ian Erde streute und versuchte das Wehklagen und Klingeln der Feen im Sack zu ignorieren, bereitete seine Familie im Hause einen Zauber vor, um das Haus vor Eindringlingen zu schützen.

«Wird der Baum denn nicht auffallen, sobald er wieder seine volle Größe erlangt hat?», hatte er wissen wollen, kaum dass sie die Menschenwelt wieder betreten hatten. Sein Vater und Großvater hatten gelacht.

«Es ist ein magischer Baum, törichten Menschen bleibt der Anblick verwehrt. Sie sehen nur einen ganz normalen Baum, ohne all die Feen.»

«Auch ohne die Feen? Aber sie sehen doch auch die Feen in den Infoports!»

«Sie sehen eine leuchtende Kugel. Selbst wenn die Feen dort heraus kommen würden, würden sie nichts sehen. Magische Wesen sind für Menschen nicht sichtbar. Hast du nicht aufgepasst, als wir dir versucht haben, etwas beizubringen?»

«Darüber habt ihr mir nie etwas erzählt. Nur, wie man Menschen manipuliert und mit kleinen Zaubertricks einschüchtert.» Ian hatte seinen verbitterten Unterton verbergen wollen, doch er hatte es nicht geschafft. Mit strafendem Blick hatten sein Großvater und Vater ihn angeschaut, ehe Shane ihn in den Garten geschickt hatte, um Yggdrasil einzupflanzen.

Ian griff nach dem winzigen Bäumchen und betrachtete es, wie es dennoch in allen Farben leuchtete, weil die Feen in ihren Kokons bereits starke Leuchtkraft entwickelt hatten.

«Wir haben Glück», hatte Shane gesagt. «Sie sind schon fast reif und werden wohl in den nächsten Tage schlüpfen.»

Ian war sich nicht sicher, ob er das noch länger konnte, was sie hier taten. Es war klar, dass er eines Tages in die Fußstapfen seines Vaters treten musste, um die Familientradition fortzuführen. Um über Highcott und wer weiß worüber noch zu befehlen, und er müsste Menschen erpressen, beseitigen lassen und manipulieren. Stets hatten

Barty und Shane ihn dazu erzogen, doch schon als kleiner Junge hatte er alldem nichts abgewinnen können. Lieber war er mit seinen wenigen Schulfreunden zusammen gewesen, die seine Familie ihm nicht gönnte und besonders liebte er seinen Beruf als Grafikdesigner. Zunächst war auch dieser Berufswunsch auf Ablehnung seitens seiner Familie gestoßen, doch Ian hatte es geschafft, ihnen den Beruf irgendwie schmackhaft zu machen, indem er an den Haaren herbeizog, wie er der Familie damit helfen könne - spätere Wahlplakate für seinen Vater designen zum Beispiel.

Es war schwer, das Heulen und Schimpfen der Feen im Sack auszublenden und Ian drehte beinahe durch. Durch Geschichten wusste er, dass auch die einst gestohlenen Feen seines Ururgroßvaters dies getan hatten und durch Folter hatte er sie gezähmt. Ian wusste, dass diese Feen das Gleiche erwarten würde, weshalb ihm ihre herzzerreißenden Stimmchen nur noch mehr wehtaten. Er war einfach nicht wie sein Vater und sein Großvater. Sollte er es vielleicht doch riskieren und der Familie selbst seinen Abschied erklären, ehe er verstoßen wurde? Vielleicht sollte er auswandern, weit weggehen, irgendwohin, wo sie sein Leben anschließend nicht zerstören konnten.

«Hilf uns», drang eine der Feenstimmen in seinen Kopf und er hielt inne. «Du willst uns nicht wehtun. Also hilf uns!»

«Ich-»

«Bring uns zurück!»

«Wie weit bist du?» Die Stimme seines Vater mischte sich ein und Ian stand vom Boden auf. Er klopfte etwas heilige Erde von seiner Hose und sah auf den fertig eingepflanzten Minibaum.

«Wir müssen ihn nur noch wieder groß machen, dann ist alles fertig», antwortete er leise und sein Vater nickte.

«Wunderbar. Der Schutzzauber hat jetzt auch gewirkt. Wir können den Baum zwar leider nicht vor anderen Magiern verbergen, allerdings können sie nun weder ins Haus, noch in den Garten eindringen.»

«Die einzige Ausnahme bildet unsere Familie, aber an diese Göre habe ich natürlich auch gedacht.» Barty kam hinzu und sah auf den kleinen, leuchtenden Baum hinunter. Den Feen, die im Sack noch immer zeterten, versetzte er einen Fußtritt. «Sie wird nicht eintreten können. Wir müssen uns also nun darauf konzentrieren, den Baum zu schützen. Vielleicht gelingt es uns, ihn mit der Zeit besser vor Magiern zu verbergen, seine Magieausstrahlung zu unterbinden. Jetzt aber verwandeln wir ihn erst einmal zurück.»

Barty schloss die Augen und Shane tat es ihm gleich. Ian sah zu den beiden hinüber und schloss seine Augen schließlich auch. Gemeinsam murmelten sie die Worte, die den Baum erneut in seiner vollen Pracht erblühen ließen und als Ian die Augen wieder öffnete, erstrahlte der Baum genauso imposant wie zuvor in Druodon. Sein Stamm war dick und kräftig, seine Wurzeln hatten den Boden aufgebrochen und schlängelten sich durch den Garten und seine Feenpracht schimmerte sanft in allen Farben des Regenbogens und erleuchtete das gesamte Anwesen. Es war ein wunderschöner Anblick, das musste Ian zugeben.

Sein Vater hob den Sack mit den Feen auf und ließ sie hinaus. Sofort flatterten sie auf Yggdrasil und ihre ungeborenen Freunde zu und begannen wieder zu läuten und zu schnattern. Barty trat zwischen Shane und Ian und legte beiden einen Arm auf die Schulter, welche er leicht drückte.

«Die Ära der Bishops kann kommen», lächelte er. Ian wandte sich sachte aus dem Griff seines Großvaters und verschwand unter dem Vorwand, auf Toilette zu müssen, im Haus.

Incantaras - Malva

Die Nachfolgezeremonie war nicht unterbrochen worden. Obwohl die Kunde sich durch die Feen rasch verteilte und auch die feiernde Meute erreicht hatte, hatte der Rat beschlossen, die Einwohner Incantaras' nicht zu verunsichern indem man Panik verbreitete.

«Feiert, meine Lieben, feiert weiter und lasst uns das machen», hatte Dagobert verkündet, bevor sich der Rat im Anwesen zurückgezogen hatte.

In einem war man sich einig: Es musste sofort eine Truppe losgeschickt werden, bevor etwas in der Menschenwelt passieren konnte, denn dort verging die Zeit weitaus schneller als in Incantaras und bereits jetzt hatten sie beinahe einen wertvollen Tag verloren.

Obwohl seit vielen, vielen Jahren nichts Schlimmes mehr in Incantaras geschehen war, wurde dennoch nicht darauf verzichtet, Einheiten für derartige Zwecke auszubilden. Zumeist wurden diese Einheiten auf einfache Missionen geschickt, wie zuletzt die Suche nach dem Nachfolger des verstorbenem Ratsmitglieds. Doch die anstehende Mission würde eine große und wichtige werden. Die erste seit fast hundert Jahren und die ausgebildeten Einheiten, allem voran

Magnolia, scharrten bereits ungeduldig und erzürnt mit den Hufen.

«Es ist eine Unverfrorenheit!», schimpfte Cornelius Marque und der Rest des Rates stimmte ihm lauthals zu. Maya schaute sich unsicher unter den Mitgliedern um. Es war ihr erster Tag als Ratsmitglied und schon gab es eine wichtige Sitzung. Kurzzeitig hatte man sogar sie der Mitschuld verdächtigt, da sie die Bishops mitgebracht hatte, doch Dagobert hatte alle zur Ruhe gerufen und Maya mit ihrem sofortigen Einverständnis einen Wahrheitstrank verabreicht, woraufhin sich der Rat wieder beruhigt und dem Problem zugewandt hatte.

«Yggdrasil wird nicht lange überleben können in der Menschenwelt. Die Magie wäre dem Untergang geweiht!», rief Conerlius Marque laut aus und einige stimmten ihm erneut lauthals zu. «Die Feen werden sterben und der Baum kläglich eingehen. Sie alle können nur in Druodon überleben! Die Bishops sind eine Schande für die gesamte Magierschaft! Ihre Vorfahren genauso wie ihre Nachfahren!»

«Nur Ruhe, liebe Ratsmitglieder», mahnte Dagobert Swayer ruhig und hob beschwichtigen die Hände. «Es bringt nichts, zu zetern und schlimme Zukunftsszenarien zu imaginieren. Wir sollten schnellstmöglich einen Trupp zusammenstellen und in die Menschenwelt schicken. Lasst uns abstimmen, wer dafür in Frage kommt.»

Jeder schlug Namen vor und am Ende stimmte man für einen Trupp aus fünf Magiern. Darunter befanden sich Mag und Gordon, da sie als Sucher der Nachfolgerin bereits in diesem Fall involviert waren. Außerdem war Magnolia die Kämpferin mit dem besten Abschluss seit Jahren. Des Weiteren wurden Magier namens Idalia und Rufus auserwählt und als fünfte Maya.

In der Regel war es vollkommen untypisch für Ratsmitglieder, auf Missionen zu gehen, noch dazu war Maya weder im Kampf, noch in der Magie ausgebildet. Es war ihre Aufgabe, im Land für Ordnung zu sorgen und wichtige Entscheidungen zu fällen und damit sie dafür stets bereit waren, hielt man sie fern von Gefahren. Doch Maya hatte den Rat überzeugen können, als Familienmitglied und Bewohnerin der Menschenwelt mehr bewirken zu können. Nachdem Mag zusätzlich ihren ganz persönlichen Schutz für Maya ausgesprochen hatte, wurde sie zur fünften Kämpferin der Einheit ernannt.

«Sobald ihr erfolgreich mit Yggdrasil und den Bishops zurückgekehrt seid, wird diese Familie erneut verbannt», begann Dagobert den Magiern die Entscheidung des Rates zu verkünden. «Und es wird erstmalig vorkommen, dass wir Magiern ihre Blutmagie nehmen werden.»

Ein Raunen ging durch den Raum, in dem sich alle Krieger verteilt hatten. Im Vordergrund standen die Erwählten und schwiegen demütig. Es war die Höchststrafe, einen Magier seiner Blutmagie zu entheben und Mag spürte Befriedigung, als sie diesen Entschluss vernahm. Die schlimmste aller Strafen und in ihren Augen hatten die Bishops diese mehr als verdient. Ohne Blutmagie würden sie einfach nur zu Menschen werden und dann würden sie nichts mehr ausrichten können. Nicht in der Menschenwelt und schon gar nicht mehr hier. Verbannt für immer.

Highcott - Perthburgh

Augustus war nun bereits seit Tagen fort und es waren bereits auch viele Tage vergangen seitdem Gordon mit dem Versprechen verschwunden war, für ihn zu sorgen und ihn heil zurückzubringen. Charles war immer unruhiger geworden und seine Gedanken kreisten um seinen Neffen, genauso wie die Frage, ob er womöglich doch bereits tot sein könnte. Der Gedanke daran schnürte ihm die Kehle zu. Er hatte auf ihn achtgeben, ihn beschützen und aufziehen wollen. Das hatte er sich, seiner Schwester und seinem Schwager geschworen, nachdem sie aus dem Leben hatten scheiden müssen und nun hatte er womöglich versagt. Er, als Chef der größten Security-Firma in und um Highcott! Wie konnte er noch in den Spiegel blicken und sich selbst als Chef ernst nehmen, wenn er es nicht einmal schaffte, seine eigene Familie zu schützen? Eine Schande war es und ein großer Verlust.

Es war sogar mittlerweile soweit, dass Charles eines abends alleine in seiner Wohnung in Perthburgh saß, vor einem halbvollen Glas Whisky und in den spät sommerlichen Regen zum Fenster hinausstarrte, als es an der Tür klingelte. Seit Tagen hatte niemand an der Tür geklingelt, weder die Polizei und schon gar nicht sein Neffe. Den Stuhl vor Hast beinahe umschmeißend, eilte er zur Gegensprechanlage und sein Herz machte gefühlt einen Überschlag, als er Gus' Stimme am anderen Ende vernahm, der seinen Schlüssel vergessen und deshalb geklingelt hatte.

Kurz darauf stand Gus vor ihm und Charles drückte ihn so fest an sich, wie er es seit Jahren mit niemandem mehr getan hatte.

«Ich dachte du wärst- ich dachte dir wäre vielleicht etwas Schlimmes passiert! Es tut mir leid, es tut mir so leid! Ich habe nicht aufgepasst. In Zukunft-» Gus unterbrach das wirre Nuscheln seines Onkels indem er sich etwas holprig aus dessen Griff wandte und lächelte.

«Mir geht's gut, Onkel Charles. Mach dir keine Vorwürfe, du kannst nichts dafür. Und falls es dich beruhigt: Es ging uns super in Incantaras! Mag hat auf uns aufgepasst.»

Erst jetzt nahm Charles die anderen Gestalten wahr, die Gus mit hinaufgebracht hatte. Die bekannten Gesichter von Mag mit ihren Dreads und Gordon mit spitz geeltem Haar blickten ihm entgegen. Genauso wie das Gesicht des frechen Straßenmädchens, dass bei ihnen tagelang Essen geschnorrt hatte. Obwohl er nie der größte Fan all dieser Personen gewesen war, war er doch froh sie zu sehen und bat alle herein, bevor die Nachbarn spitzbekamen, was für seltsam zusammengewürfelte Leute vor seiner Tür standen.

Haarklein berichteten alle abwechselnd, was in den vergangenen Tages passiert war und weshalb sie nun alle gemeinsam wieder zurück waren. Charles war alles andere als begeistert davon und verbot seinem minderjährigen Neffen, an dieser Mission teilzunehmen.

«Ich könnte sowieso nichts ausrichten, ich bin nicht im Geringsten ausgebildet», seufzte dieser. Er wusste selbst, dass er nur stören würde, wäre aber dennoch nur zu gerne dabei gewesen. Das sah man seinem Blick deutlich an.

«Wir bräuchten ihn dennoch», verkündete Gordon und zog damit die verwunderten Gesichter aller Anwesenden auf sich. «Jemand muss vor Ort sein und uns das Portal nach Incantaras öffnen, sobald wir unsere Mission erledigt haben, bevor die Bishops fliehen können.»

«Augustus wird nicht-»

«Mr Raise, bitte. Er wird sich verstecken und außer uns wird niemand von seiner Anwesenheit wissen. Ich persönlich werde dafür bürgen, dass ihm nichts geschieht.»

Charles' Gesicht war hart und wenn man ganz genau hinhörte, konnte man vernehmen, wie seine Zähne malmten. Ein Blick zu seinem Neffen, dessen Augen hoffnungsvoll dreinblickten, ließ ihn schließlich aufseufzen.

«Na gut. Ein letztes Mal. Aber ich werde mitkommen und auf ihn aufpassen. Noch einmal lasse ich ihn nicht aus den Augen.» Im nächsten Moment klebte der Körper seines Neffen an ihm, der ihn dankbar umarmte. Charles erwiderte diese mit einem ganz kleinen Lächeln und ließ ihn los, um zum Telefon zu gehen. «Ich werde jetzt die Polizei benachrichtigen, dass die Bishops zurück sind.»

Highcott - Greenbridge

Die Bishops hatten schnell gehandelt. Bereits nach der Errichtung des heiligen Baumes hatten sie Infoports gefüllt, die Shane zuvor aus einem Laden in Incantaras gestohlen hatte und gleich am nächsten Morgen losgezogen war, um die ersten Watcher zu organisieren. Männer, Frauen und Kinder ohne Gesichter, die sich dank der neuen Macht endlich willenlos den Bishops beugten, ganz ohne lästige Erpressungen oder Drohungen vonseiten der Bishops. Die zwei Männer in Hoodies, die die Raises getötet hatten, sowie ihre Vorgänger, waren nur billige Versuche von Watchern gewesen, denen sie magische Utensilien hatten mitgeben müssen, um Einfluss zu haben. Den Bishops hatte jedoch die wahre Macht dazu gefehlt.

Shane hatte bereits Watcher in Perthburgh und Aberness geschaffen und Barty hatte sich um weitere in Greenbridge, Paisling und Shedford gekümmert. Es waren ihre Augen und Ohren der Stadt und zugleich ihre Marionetten. Zunächst wollten sie jedoch klein anfangen und beobachten, wie die Sache mit diesen Watchern lief. Doch diese wenigen waren jetzt schon goldwert, das wussten die Bishops.

Außerdem hatte Shane in Erfahrung gebracht, dass Bürgermeister Cunning seinem Befehl nachgekommen war und die benannten Männer im Rat eingesetzt hatte. Shane hatte ihm gleich dafür einen Besuch abgestattet, ihn gelobt und ihm natürlich sogleich den nächsten Auftrag erteilt. Denn die Bishops wollten Prozente vom Gehalt des Bürgermeisters. Nicht, dass sie finanziell davon abhängig wären, aber ein Groschen zu viel in Not ist nie verkehrt.

Ian hatte mit angehört, wie Shane all diese Nachrichten zu Hause am Esstisch verkündet hatte und das war der Moment, in dem er beschlossen hatte, endgültig auszusteigen. In Ruhe aß er auf, zog sich auf sein Zimmer zurück, um scheinbar etwas für die Arbeit zu machen, packte stattdessen aber seine Sachen und verschwand heimlich aus dem Fenster. Bestimmt waren bereits Incantari unterwegs zu ihnen und er wollte hier weg sein, bevor sie auftauchten. Vielleicht würde er ihnen ja noch begegnen.

Nach dem Anruf der Raises stand Philipp Tyrel auch schon zum Aufbruch bereit. Eigentlich musste er Rosa mitnehmen, schließlich war sie seine Partnerin in diesem Fall. Etwas jedoch ließ ihn zögern, ihr Bescheid zu geben und stattdessen fuhr er einfach alleine los. Vielleicht lag es daran, dass ihm die Frage den Kopf zerbrach, ob sie die Vorfälle mit den Bishops vertuschte oder lediglich nicht richtig nachgesehen hatte. Natürlich hätte er sie einfach direkt darauf ansprechen können, doch irgendwie war es bisher nicht dazu gekommen.

Jedes Mal, wenn er angesetzt hatte nachzufragen, hatte das Telefon geklingelt, jemand im Büro hatte ein Spielchen angefangen oder Rosa wurde von jemand anderem beschlagnahmt. Es war wie verhext. Noch während er zögerte und unentschlossen mitten im Departement stand, während sein Kollege beinahe mit seinem Drehstuhl beim Wettrennen in ihn hinein raste, tauchte Rosa höchstpersönlich auf.

«Rosa, wir müssen los», entschloss er schnell, bevor er es sich wieder anders überlegen konnte. Fragend blickte sie ihn an und er betrachtete ihr Gesicht ganz genau, als er ihr erklärte: «Bishop.» Zwar tat Rosa keinen Zuck, doch ihr Zögern, ehe sie schließlich nickte, ließ seine Augenbraue nervös zittern. Eilig griff er nach seinem Kaffeebecher und kippte sich einen großen Schwall über das Hemd, als er versuchte zu trinken. «Fuck!», fluchte er lauthals und erntete ein «Haha» von Coaster, der ihm grinsend mit dem Deckel seines Bechers zuwinkte.

«Nicht witzig», meinte Phil ausnahmsweise mal ernst, denn es tat höllisch weh. Dann verließ er tropfend mit Rosa das PPD, die ihm kommentarlos ein Taschentuch reichte.

Unterwegs schielte Tyrel immer wieder zu seiner Kollegin hinüber, die unbeteiligt aus dem Fenster blickte.

«Warum eigentlich die Bishops? Ich hatte doch nichts zu denen gefunden», begann sie schließlich von selbst mit dem

Thema, was Phil kurz dazu brachte, zu lächeln, ehe er ihr einen kurzen Seitenblick zuwarf.

«Nett, dass du fragst. Dank Augustus Raise und seinem Onkel habe ich nicht nur einige Hinweise bekommen, sondern die Datenbank hat mir auch mehrfach den Namen ausgespuckt. Einen gewissen Shane Bishop und Bartholomäus Bishop. Angeblich sehr oft Augenzeugen oder Opfer bei irgendwelchen kleinkriminellen Machenschaften. Ich dachte mir, dass das doch sehr auffällig ist und da ich gerade einen Anruf erhielt, befand ich es für nicht schlecht, mal vorbeizuschauen und nach dem Rechten zu sehen... Schon seltsam, dass deinem wachsamen Auge diese Namen entgangen sind.»

«Hm. Seltsam», bestätigte Rosa und mied den Blick ihres Kollegen.

Wenig später erreichten sie Greenbridge und das Haus der Bishops. Beide stiegen aus dem Wagen und schauten an einer großen Hecke empor, die Haus und Garten verbarg.

Ein perfekter Ort, um Verbrechen zu verbergen, dachte sich Phil.

Neuer Baum?, fragte sich Rosa.

«Gehst du schon mal nach dem Rechten sehen?», fragte Phil. «Einfacher Routinebesuch, dass uns Beschwerden vorliegen und ob sie dazu irgendwelche Äußerungen machen können. Ich werde solange mal die Gegend abchecken. Eine Runde ums Haus drehen.»

«Was für Beschwerden? Falls sie fragen.»

«Zu laute Musik, unangemessenes Verhalten, Erpressung, Entführung... Mord. Such dir etwas aus. Du schaffst das schon.» Er lächelte ihr zu und setzte sich in Bewegung. «Bis gleich.»

Rosa atmete tief durch und sah Phil hinterher, bis er tatsächlich um die Ecke verschwunden war. *Ganz große Nummer, Peralta*, läuterte sie sich selbst. *Wo hast du dich da bloß hineinbefördert?*

Sie atmete noch einmal tief durch und klingelte schließlich. Es dauerte nicht lange, bis Barty auch schon die Tür öffnete und zu lächeln begann, als er sie sah.

«Rosa, meine Liebe. Welch Ehre. Was verschafft mir das Vergnügen?» Wie immer griff er nach ihrer Hand, um ihr Hauch ausstoßend einen charmanten Handkuss zu geben. Rosa zwang sich zu einem Lächeln und schielte noch einmal zur Hecke zurück.

«Ich... Es gingen Beschwerden ein auf dem Department.»

«Über uns?» Bart wirkte ganz schockiert und fasste sich ans Herz.

«Aber Rosa, du weißt doch am besten, dass wir uns nie etwas zuschulden kommen lassen. Nicht wahr?» Er lächelte gedehnt und sah sie dabei so durchdringend an, dass Rosa ein Schauer den Rücken hinablief.

«Natürlich. Aber ich muss dem trotzdem nachgehen.»

«Selbstverständlich. Und selbstverständlich wirst du dir etwas Nettes für deine Berichte einfallen lassen, nicht wahr?»

Rosa schluckte und Barty drückte ihr ein kleines Bündel Geld in die Hand. Als sie immer noch schwieg, ließ er lächelnd eine Feuerkugel in seiner Hand aufleuchten und schon nickte sie. «Sie können sich auf mich verlassen, Sir.»

«Ich wusste, dass du mich nicht im Stich lässt. Meine liebe, liebe Rosa.» Erneut griff er nach ihrer Hand und hauchte ihr einen Handkuss auf. «Stets eine Freude Geschäfte mit dir zu machen. Bis bald, meine Teuerste.»

«Bis bald.» Rosa seufzte, als die Tür zuging und starrte diese an. Seit wann konnte er Feuer beschwören? Er hatte schon mit vielem gedroht, jedoch mit Feuerkugeln? Das wurde ihr immer unheimlicher. Ein Glück tauchte Tyrel erst wieder auf, als sie das Grundstück verließ.

Hatte er es doch gewusst! Da lief etwas ganz und gar nicht so, wie es sollte und es schockierte ihn, zu sehen, dass Rosa sich schmieren und einschüchtern ließ. Rosa Peralta, seine geschätzte Kollegin und Partnerin in diesem Fall, war korrupt? Unfassbar. Selbstverständlich hatte er gesehen, wie ihr gedroht wurde, dennoch war er einfach fassungslos. Wie lange ging das schon so?

Nachdem die Tür zugefallen war, stoppte Phil die Videoaufnahme seines Handys und verließ seine Deckung, um zu seiner Kollegin zurückzukehren. Bemüht, sich nichts anmerken zu lassen.

«Schon fertig?», erkundigte er sich und sah, wie Rosa ihre Hand in die Hosentasche steckte. Die Hand, in der das Schmiergeld steckte.

«Ja. Fehlalarm. Die Bishops waren den ganzen Tag zu Hause und auch für gestern haben sie Zeugen, wie es aussieht. Er war ein bisschen schockiert, dass wir so etwas vermuten oder sich jemand beschwert hat. Ich werde die Zeugen prüfen und den Fall Bishop dann abhaken.»

An seiner Lippe nagend, sah Phil ihr hinterher, als sie zurück zum Polizeiwagen lief und einstieg. Dann folgte er ihr und fuhr zurück Richtung Perthburgh.

«Und mehr war da nicht?», hakte Phil nach einigen Minuten nach.

«Was sollte gewesen sein?» Wirkte Rosa auf der Hinfahrt tatsächlich noch ein wenig steif, legte sie nun wieder eine brillante Schauspielerei hin.

«Ich weiß nicht. Vielleicht hat er dich irgendwie eingeschüchtert, damit du nichts sagst, was weiß ich.» Tyrel bemühte sich, vollkommen lässig zu wirken und obwohl

Peralta ihn einen langen Moment intensiv ansah, schien sie ihm seine augenscheinlich unbedachten Worte abzunehmen.

«Nein, er war eigentlich ziemlich nett», antwortete sie schulterzuckend. Innerlich seufzte Phil.

«Okay. Aber wenn so etwas mal vorkommen sollte, dann sagst du es mir, ja? Egal bei welchem Fall. Sag es mir oder McLloyd oder deinem jeweiligen Partner. Schließlich sind wir alle Kollegen und helfen einander. Keiner braucht Angst zu haben.» Aufmunternd lächelte Tyrel zu seiner Kollegin hinüber, die erneut lediglich mit den Schultern zuckte.

«Ich hab keine Angst. Aber nett, dass du dich sorgst.»

Oh, Rosa. Komm zu dir und rede mit mir, bevor es für dich zu spät ist, dachte Phil bei sich. Er verriet nur ungern Kollegen, zumal sie ihn wegen des Notizbuches gedeckt hatte. Genau deshalb gab er ihr hiermit die Chance, sich helfen zu lassen. Doch sollte sie diese bis zur Verhaftung der Bishops nicht wahrnehmen, würde er seinen Job machen und ihre Korruption aufdecken müssen. Und das würde ihm vermutlich sehr wehtun, auch wenn er wusste, dass es das Richtige sein würde.

Stumm fuhren sie wieder auf dem Parkplatz des PPD ein und Tyrel nahm sich fest vor, gleich eine Truppe zusammenzustellen, um die Bishops in U-Haft zu bringen, sobald er grünes Licht von den Raises und diesen Magiern hatte. Die Bishops waren wieder da, würden bis zur

Verhaftung hoffentlich machtlos sein und Grund genug für zumindest eine U-Haft gab es allemal. Egal ob mit oder ohne Peraltas Hilfe.

Highcott - Perthburgh

Ian war bereits in Paisling gewesen, um Augustus aufzusuchen, doch es war niemand zu Hause. Die Zeit war knapp und er hoffte, dass er wenigstens in der Firma seines Onkels jemanden antreffen würde, um herauszufinden, wo er diesen Jungen ausfindig machen konnte. Ian hatte sich fest vorgenommen, den Incantari zu helfen, alles wieder gutzumachen, wobei er seiner Familie geholfen hatte. Das schlechte Gewissen hatte ihn fast zerfressen und je länger er über alles nachdachte, desto entschlossener war er in seiner Entscheidung geworden, seine Familie hinter sich zu lassen und dabei zu helfen, alles wieder zu richten. Er wollte nicht in einer Stadt oder Welt leben, in der sich skrupellose Menschen wie sein Vater und Großvater an die Macht erpressten und mordeten, um dann alle schleichend zu unterdrücken. Er hatte viel zu lange mitgemacht und Angst gehabt, doch vielleicht war es trotz des fatalen Diebstahls noch nicht zu spät, das Blatt zum Guten zu wenden.

Auf dem Weg zum Büro der Security-Firma Raise, lief er Idalia und Rufus direkt in die Arme. Sowohl diese beiden als auch Ian stockten, als sie sich anblickten. Sie kannten sich gegenseitig nicht persönlich, doch alle drei waren sie der Meinung, den anderen schon einmal gesehen zu haben.

Wenn sie nur wüssten, wo und warum. Gerade als Ian beschloss, dass das vollkommen egal sei und er Wichtigeres zu erledigen habe, öffnete sich die Haustür vor der diese zwei bunten Gestalten standen und Ian wurde alles klar. Natürlich, alleine das schrille Outfit hätte ihn erkennen lassen müssen, dass er die zwei vermutlich aus Incantaras kannte, beziehungsweise er sie dort gesehen haben musste.

«Haltet ihn fest!», befahl Mag und ehe Ian reagieren konnte, hatten Idalia und Rufus ihn ohne vorher anzufassen fest gepackt, sodass er sich nicht mehr regen konnte.

«Sieh mal an. Mein werter Herr Cousin», spottete Maya, die die Arme vor der Brust verschränkt hatte und ihn von oben bis unten musterte. «Damit hätten wir wohl schon mal Nummer Eins. Fehlt nur noch der Rest deiner ätzenden Familie.»

«Es ist auch deine Familie, vergiss das nicht», gab Ian zurück, seufzte aber als ihm klar wurde, dass er vielleicht anders vorgehen musste, wenn er wollte, dass sie ihn helfen ließen. «Sorry, das sollte nicht so blöd rüberkommen. Hört zu, ich bin hier, um euch zu helfen.»

«Na klar», schnaufte Mag sarkastisch und hatte ebenfalls die Hände vor der Brust verschränkt. Ihr Blick verriet Hass und Abscheu.

«Ich weiß, ich hab Mist gebaut, aber lasst mich wenigstens helfen, es wieder gutzumachen. Irgendwie, okay? Mein Vater und mein Großvater sind Idioten. Gefährlich obendrein. Sie haben mich ewig unterdrückt und ich- ich hab mich einfach nie getraut, mich gegen sie zu stellen, weil ich Angst hatte, dass sie mich genauso in den Ruin treiben wir meine Tante!» Er warf Maya einen flüchtigen Blick zu, die ihre Nase rümpfte. «Aber ihr habt mich dazu gebracht, mich zu trauen. Ihr seid so jung und so mutig und ich? Das wird sich jetzt ändern. Es ist nicht richtig, was sie tun und ich will sie daran hindern!»

«Oh, buhu, ich bin ein armer, unschuldiger, kleiner Junge und drücke jetzt auf die Tränendrüse», äffte Maya sarkastisch nach, was Gus ein wenig zum Grinsen brachte. Sein Onkel betrachtete Ian so böse, dass dieser sich direkt eingeschüchtert fühlte und sich nicht traute, schnippisch zu werden. «Ja, klar. Ich verstehe euch. Ich würde mir auch nicht glauben. Wenn ich euch irgendwie beweisen kann, dass ich es ehrlich meine, dann sagt mir wie. Ich mache alles!»

«Alles?» Maya horchte auf und Ian nickte eifrig. «Dann küss mir die Füße!»

«Was?», entfuhr es Ian und Mag gleichzeitig. Maya streckte ihren Fuß aus und Mag schüttelte den Kopf. «Schluss mit dem Schwachsinn», sagte sie.

Ian sah schluckend zu ihr hinüber und ging auf die Knie, was sich als gar nicht so einfach herausstellte, da der Zauber der Incantari stark an ihm zerrte.

«Bitte», flehte er. «Ich will einfach nur helfen, mein Karma richten und dann für immer von hier verschwinden. Ich sage auch vor der Polizei aus!»

«Dir ist klar, dass du ebenfalls ins Gefängnis wandern wirst, oder?»

«Ich habe nie etwas getan! Ich schwöre. Mein einziges und schlimmstes Vergehen war die Beihilfe zum Diebstahl von Yggdrasil.»

«Oh, natürlich, das ist ja nichts», höhnte Mag und lief rot an vor Wut.

«Ich... ich meinte in der Menschenwelt», murmelte er zerknirscht. «Es ging alles von meinem Vater und meinem Großvater aus. Sie haben mir zum Glück nie etwas zugetraut.» Für diese Worte erntete er erneut Spott.

«Mitgehangen, mitgefangen. Sagt dir was, oder?», meldete sich Charles Raise zu Wort und Ian nickte schließlich schwach. Eine Weile lang sagte niemand etwas und Ian hockte voller Demut am Boden, hoffend, dass man ihn helfen lassen und nicht richten würde. Es musste ein merkwürdiger Anblick für all die normalen Bürger sein, die an ihnen vorbeiliefen und sie irritiert musterten.

«Lasst ihn helfen», sagte schließlich eine Stimme und als Ian aufsah, stellte er fest, dass sie dem Jungen gehörte. «Er könnte doch nützlich sein, oder?» Mag schnaubte, auch alle anderen wirkten nicht sonderlich überzeugt. «Könnt ihr nicht irgendwie seine Magie unterbinden, damit er uns nicht hinterrücks angreifen kann? Und dann nehmen wir ihn mit und er verrät uns, wie wir an den Baum kommen?»

Ian sah auf und nickte zustimmend. «Genau! Das mache ich!» Noch immer zögerten die anderen, doch schließlich nickte auch Maya.

«In Ordnung. So werden wir es machen.»

«Was?», entfuhr es Mag und sie wollte schon protestieren, als Maya die Hand hob, um ihr Einhalt zu gebieten. «Ich bin die Vertretung des Rates und der Rat entscheidet, oder?» Ein freches Grinsen lag in ihren Mundwinkeln, was Mag zerknirscht zustimmen ließ. Obwohl man sah, dass ihr Worte auf den Lippen lagen, schluckte sie sie hinunter und bedeute Idalia und Rufus, den Bishop-Jungen freizulassen.

Gordon und Mag übernahmen ihn und legten ihm magische Fesseln an, die das Zaubern für einige Zeit unterbinden sollten. Ian wusste, dass diese Fesseln auf eine gewisse Zeit begrenzt waren, da es nicht möglich war, vorhandene Blutmagie in Gegenwart von Feen komplett zu unterbinden. Doch er hatte nicht vor, sich dagegen zu wehren. Deshalb hielt er bereitwillig seine Hände hin und folgte der Gruppe in eine Seitengasse, von wo aus sie durch ein Portal nach Greenbridge reisten.

Highcott - Greenbridge

Mag war mehr als verstimmt, dass Gus und Maya beschlossen hatten, diesen Bishop-Jungen mitzunehmen und ihm zu vertrauen. Inständig hoffte sie, dass Maya ihre neue Machtposition nicht zu Unrecht missbraucht hatte und sich diese Entscheidung als eine gute herausstellen würde.

Einen Plan hatten sie auch noch nicht. Erst einmal hieß es, sich einen Überblick zu verschaffen. Doch vielleicht konnte dieser Ian einen erheblichen Anteil dazu beitragen, wenn er schon mal da war. Mag hoffte es zumindest für ihn, denn sollte das alles eine Falle sein und er sie allesamt an der Nase herumführen, würde sie höchstpersönlich dafür sorgen, dass er seine Blutmagie verliert und anschließend der Polizei aushändigen.

«Erzähl uns, was du weißt», forderte Mag barsch, als sie vom Portal aus zum Haus der Bishops liefen. «Wo ist der Baum? Wie habt ihr ihn vor uns geschützt, wie lösen wir diesen Schutz? Habt ihr Gehilfen?»

Ian warf ihr einen flüchtigen Blick zu, ehe er zu antworten begann. «Yggdrasil steht in unserem Garten.»

«Was? Einfach so? Werden die Menschen da nicht misstrauisch, wenn sie so einen Baum sehen?», fragte Gus irritiert dazwischen.

«Seine außergewöhnliche Magie schützt ihn vor den Blicken der Menschen. Sie sehen nur einen stinknormalen Baum», erklärte Mag schnell und unfreundlicher als beabsichtigt. «Und jetzt weiter.»

«Mein Vater und mein Großvater haben einen Bannzauber um unser Grundstück gelegt, damit niemand hinein kann. Niemand außer unserer Familie, also ihnen und mir.» Ian blickte zu Maya. «Dich haben sie ausgeschlossen. Ich weiß nicht, ob sie meine Flucht mittlerweile bemerkt haben. Vielleicht komme ich auch nicht mehr rein. Sie haben es mir nicht persönlich gesagt, aber als sie miteinander geredet haben, haben sie über die einzige Lücke dieses Bannzaubers geredet. Ihr müsst beachten, dass wir auch nur wissen und können, was unsere verbannten Vorfahren uns gelehrt haben. Für die Menschen sind unsere Zauber stark, durch den Baum umso stärker. Aber im Gegensatz zu euch sind sie vermutlich eher schwach.» Ian berichtete, dass Shane und Barty darüber diskutiert hatten, dass der Zauber durchbrochen werden könne, wenn nur lang genug eine Lücke entstand. Eine offene Tür, ein offenes Gartentor, ein geöffnetes Fenster oder gar eine Lücke in der Hecke. Dann könne man den Bann brechen und daraufhin waren sie zu Ian gekommen und hatten ihm verboten, irgendetwas in nächster Zeit zu öffnen, ohne ihm zu erklären, weshalb. Da er gelauscht hatte, wusste er es natürlich und damit wurde wieder einmal bewiesen, wie wenig sie ihm zutrauten oder überhaupt vertrauten. Yggdrasil selbst habe keinen extra Bannzauber erhalten, es sei also einfach, ihn wieder auszugraben. Ian berichtete außerdem, dass sie alle Feen mitgenommen hatten, die zurzeit des Diebstahls am Baum herumgeflattert waren und dass er vermutete, ihnen würde Folter bevorstehen, damit sie den Bishops willenlos gehorchen können.

Mag knirschte wütend mit den Zähnen und bekam von diesem Geräusch selbst eine Gänsehaut. In ihrem Kopf jedoch schmiedete sie einen Plan, je länger Ian redete. Sie hatte den Trupp in einem kleinen Park in der Nähe der Bishops angehalten, um Ian fertig erzählen zu lassen, bevor seine Familie sie alle entdecken und aufhalten konnte. Als Ian zu Ende berichtet hatte, teilte Mag ihren Plan mit den anderen und teilte jedem eine Aufgabe zu.

Maya sollte sich als Verräterin enttarnen. Sie sollte erzählen, dass sie zur Vernunft gekommen sei und volles Mitglied der Bishops werden wolle. Dabei könne sie als Ratsmitglied eine schlimme Strafe abwenden, wenn sie zu ihnen zurückkehren dürfe. Mag ging nicht davon aus, dass die Bishops den Köder schlucken würden, doch Sinn dieser Aktion sollte es sein, die Tür der Bishops lange genug offenzuhalten. Ian bot an, einfach ins Haus zu spazieren, in der Hoffnung, noch nicht aufgefallen zu sein, und dort alles zu öffnen. Doch dazu war Mags Misstrauen bislang viel zu groß. Sie wollte ihn nicht auch noch auf dem Grundstück haben, wenn sie sich bemühten, den Baum und die Bishops nach Incantaras zu bringen.

Sobald die Tür auf war, würden Mag, Gordon, Rufus und Idalia den Bann brechen und die Bishops überrumpeln, in den Garten stürmen und den Auftrag ausführen. Dazu beschrieb Ian ihnen den besten Weg zum Baum durch das Haus. Denn zu diesem Teil des Gartens gelangte man nur, wenn man durch das Haus ging.

Sobald auch die Bishops abgelenkt waren, sollte Gus ins Haus rennen, sich in der Nähe des Gartens verstecken und auf der Lauer sein, um das Portal zu erzeugen, wenn alles bereit war. Charles würde ihn hineinbegleiten, denn er wollte seinen Neffen partout nicht mehr aus den Augen lassen.

Maya durfte nicht mit hinein. Als Ratsmitglied musste sie in Sicherheit sein und so wurde es zu ihrer Aufgabe, draußen auf den durch Magie gefesselten Ian aufzupassen.

Als alle erklärten, diesen Plan verstanden zu haben, zogen sie los, um die letzten Meter zum Haus der Bishops zu bestreiten. Es war bereits dunkel geworden und zu ihrem Glück war die Hecke der Bishops so hoch, dass sie sich problemlos davor verstecken konnten. Während Maya tief durchatmend zur Haustür trat, um ihren Beitrag zum Plan zu leisten.

Gus war erstaunt, wie einfach alles nach Plan verlief. Maya hielt die Bishops lange genug auf, die ihr natürlich misstrauten, aber anscheinend ausreichend abgelenkt waren, um die Tür entsprechend lange offenzuhalten, trotz ihrer Bedenken gegenüber der Bann-Sicherheitslücke. Gemeinsam lösten die vier Incantari den Bannkreis recht zügig auf, was ziemlich cool anzusehen war. Ein blau schimmernder Ring wurde um das Grundstück herum sichtbar, je länger sie konzentriert und mit geschlossenen Augen lateinische Worte murmelten, und schließlich zerbärste der Ring wie Ketten, die gesprengt wurden.

Mag, Idalia, Gordon und Rufus stürmten das Haus und die Bishops stürzten in den Garten. Gus war sich sicher, dass sie versuchen wollten, den Baum zu schützen. Als die Luft rein schien, machten er und sein Onkel sich auf den Weg ins Haus.

«Augustus.» Gus drehte sich um und sah zu Ian, der ihn anblickte. «Im Wohnzimmer ist eine große, dunkelbraune Kommode. Öffne sie.»

«Warum?», fragte Charles misstrauisch.

«Da ist etwas drin, was ihr vielleicht gebrauchen könntet. Den Schlüssel dazu findet ihr in der Urne auf dem Kamin. Keine Sorge, sie ist bis auf den Schlüssel leer. Tarnung.»

Gus nickte knapp und zog Charles hinter sich her, um so leise wie möglich nach drinnen zu verschwinden.

Maya machte es sich unterdessen mit Ian bequem. Auf einer Mauer gegenüber des Hauses ließ sie sich nieder, um von dort aus das Haus im Auge behalten zu können und zur Not neugierige Nachbarn abzulenken. Der Zauber der magischen Fesseln wirkte noch immer, sodass sie keine Angst verspürte, von Ian überfallen zu werden.

«Jetzt mal raus mit der Sprache. Warum hilfst du uns wirklich?»

Dass er bisher so viel verraten und geholfen hatte, überraschte sie doch ein wenig. Sie hätte längst mit einem Hinterhalt gerechnet.

«Wie ich bereits sagte», Ian ließ die Schultern zucken, «ich hatte die Schnauze voll von meiner Familie. Ich wäre schon viel eher weg, wenn ich nicht gehört hätte, was sie mit deiner Mutter gemacht und ihr alles genommen haben. Ich wollte nicht genauso enden.»

Maya schwieg dazu. Sie wollte ihre Mum verteidigen und erklären, dass sie auch ganz gut ohne die Bishops klarkam, doch sie wusste, dass es eine Lüge gewesen wäre. Der Drogensumpf, in den sie abgerutscht war, sprach für sich.

«Und warum jetzt?»

Ians Schultern zuckten erneut. «Ich weiß nicht. Dieser Diebstahl war irgendwie… eine Nummer zu viel. Obendrein all die Morde, die sie veranlasst haben. Und ich habe gesehen, wie mein Vater und Großvater nach unserer Rückkehr diese Watcher geschaffen haben und dachte mir: Im Ernst? Ist es wirklich diese Weise, auf die sie die Macht an sich reißen wollen? Ich weiß ja, dass sie sich noch viel mehr geleistet-»

«Watcher?», unterbrach Maya irritiert und stand auf, weil sie einen Apfelbaum im Garten hinter sich entdeckt hatte, dessen Äste über den Zaun hinüberreichten.

«So nennen sie ihre gesichtslosen Sklaven.» Maya kletterte auf den Zaun und rutschte beinahe ab, als sie hörte, dass es sich um Gesichtslose handelte. Ian fing sie gerade noch auf.

«Wie die, die Gus' Eltern getötet haben?» Ian nickte. «Erzähl mir mehr von denen.» Maya fand den Gedanken an die zwei Schrankmänner noch immer unheimlich. Erneut kletterte sie auf die Zaunspitze und lauschte den Worten ihres Cousins.

«Sie haben keine Gesichter, um anonym zu bleiben. Sie sind wie Handlanger. Die zwei von damals hatten sich selbst völlig unter Kontrolle. Es waren Auftragsmörder, die mein Großvater beauftragt hatte und er hat ihnen magische Gegenstände mitgegeben, die eigens für bestimmte Tricks gemacht waren. So konnten sie zum Beispiel die Überwachungskameras blenden und ihre Gesichter selbst wechseln. Damit sie keine Mätzchen machen und sich nicht gegen ihn wenden, hat er ihnen mit harmlosen Zaubertricks gedroht, aber das hat für die gereicht. Die hatten ziemlichen

Schiss. Und nachdem du aufgetaucht bist, hat er die Chance genutzt, um sie abzuziehen und fast all unsere restliche Magie genutzt, um sie zu hypnotisieren, damit sie sich selbst als Mörder stellen. Damit waren wir fein raus.»

«Und die neuen Watcher sind auch Auftragsmörder?»

«Sie sind alles: Auftragsmörder, Schläger, Straßenkinder, Bänker. Menschen, die entweder was draufhaben oder gute Positionen besitzen, um ihre Ohren überall haben zu können, wo es wichtig werden könnte. Sie sind willenlose, anonyme Späher. Dank der Magie des Baumes haben Dad und Großvater jetzt genügend Macht, um sie ihrem Willen zu unterstellen und sie sehr stark werden zu lassen, ohne extra präparierte magische Gegenstände. Sie spionieren, lauschen, bedrohen... was Dad und Großvater eben gerade brauchen. Und wenn sie gesichtslos sein müssen, dann werden sie es. Natürlich kamen die noch kaum zum Einsatz, weil wir erst seit ein paar Tagen wieder hier sind. Aber die ersten von ihnen sind bereits geschaffen. Willenlose Marionetten meiner Familie.» Ian seufzte. «Mir ist das ehrlich gesagt zu unheimlich und ich will damit nichts mehr länger zu tun haben.»

Maya sank neben ihm wieder auf die Mauer und reichte ihm einen knallroten Apfel. In einen weiteren biss sie hinein.

«Das ist echt abgefahren. Wie viele gibt's davon bisher?»

«Ich glaube ungefähr zehn. Vielleicht weniger oder sie haben mittlerweile sogar mehr erschaffen, sie weihen mich nicht in alles ein.»

«Ja, schon mitbekommen. Sie halten dich für dumm und einen Verräter.»

«Hey! Ich bin nicht dumm, okay? Ich hab studiert!»

Maya grinste frech und biss in ihren Apfel. «Ja, ja, schon klar. Und wo willst du hin, wenn wir hier durch sind und die Polizei dich nicht kriegen sollte?»

Ian ließ eine Schulter zucken und begann nun ebenfalls, seinen Apfel zu essen. «Vielleicht nach Amerika oder Asien. So weit weg wie möglich einfach nur.»

«Was ist mit Incantaras?», fragte Maya. Ian lachte sarkastisch auf.

«Klar. Nachdem, was ich getan habe, werden die mich dort mit Handkuss empfangen.»

«Wer weiß? Wenn du dich gut anstellst und dich nicht doch noch als Verräter herausstellst, könnte ich im Rat ein gutes Wort für dich einlegen.»

Erstaunt blickte Ian in Mayas Augen. «Das würdest du für mich tun?»

Maya wandte den Blick schulterzuckend ab. «Vielleicht. Je nachdem, wie du dich benimmst und wie das hier ausgeht.»

«Und wenn das mein Plan wäre und ich euch dort alle verrate?»

«Dann wärst du ein noch größerer Arsch als ich dachte. Aber überlass das mal mir. Wir werden dir schon die Wahrheit entlocken.» Maya würde Mag oder Gordon einfach nach so einem Wahrheitstrank fragen und dann würden sie ja sehen, wie vertrauensvoll dieser Ian Bishop wirklich war.

«Wer ist das?», fragte Maya und deutete kauend auf zwei Gestalten im Dunkeln, die auf das Haus der Bishops zuliefen. «Freunde von euch?»

Ian kniff die Augen zusammen, um im Dunkeln etwas erkennen zu können und dann klappte seine Kinnlade fast herunter. «Das sind Watcher!»

Kaum dass die Bishops getürmt waren, waren die Incantari hinterher geeilt. Die Bishops saßen sowieso in der Falle. Sie konnten nicht fliehen und waren in der Unterzahl, es würde ein Leichtes werden, sie zu überwältigen. Doch darin sollten sich alle vier irren. Als sie kurz nach den Bishops den Garten betraten, stand dort in jeder Ecke jeweils ein großer, bulliger Gesichtsloser, erleuchtet von den bunten Lichtern der Feen und der Infoports, die wie Lampions im gesamten Garten verteilt waren. «Ergreift sie!», rief Bartholomäus völlig außer Atem, auf eine Art, die seine Nachbarn gar nicht von ihm kannten. Die vier Gesichtslosen mit Kapuzen setzten sich erstaunlich schnell in Bewegung und rasten auf die vier Incantari zu. «Tötet sie!», fügte Barty hinzu. Gordon bildete sich ein, ein hämisches Grinsen aus dessen Stimme herauszuhören. Mit all seiner Kraft erschuf Gordon gemeinsam mit Rufus einen Schutzwall, an dem die Gesichtslosen abprallten, wie an einer unsichtbaren Wand. Viel zu schnell jedoch kamen sie wieder auf die Füße. Unterdessen legte Mag einen Stummzauber auf den Garten, damit die Nachbarn nicht hellhörig wurden und womöglich in etwas hineingerieten, wo sie nicht hineingeraten sollten.

«Kümmert euch um die Bishops», rief Mag den Männern zu. «Wir machen das schon!» Idalia erzeugte einen neuen Schutzwall, um die Gesichtslosen von ihnen fernzuhalten. Mag erschuf in diesen paar Sekunden einen Energieball, den sie auf die Gesichtslosen schleuderte, kaum, dass der Schutzwall wieder erloschen war. Immerhin erwischte er zwei von ihnen, die in einem hohen Bogen durch den Garten geschleudert wurden.

Gordon und Rufus erreichten unterdessen Shane und Barty, die sich an Yggdrasil zu schaffen gemacht hatten, sich jetzt aber abwenden mussten.

«Gebt auf», donnerte Rufus. «Ihr habt schon verloren!» Rufus klang viel selbstsicherer als Gordon sich fühlte und Barty lachte höhnisch auf, während er einen brennenden Kreis um die zwei Magier herum erzeugte.

«Das sehe ich ganz anders», rief er. Shane hatte sich wieder dem Baum zugewandt, während Barty den Feuerkreis lachend aufrechterhielt. Gordon und Rufus hielten mit einer Wasserfontäne dagegen und löschten den Kreis. Dann stürzte Gordon auf Shane Bishop zu, während Rufus dem alten Mann den Boden unter den Füßen wegriss und das im wahrsten Sinne des Wortes. Unter ihm tat sich ein großes Loch auf und verschlang alles, was darauf gestanden hatte. Eine Schaufel, einen Eimer und beinahe auch Barty, der sich mit aller Mühe am Rande des Lochs festhielt. Er angelte nach Gordons Fuß, als dieser an ihm vorbei auf Shane losstürmte, verfehlte ihn jedoch um wenige Millimeter.

Von hinten riss Gordon Shane in die Luft und ließ ihn sich dort einmal überschlagen.

«Finger weg von Yggdrasil!», zischte Gordon und ließ den Mann noch einen Looping vor der großen Hecke fliegen, als ihm plötzlich die Luft weg blieb. Shane Bishop hatte in der Luft die Hand zur Faust geballt und Gordon eine unsichtbare Schlinge umgelegt. Der Incantari brach seinen Zauber wegen Atemnot ab und Shane schoss zu Boden, weshalb auch dessen Zauber gelöst wurde. Ächzend rieb Gordon sich den Hals, der rote Striemen bekommen hatte, und wollte Shane in Richtung des Loches schießen. Doch als er herumfuhr, musste er feststellen, dass das Loch verschwunden und Barty wieder auf den Beinen war. Einer der Gesichtslosen hatte ihm geholfen und hatte nun ein im Feenlicht blitzendes Messer in der Hand, mit dem er auf Rufus zuraste.

«Nein!», brüllte Gordon und entriss ihm das Messer per Zauber, das unkontrolliert in der Rinde des Baumes landete. «Scheiße!», fluchte er und rannte hinüber, um es herauszuziehen. An der Stelle, in der es gesteckt hatte, tropfte Blut heraus und einige Feen stürzten sich sofort darauf, um kläglich läutend die Wunde zu heilen.

Mag und Idalia kamen kaum zu etwas anderem, als regelmäßig neue Schutzwälle zu erzeugen, um die Männer von sich fernzuhalten, so schnell griffen diese an und so schnell kamen sie jedes Mal wieder auf die Beine. *So viel zu Unterzahl*, dachte Mag grimmig bei sich. *Jetzt sind wir in der Unterzahl!*

«Idalia», rief Mag hinter dem Schutzwall, ohne ihn zu lockern. «Ich übernehme das, starte du einen Angriff und setze sie außer Gefecht. Kriegst du das hin?» Nicht zu vergessen handelte es sich hier um drei ausgewachsene Männer, die höchstwahrscheinlich durch Magie unfassbar stark waren. Idalia jedoch nickte wortlos und als sie begann, einen Zauber heraufzubeschwören, spürte Magnolia all die Schwere, die auf ihrem Schutzwall lastete. Es war deutlich zu erkennen, dass ihr die Kraft fehlte. Mit Mühe und Not schaffte Mag es, den Wall aufrechtzuerhalten, jedoch wurde er deutlich schwächer. «Beeil dich!»

Neben ihr murmelte Idalia Worte und schuf einen Lichtball, leuchtend groß, und feuerte ihn genau in dem Moment ab, als

Mag den Schutzwall nicht länger aufrechterhalten konnte. Die gesichtslosen Männer stürmten mit erhobenen Messerspitzen auf Mag zu, als Idalias Angriff sie allesamt von den Füßen riss und sie regungslos in der Luft schweben ließ, als trieben sie auf Wasser. Mag sammelte nur wenige Sekunden Kraft, ehe sie Fesseln heraufbeschwor, die die drei Männer fest umschlangen. Gefesselt und in der Luft schwebend boten die drei keine Gefahr mehr, sodass Mag und Idalia ihren Freunden zur Hilfe gegen die Bishops und den vierten Gesichtslosen eilen konnten. Diese lieferten sich in diesem Augenblick einen erbitterten Kampf aus roten, grünen und blauen Flammen.

«Hört auf», rief Mag dazwischen. «Ihr trefft noch Yggdrasil!» Das zündete bei allen. Sofort änderten sie ihre Angriffe und Idalia lief auf den Baum zu, um ihn aus der Erde zu lockern. Mag ließ die wie Lampions leuchtenden Infoports zu sich herabschweben und begann damit, die Feen zu befreien, die vor Freude darüber laut läuteten und Pirouetten drehten. «Könnt ihr uns helfen?», fragte Mag und die Feen nickten, untermalt von lautem Glöckchengebimmel. «Gut, dann gebt euer Bestes, eure Entführer zu fassen, damit wir sie dem Rat ausliefern und Yggdrasil zurück nach Druodon bringen können.» Die Feen jubelten laut und stoben in alle Richtungen auseinander, nur um kurz darauf auf die Bishops und den letzten Gesichtslosen zuzurauschen. Sie schrien schrill und ihre Glöckchen klangen nicht mehr nach Musik. Mag hielt sich die Ohren zu und eilte ihren Freunden zurück zur Hilfe, während Idalia den Baum bereits entwurzelte.

Die Feen zogen und zerrten an den Haaren und Klamotten ihrer Feinde und lenkten sie damit ab, sodass Gordon, Rufus und Mag es gemeinsam schafften, diese drei ebenfalls in die Luft und in Fesseln zu befördern.

«Yes!», rief Gordon triumphierend und hielt die Hand zum High five in die Luft, doch Mag ignorierte ihn. Schulterzuckend schlug Rufus ein, ehe er Mag hinterher zum Baum eilte, um den Frauen beim Entwurzeln zu helfen. Gordon unterdessen legte den Bishops die Zauberfesseln an, die bereits Ian erhalten hatte, um die Magie für kurze Zeit zu unterbinden. Solange, bis sie zurück in Malva waren, um sie dem Rat vorzubringen. Die Feen jubelten und flatterten in Kreisen um den Baum des heiligen Magnus herum. Als Gordon sah, wie leuchtend schön Yggdrasil nun ebenfalls in der Luft schwebte, rief er ins Haus hinein, um Gus das Zeichen zu geben, das Portal zu öffnen. Bis dies geschehen war, holte er alle schwebenden Geiseln aus der Luft und hauchte unter die Kapuzen der Gesichtslosen in Form eines golden schimmernden Zaubers ihre Gesichter zurück und damit auch ihren eigenen Willen. Freundlich sahen sie dennoch nicht aus, weshalb Gordon sie lieber in ihren Fesseln ließ. Als er zum Haus blickte, strahlte ein blendend helles Licht heraus. Von dem einen Portal war weit und breit nichts zu sehen. Sofort rannte Gordon zurück zum Haus. Dabei kam er nicht umhin, von dem leuchtend goldenen Gebräu zu probieren, welches geöffnet auf der Veranda stand und mit dem Titel *Bier* lockte. Denn wenn die Menschen in seinen Augen eines konnten, dann war es Alkohol.

Auf leisen Sohlen hatte Gus sich hineingeschlichen, Charles folgte ihm normalen Schrittes. «Hier drin wird niemand deine Schritte hören, Augustus. Die sind alle draußen.»

«So macht es aber mehr Spaß», brummelte Gus, dessen spannende Traumblase gerade zerplatzt war und tat es seinem Onkel gleich, wieder normal zu laufen. Auf der Suche nach dem Wohnzimmer, blickte er aus einem der Fenster, wo er Maya und Ian auf einer Mauer sitzen sah. Hoffentlich würde seine Gutmütigkeit ihn nicht wieder bestrafen und Ian sich als Verräter entpuppen, wie Maya damals.

«Wir sollten hier bleiben. Hier haben wir gute Deckung und gute Sicht», verkündete Charles, doch Gus lief weiter. «Wo willst du hin?», fragte sein Onkel.

«Ich suche das Wohnzimmer», antwortete Gus leise und deutete mit dem Zeigefinger auf einen Raum vor ihm. «Ich glaub, das hier ist es.»

«Was- willst du etwa auf diesen Burschen hören und die Schublade öffnen?»

«Na klar.»

«Vergiss es, Augustus Raise! Das ist unter Garantie eine Falle.»

«Nicht so laut!», mahnte Gus und runzelte die Stirn. «Was für eine Falle?»

«Was weiß ich denn, irgendetwas mit Magie. Vermutlich entfesselst du damit irgendeinen mächtigen Zauber!», flüsterte Charles etwas unwirsch. Obwohl er nicht verleugnen konnte, dass es das alles wirklich gab, weigerte er sich doch, darüber zu sprechen. Es war einfach zu absurd. Echte Magie.

«Das glaub ich nicht», erwiderte Gus und ging durch die Tür zum Wohnzimmer. Seufzend schloss sich Charles seinem Neffen an. «Augustus Raise, komm sofort zurück und erfülle deine Aufgabe! Meine Güte, ich hätte dem hier niemals zustimmen sollen!» Charles wirkte zerknirscht und holte Gus ein, der soeben den Schlüssel aus der Urne gefischt hatte. «Leg ihn zurück!»

«Nein», sagte Gus bestimmt und lief zur Kommode hinüber. «Du bist immer viel zu misstrauisch.»

«Zurecht! Dieser Kerl war am Mord deiner Eltern beteiligt, Augustus! Und an noch vielem, vielem mehr, was wir wissen und nicht wissen. Und nur weil er ein paar Worte jammert, verfällst du ihm ganz vertrauensselig. Du bist wie dein Vater!»

«Ich nehme das mal als Kompliment», sagte Gus und drehte den Schlüssel im Schloss. Charles machte sich bereit, seinen Neffen zu packen und mit ihm zu fliehen, doch als die Schublade sich öffnete, geschah nichts. Kein Energiestoß, der sie fort wirbelte, kein gruseliges, magisches Licht oder irgendein komisches Wispern. Einfach nur nichts.

«Ganz schön gefährlich, was?», grinste Gus frech und griff in die Schublade hinein, um kurz darauf eine Mappe ans Licht zu befördern. Charles trat näher, als sein Neffe sie öffnete und ließ die Augen schnell dran vorüberhuschen.

«Was ist das?», fragte Gus und blätterte sie durch. Sein Onkel nahm ihm die Papiere und die Mappe ab und bekam große Augen.

«Das sind die verschwundenen Unterlagen des Falls deiner Mum. Gegen den Bürgermeister.» Er klang erstaunt und blätterte sie nun ebenfalls durch, leise auflachend. «Jetzt kann der wieder aufgewickelt werden! Großartig!» Es war merkwürdig für Gus, seinen Onkel jubeln zu hören, doch es entlockte ihm auch ein Schmunzeln.

«Siehste. Ian hat uns nicht in unser Verderben geführt, sondern schon wieder geholfen! Ich hatte recht. Sag es!» Nun schaute Charles wieder ernst zu seinem Neffen hinüber und nickte schließlich.

«Okay. Du hattest recht.» Dieses Mal war es Gus, der jubelte, dies wurde jedoch unterbrochen von einem lauten

Knall. Die Tür zum Wohnzimmer war hinter ihnen in die Angeln geschlagen worden und zwei schmale Gestalten in Kapuzen und ohne Gesichter standen vor ihnen.

«Scheiße», murmelte Gus, während Charles die Mappe mit den Fallakten unter sein Hemd schob.

Mit strikter Entschlossenheit liefen die Gesichtslosen auf die beiden zu und je näher sie kamen, desto mehr ähnelten ihre Staturen denen von Teenagern. Charles und Gus stoben auseinander und Gus verfluchte, dass er die Magie noch gar nicht beherrschte und ihm und seinem Onkel nicht einmal helfen konnte.

«Schnell, zur Tür!», rief Charles und im größtmöglichen Bogen umrundeten sie beide die Gestalten und rannten zurück in den Flur, von wo aus sie sehen konnten, wie im Garten ein Kampf tobte. Doch dafür blieb keine Zeit, denn die zwei Gestalten folgten ihnen mit schnellem Schritt. Beide streckten ihre rechten Hände aus und zückten dabei ein Messer. «Versteck dich!», befahl Charles entschlossen. «Ich übernehme das.» Schließlich war er im Nahkampf ausgebildet und weitaus kräftiger als diese zwei Burschen. Gus flüchtete unter die Treppe, von wo aus er gute Sicht auf das Geschehen im Haus und im Garten hatte. In diesem Moment flog die Haustür auf und Maya und Ian kamen hereingestürmt.

«Achtung, Watcher! Die sind gefährlich!», warnte Ian und hob die Hände, um die Jungs gegen eine Wand zu schleudern, wobei ihnen die Messer aus den Händen flogen.

«Wie-», fragte Gus verdutzt, der sich noch immer unter der Treppe befand und sah, wie Ian mit den Händen wedelte.

«Maya hat mich befreit.» Gus schaute tadelnd zu Maya, die mit den Schultern zuckte und sich wieder Ian zuwandte. Sie deutete auf die Kerle, die sich zu schnell wieder von ihrer Bekanntschaft mit der Wand erholt hatten. «Ich mach das, geh zu Gus!», forderte Ian sie auf und nach kurzem Zögern leistete sie Folge.

Als sie zu Gus unter die Treppe flüchtete, fiel dessen Blick gerade auf die Handfläche des einen Watchers und sein Herz blieb beinahe stehen. Auf der Handfläche befand sich ein ovales Mal, genauso eines, wie sein Freund Eric es hatte. Bei genauerem Betrachten musste Gus sogar feststellen, dass die beiden nicht nur das gemeinsam hatten. Die Größe, die Statur und die Art sich zu bewegen passten auch. Und der andere... oh Gott, waren das etwa tatsächlich Eric und Bill?

Charles und Ian hatten die Gesichtslosen gerade entwaffnet und Ian formte einen Energieball zwischen den Händen, da sprintete Gus unter der Treppe hervor und stellte sich vor die Gesichtslosen.

«Halt», schrie er.

«Was soll das? Geh da weg!», rief Charles energisch.

«Das sind meine Freunde!»

«Was?», fragte Charles ungläubig und blickte hinter seinen Neffen, doch er kannte Gus' Freunde nicht gut genug, um sie ohne Gesichter identifizieren zu können.

«Das kannst du doch gar nicht wissen.»

«Ich weiß es aber, sie sind es!»

«Das sind nicht deine Freunde», sagte Ian bemüht ruhig, die Energiekugel zwischen den Händen aufrechterhaltend. «Nicht jetzt. Sie sind Marionetten meines Vaters und meines Großvaters. Sie werden dich nicht erkennen.»

Gus schluckte und fuhr zu den beiden herum, die mit erhobenen Händen hinter ihm standen, bereit ihn zu würgen. Vielleicht hatte Ian recht, vielleicht aber auch nicht. Gus konnte es wenigstens versuchen.

«Eric, Bill! Ich bins, Gus. Erinnert ihr euch? Euer bester Freund? Wir gehen zusammen auf die Clayton High und-» Mit einem Mal wurde Gus beiseite gefegt. Charles hatte ihn aus der Schussbahn geholt, damit Ian seinen Energieball auf die beiden loslassen konnte. «Neeiin!», schrie Gus aus vollem Hals.

Maya stand noch immer unter der Treppe und musterte die Watcher, musste Gus jedoch zustimmen. Sie kannte die Jungs längst nicht so gut wie Augustus es tat, aber auch sie konnte sie an ihrer Art sich zu bewegen erkennen.

«Gus, sie erkennen dich nicht! Gib es auf und komm her! Sie werden dich bestimmt noch umbringen!»

In der Tat waren die Jungs wieder aufgestanden und kämpften mit erstaunlichen Kräften gegen Charles und Ian an. Trotz seiner Kraft und seinem trainierten Körper, hatte Charles Mühe, sich gegen sie zu behaupten.

«Kannst du diesen Zauber nicht lösen?», rief Gus an Ian gewandt zu.

«Ich weiß nicht wie! Ich kenne den Watcherzauber nicht.»

«Watcher?», murmelte Gus fragend.

«So nennen die Bishops ihre gesichtslosen Marionetten», klärte Maya rasch auf und hielt ihren Halbbruder fest, der schon wieder dazwischen rennen wollte.

«Dann versuch es irgendwie!» Gus klang aufgebracht und befreite sich aus Mayas Griff. «Eric, Bill, bitte!», flehte er, als Bill seinen Onkel fest im Griff hatte und nach seinem Messer tastete. Ian hatte die Augen geschlossen und Gus wollte schon auf ihn zurennen und einprügeln, als er begriff, dass der etwas murmelte. Einen Zauber. Hoffentlich! Deshalb steuerte Gus nun auf Bill zu, dessen Hand mit dem wieder erworbenen Messer auf seinen Onkel zurauschte. Gus rannte den Gesichtslosen mit lautem Gebrüll um. Trotz Bills unmenschlicher Stärke, half dieser Überraschungsmoment, ihn von seinem Onkel abzulenken. Und dank des Selbstverteidigungskurses bei seinem Onkel, gelang es Gus für einen Moment, Bill mit einem Griff in Schach zu halten. Jedoch viel zu kurz. Bill konzentrierte sich nun auf Gus, manövrierte sich mit einer Leichtigkeit aus Gus' Griff heraus und hob den Jungen mit einer Hand hoch. Mit der anderen Hand lenkte er das Messer in Gus' Richtung. Charles wollte seinem Neffen helfen, wurde jedoch von Eric angefallen, der ebenfalls sein Messer zurückgeholt hatte und es seinem gesichtslosen Freund gleich tat.

«Gus! Charles!», rief Maya unter der Treppe hervor und verließ nun ebenfalls ihre Deckung, um ihre neu gewonnene Familie zu retten. Sie zog den angebissenen Apfel aus ihrer Hosentasche, den eingesteckt hatte, als sie ins Haus gestürmt waren und warf ihn Bill an den Kopf.

«Lass meinen Bruder los, du Idiot!», brüllte sie und zog einen weiteren, den letzten Apfel aus ihrer Hosentasche, den Eric an den Kopf bekam. Doch die Jungs ließen sich nur kurz davon beeindrucken. Vielmehr lenkte sie ein goldener Schimmer ab, der immer größer und größer wurde. Dieser ging von Ian aus und legte sich wie ein Seil aus Licht um die Watcher. Dabei wurden sie in einem engen Kreis eingeschlossen, worin sich auch ungewollt Gus und Charles verfingen. «Lasst sie los!», brüllte Maya. «Beeil dich, Ian!» Das Licht legte sich wie eine Kuppel über die Gesichtslosen, leuchtete dann blendend hell auf und erlosch plötzlich.

Mit einem lauten Sturz fielen Augutsus und sein Onkel zu Boden. Eric und Bill hatten ihre Gesichter zurück und blickten sich irritiert um.

«Was ist-», begann Bill.

«Wo sind wir?», fragte Eric und betrachtete die Anwesenden. «Gus? Maya? Was-»

«Das erkläre ich euch später», meinte Gus ganz außer Atem, froh, dass seine Freunde wieder seine Freunde waren. «Jetzt müssen wir erst mal-»

Die Tür zum Garten schlug auf und ein überrascht blickender Gordon stand dahinter, in der Hand eine Flasche Bier. Ein sonderbares Bild eines soeben zurückgekehrten Kampfveteranen, doch niemand hatte die Zeit, darauf einzugehen. «Gehts euch gut? Was ist denn hier passiert?» Um sie herum herrschte Chaos. Dellen in den Wänden, Putz am Boden und verstreute Jacken aus der Garderobe. «Ich hab dich gerufen und als ich das Licht sah-»

«Erkläre ich dir später», vertröstete Gus nun auch den Incantari und griff nach einem der Inforports, die im Haus ebenfalls wie Lampions verteilt waren. Den Port fest in der Hand, rannte er hinaus in den Garten, gefolgt vom Rest der Truppe. Für Charles, Eric und Bill war es sicher ein seltsamer Anblick. Ein verwüsteter Garten und eine riesige, schwebende Eiche. Am Gürtel eines jeden Anwesenden eine leuchtende Kugel. Maya fragte sich, wie sie erst staunen würden, wäre ihnen der Anblick der Feen und der Magie des Baumes nicht verwehrt gewesen.

Wie schon an der Rennbahn in Shedford, konzentrierte sich Gus, als er die orange leuchtende Kugel ausstreckte und die magischen Worte murmelte, die ein kreisrundes, kaum sichtbares Portal nach Incantaras öffneten.

«Alter», murmelte Bill hinter ihm.

«Krasses Ding», meinte Eric und streckte die Hand aus, um in die wabernde durchsichtige Mitte zu fassen. Doch Maya haute ihm tadelnd auf die Finger.

Der Rahmen des Portals flackerte schwach leuchtend im Garten und Idalia und Rufus verschwanden kurz darauf mit dem Baum hindurch. Gordon hatte die Bishops gepackt, die gefesselt und stumm nicht fähig waren, sich zu wehren.

«Also dann, wir lassen die zwei jetzt mal entmachten.»

Mag lief auf Ian zu, um auch ihn zu packen und zum Portal zu zerren.

«Nein!», riefen Maya und Gus gleichzeitig, was Mag innehalten ließ. «Er hat uns geholfen! Wir sollten ihm als Dank seine Kräfte lassen.»

«Das sollte der Rat entscheiden und kein einzelnes Ratsmitglied», sagte Mag streng und legte nun auch um Ian magische Fesseln. Maya stapfte hinterher.

«Gut, wie du meinst! Dann werde ich vor dem Rat sprechen!», sagte sie entschieden und stellte sich zwischen Ian und Mag.

«Informiert die Polizei. Wir werden nach eurer Zeitrechnung spätestens übermorgen zurück sein, damit ihr die Bishops ausliefern könnt. Wir sehen uns.» Und mit diesen Worten verschwand Mag mit Ian, gefolgt von Maya durch das Portal. «Besorgt mir Bier für den nächsten Besuch, ja?», grinste Gordon mit erhobener Flasche, dann sprang er mit den Bishops hinterher und das Portal schloss sich wieder.

Highcott - Pethburgh

Wie wild hackte Phil auf das T seiner Tastatur ein, es klemmte wieder einmal. Vielleicht wurde es bald mal Zeit für eine neue Tastatur oder eine Reinigung. Es fehlte bloß die Lust, die klemmenden Buchstaben alle einzeln abzuziehen und darunter zu reinigen. Er sollte mal wieder eine Wette auf dem Department starten, am besten mit Coaster. Und wenn der verlieren würde, müsste er Phils Tastatur reinigen. Jawohl, das klang nach einem guten Plan.

Phil griff nach einem Donut und biss im Aufstehen hinein. Mit der anderen Hand griff er nach der Mappe mit den Fallakten, auf die etwas Puderzucker rieselte. Er pustete drüber und setzte sich in Bewegung, um McLloyds Büro aufzusuchen. Tief einatmend betrat er den Gang und warf Rosa einen Seitenblick zu, die in ihren Computerbildschirm vertieft war. Aufregender Tag heute. Erst hatten die Raises angerufen und ihn mit einer kleinen Einheit nach Greenbridge bestellt - und dann auch noch zu den Bishops! Die waren allerdings wieder nicht zu Hause, was Phil zerknirscht hatte. Natürlich verstand er, dass die Familie Bishop in diese magische Welt oder was auch immer gebracht wurde, um ihnen die Magie zu nehmen. Eine angemessene Strafe, wie Phil fand. Außerdem würde ihnen dies einiges erleichtern, denn so musste sich die menschliche Polizei keine Gedanken darüber machen, wie sie Magier in einer Zelle festhalten soll. Allerdings konnte das alles nicht als Erfolg für seinen Fall verbucht werden und er würde dem Chief gesenkten Hauptes mitteilen müssen, dass die Bishops nicht daheim gewesen sind. Keine günstige Situation für Phil, da es nur wenig Eindruck machte, verkünden zu müssen, dass die gesuchten Verbrecher nicht gefasst werden konnten weil sie schlichtweg nicht zu Hause anzutreffen waren. Und die Wahrheit konnte er nicht sagen.

Gäbe es doch bloß einen echten Peter Grant und Thomas Nightingale in seiner Stadt, die sich magischer Fälle annehmen. Dann könnte Phil den Fall ans Folly weitergeben und käme niemals in Erklärungsnot. Doch immerhin hatten sie vor Ort vier Lumpen festnehmen können, von denen zwei, die es geschafft hatten, viel zu lange abzutauchen, sich im Nachhinein als Verbrecher entpuppten. In gewisser Weise also doch ein kleiner Erfolg. Und ganz obendrein konnten die Fallakten des Bürgermeisters, die von den Bishops unter Verschluss gehalten wurden, durch Augustus Raise und seinen Onkel letztendlich der Polizei übergeben werden. Nun war es wenigstens möglich, diesen Fall wieder aufzunehmen. Lediglich auf die Bishops musste der Detective noch warten.

Als Phil an McLloyds Tür klopfte, rief sie ihn zwar herein, deutete ihm aber stumm an, sich zu setzen und zu warten. Sie saß am Telefon. Etwas nervös zog Phil sein Smartphone aus der Hosentasche hervor und rief die Aufnahme auf, die er neulich bei den Bishops mitgeschnitten hatte. Er hatte Rosa noch zwei weitere Chancen gegeben, sich ihm zu öffnen, als sie ganz unter sich waren. Doch sie hatte sich weiterhin verschlossen und ihn zuletzt sogar beschimpft, er solle sie endlich in Ruhe lassen. Fairerweise hatte er ihr mitgeteilt, dass er wohl zu Chief McLloyd gehen werde, um seine Sorge loszuwerden. Zwar hatte er einen finsteren Blick dafür geerntet, doch Rosa hatte weiterhin beharrlich geschwiegen.

Amanda McLloyd legte den Hörer auf und wandte sich ihrem Detective zu. «Großartig gemacht, die Verhaftung gestern Abend. Nicht der erhoffte Clou, aber dennoch gut gemacht, Detective Tyrel. Und ich bin mir sicher, dass sie die Bishops noch festnehmen werden. Nicht wahr?» Phil nickte eifrig und war froh, dass sie ihn nicht in Erklärungsnot brachte. Sein Chief lächelte. «Wusste ich es doch. Nun, wie kann ich Ihnen helfen?»

Zunächst legte Phil die schwarze Mappe auf den Schreibtisch und schob sie ihr mit der flachen Hand hinüber.

«Die Fallakten zu Bürgermeister Cunnings Schmiergeldskandal sind wieder aufgetaucht. Sie lagen verschlossen bei den Bishops im Haus.»

McLloyds Augenbrauen zuckten überrascht in die Höhe, als sie die Akten an sich nahm. Dann nickte sie, ohne einen Blick hineingeworfen zu haben.

«Danke. Ich werde gleich Mrs Raise' Kanzlei anrufen und den Fund bekanntgeben. Das war's?»

Phil schüttelte seufzend den Kopf und legte sein Smartphone ebenfalls auf den Tisch. Fragend blickte der Chief ihn an.

«Ich habe den Verdacht, dass Rosa korrupt ist.»

«Tyrel! Das ist eine überaus schwerwiegende Anschuldigung!» Amanda McLloyd sah ihn sehr streng an und bemühte sich, ihre Stimme unter Kontrolle zu halten. Phil nickte.

«Ich weiß. Deshalb habe ich mit ihr die Bishops besucht und ihr mehrmals die Chance gegeben, sich mir anzuvertrauen, da ich nicht sicher war, ob sie erpresst oder bestochen wird.» Der Chief schnappte nach Luft, doch Phil schnitt ihr ausnahmsweise das Wort ab und tippte auf den Play Button des Videos. «Sehen sie selbst.»

Highcott - Paisling

Da mittlerweile keine Gefahr mehr von den Bishops ausging, waren Gus und Charles zurück in das Haus der Raises gezogen. Gus hatte darauf bestanden, dort wohnen zu bleiben. Er wollte an seine Eltern und seine Kindheit erinnert werden, außerdem war der Weg zur Schule viel näher. Charles hatte beschlossen, seine Wohnung in Aberness aufzugeben, da er sich fortan um seinen Neffen sorgen musste und das ging am besten, indem sie zusammenwohnten.

Das lange Fehlen in der Schule hatte Charles mithilfe eines befreundeten Arztes in der Clayton High entschuldigt und Gus wurde fröhlich empfangen, als er die Schule wieder betrat. Natürlich gab es Schüler, die ihre Witze über seinen langen Ausfall und die angebliche Erkältung machten, doch Bethany, Eric, Bill und besonders Mary-Ann hatten sich sehr über seine Rückkehr gefreut.

Eric und Bill hatten Gus mit Fragen zu alldem gelöchert, was in Greenbridge passiert war und Gus hatte begonnen, ihnen in der großen Pause die ganze Geschichte zu erzählen. Angefangen mit dem Mord an seinen Eltern und der Bekanntschaft mit Maya, bis hin zu dem großen Ereignis bei den Bishops, in das seine Freunde als Watcher hineingeraten waren. Niemand dürfe etwas davon erfahren. Weder von diesem Fall noch von den Magiern oder Incantaras und Eric und Bill schworen, für immer ihre Lippen zu diesem Thema zu versiegeln.

Wie angekündigt dauerte es zwei Tage, bis die Incantari wieder vor der Tür standen. Maya und Mag fielen Gus zur Begrüßung sofort um den Hals, während Gordon die gefesselten, geknebelten und mittlerweile vollkommen menschlichen Bishops und den nicht gefesselten und mit einem Infoport ausgestatteten Ian ins Haus brachte. Charles war alles andere als erfreut darüber, ließ sie jedoch gewähren und rief sofort beim PPD an.

«Das war ein echt langer Prozess!», erklärte Maya und ließ sich auf die Couch fallen. «Ich meine, das mit den zwei Alten war ja klar wie Kloßbrühe, dass die bestraft werden. Aber Ian war ein echter Sonderfall. Ich musste den Rat echt überreden und wir haben ihn mit Wahrheitstrank vollgepumpt und na ja, schließlich durfte er seine Blutmagie behalten!», grinste sie. Ian neben ihr nickte zufrieden.

«Ich darf nach Incantaras, um dort zu leben und mich dort in der Magie ausbilden lassen.»

«Unter strengster Beobachtung!», fügte Mag knapp hinzu. «Du bist noch auf Bewährung, Freundchen.»

Maya blickte zu Gus und Charles. «Ich werde meine Mum nachher abholen und mit ihr nach Incantaras ziehen. Ich glaube dort hat sie eine echte Chance, wieder zu leben und von den Drogen wegzukommen. Und der Rat braucht mich ja auch. Kommst du mit?»

Gus atmete tief ein und Charles neben ihm hielt hörbar die Luft an, gespannt, was sein Neffe antworten würde, auch wenn er es bereits ahnte. «Nein. Ich werde hier bleiben. Erst mal möchte ich die Schule zu Ende machen.» Gus blickte zu Mag und Gordon. «Wenn ich darf, würde ich danach gerne nach Incantaras kommen, damit ich auch ausgebildet werde. Entweder als eine Art Austauschjahr oder ich pendle, wenn ich hier studieren sollte. Geht das?»

Mag nickte lächelnd. «Natürlich. Du bist jederzeit willkommen.»

«Ist das jetzt ein Abschied?», fragte Gus ein wenig wehmütig und als Antwort erhielt er ein Nicken seitens der Incantari. «Okay», seufzte Augustus und erhob sich aus dem bequemen Sofa. «Bin gleich zurück.» Keine Minute später kehrte er mit einem kleinen Stapel Bücher zurück, den er Maya überreichte. «Hier, damit du und deine Mum all die fantastischen Geschichten nachholen könnt, die ihr in deiner Kindheit verpasst habt.»

Maya lief zartrosa an und nahm die Bücher. Peter Pan, Die unendliche Geschichte und Der Club der toten Dichter prangten ihr entgegen und sie schenkte Gus eine Umarmung. «Danke. Ich werde gut auf sie aufpassen.»

Es war ein trauriger Abschied und es flossen Tränen seitens der Magier und Menschen, als sich alle fest umarmten und versprachen, sich so oft es ginge gegenseitig zu besuchen. Schließlich verschwanden Magnolia, Gordon und Maya, wohingegen Ian dablieb.

«Ich werde als Zeuge gegen meinen Vater und Großvater aussagen», verkündete er und seine Vorfahren brummten wütend hinter ihren Knebeln und verfluchten ihn unverständlich. «Außerdem kann ich einen neuen Zauber», erklärte er stolz. «Und damit werde ich all diejenigen, die je von meinem Vater oder Großvater erpresst und schlecht behandelt wurden, dazu bringen, gegen sie auszusagen. Die meisten hatten bisher vermutlich zu viel Angst.»

Charles nickte dem Jungen respektvoll zu, als es auch schon an der Tür klingelte und er im Flur verschwand.

«Und wenn sie dich festnehmen? Als Mittäter?», fragte Gus.

«Dann reise ich einfach nach Incantaras», lächelte Ian geheimnisvoll und spielte mit einer leuchtenden Kugel, die sich an einem Gürtel unter seinem Pullover verbarg.

Zusammen mit Detective Tyrel und einer Truppe von bewaffneten Polizisten, kam Charles zurück ins Wohnzimmer und verwies auf Shane und Bartholomäus, die endlich festgenommen und auf das Revier gebracht werden konnten. Ein schwieriger Fall ging somit zu Ende, zwei der größten

Untergrundverbrecher Highcotts wurden endlich gefasst und Augustus Raise und sein Onkel konnten nun versuchen, ihren Verlust zu verarbeiten und einen Weg zurück ins ganz normale Leben zu finden.

Highcott - Perthburgh

Gerade hatte Chief McLloyd eine Lobesrede auf Tyrel gehalten und das vor dem gesamten PPD. Sogar der Polizeipräsident war gekommen, um Phil höchstpersönlich für seinen gelungenen Fall zu gratulieren. Durch die Aussagen des Bishop-Jungen und all der unzähligen Zeugen, die sich plötzlich getraut hatten, auszusagen, konnten viele weitere Verbrechen gelöst werden, die seit langer Zeit offen gewesen waren. Dank der gefundenen Fallakten konnte auch der Prozess gegen den Bürgermeister wieder aufgenommen werden und obendrein wurde auch noch ein korrupter Detective entlarvt. Es war ein großer Tag für Tyrel, da ihm sein Job nun wieder sicher war und ein besonders großer Tag für die Stadt Highcott, die von einem großen Übel befreit wurde.

Natürlich fühlte Phil sich geschmeichelt ob all der Lobeshymnen und Gratulationen, doch auf der anderen Seite war ihm das alles ein wenig zu viel der Aufmerksamkeit. Ganz zu schweigen von seinem leicht schlechten Gewissen gegenüber seiner ehemaligen Partnerin. Just in dem Moment, als Tyrel zu seinem Platz zurückgekehrt war, wo Kollegen einen Kuchen für ihn anschnitten, wurde Rosa Peralta in Handschellen an ihm vorbeigeführt. Starr blickte sie gen Boden, ohne auch nur einmal aufzusehen. Phil schluckte einen großen Kloß hinunter und sah erst weg, als er eine Hand auf seiner Schulter spürte. Es war die des Chiefs.

«Machen Sie sich keine Gedanken, Detective Tyrel. Sie haben alles richtig gemacht.»

Zögerlich nickte Phil und sah sich noch einmal um, doch Rosa und der Polizist waren bereits verschwunden.

Incantaras - Druodon

Yggdrasil erblühte erneut wie eh und je in all seiner Pracht. Seine mächtigen Wurzeln schlugen aus der Wiese heraus, seine Feenpracht erstrahlte in allen Regenbogenfarben und verlieh dem Sonnenuntergang einen besonders magischen Touch. Ein Glück hatte er kurz vor der Erntezeit gerettet werden können und nun standen der Rat der Sieben, Magnolia, Gordon und viele weitere Bürger Incantaras' in Druodon, dem heiligen Ort des Baumes, und bewunderten staunend den Fall der Feen.

Es war, als wurde Yggdrasil mit einem Mal wildes Treiben eingehaucht, als die Feen bunt wie die Blätter im Herbst von den Bäumen rieselten und in die Lüfte entschwirrten, ehe sie den Boden berühren konnten. Glöckchen klingelten in allen Tonlagen und aus allen Richtungen und der Himmel leuchtete so bunt, wie er es nur zur Erntezeit Yggdrasils tat. Gefolgt von *Oohs* und *Aahs* der Magier, teilten die Feen sich auf und trugen fröhliche Lieder auf den Lippen mit sich fort. Manche flogen zu den Sternen, andere in die Städte oder Wälder und wieder andere blieben beim Baum, um ihn zu pflegen und alle verstorbenen Feen dem Baum zurückzugeben, damit auch sie zur nächsten Erntezeit in einem Jahr neu erblühen konnten.

Es war das Schönste, was Maya jemals gesehen hatte und als sie die Freude in den Augen ihrer Mutter erkannte, lief Maya eine Träne über die Wange. Sie wusste, dass sie alles richtig gemacht hatten. Hierherzukommen und von vorne zu beginnen, war die beste Entscheidung, die Maya jemals treffen konnte. Gleich nach der, sich mit Gus - ihrem Halbbruder - anzufreunden.

Danksagung

Vielen lieben Dank an Sanny fürs Probelesen, Hinweise und Korrekturen, sowie großen Dank an Christina Leontjew fürs Lektorat und auch an André Thaleikis für die Gestaltung des Covers. Ihr habt dabei geholfen, das Buch zu dem zu machen, was es jetzt ist und letzten Endes natürlich auch großen Dank an euch alle, die ihr dieses Buch gelesen habt. Wie es euch gefallen hat, würde ich natürlich sehr gerne wissen. Schreibt es mir einfach auf meine Autorenseite bei facebook oder viel lieber noch: Sagt eure Meinung, in dem ihr eine Rezension dort hinterlasst, wo ihr das Buch gekauft habt. :)

Jasper ist ziemlich faul. Mit der Schauspielerei läuft es nicht so richtig und eigentlich hängt er lieber mit heißen Bräuten und Kumpels ab. Er ärgert sich mit durchgedrehten Ex-Affären herum, hasst seine Mutter leidenschaftlich und mag es, mit seiner besten Freundin Cora Gras zu rauchen. Als Jasper plötzlich immer häufiger Aussetzer hat, nach denen er nackt an einem anderen Ort wieder zu sich kommt, ahnt er, dass mit ihm irgendetwas nicht stimmt. Aufklärung kann ihm da nur sein Dad geben. Doch der hat nicht nur Antworten auf Jaspers Aussetzer. Er bringt auch einen ganzen Haufen neuer Probleme und einen Feind mit...

https://micromanweb.wordpress.com/